보랏빛 눈물

박 신 애

크나큰 우주의 베틀에 올라앉아
알록달록 인생이야기 한필 짜 나간다.

머리말

나는 10년이란 세월을 함께했던 선량하고, 우스꽝스럽고, 무섭기도 했던 나의 환자들을 결코 잊을 수 없습니다.

지금은 그들로부터 멀리 떠나있지만, 문득 문득 보고 싶은 그 얼굴들은 언제나 내 기도 안에 살아있습니다.

그들과 나눈 특별한 경험은 사람의 마음과 정신이 무엇인지 줄곧 생각하며 살게 했고 돌이킬수록 아프긴 해도 커다란 깨달음이 되었습니다.

쾌유와 안녕을 비는 그들을 향한 나의 애정과 간절한 마음은 내가 이 세상에 살아있는 한 결코 놓지 못 할 것입니다.

『보랏빛 눈물』이 세상에 빛을 볼 수 있도록 한 권의 책으로 정성껏 만들어주신 「북산책」 출판사 김영란 대표님께 진심으로 감사드립니다.

2018년 1월
새크라멘토에서 저자

1부 쇠창살 너머

1. 제 삼의 공간 9
2. 근무 첫날 13
3. 마음이 추운 자들 23
4. 인간 동물원 30
5. 학생 없는 학교 36
6. 한국 환자 만나다 40
7. 쇠창살 너머 44
8. 야간 근무 시작 54

2부 광란의 섬

9. 사막의 목마름 65
10. 청실홍실 수를 놓아 75
11. 조명등 아래서 83
12. 쳇바퀴 도는 다람쥐 88
13. 한 폭의 아름다운 세상 97
14. 광란의 섬 103
15. 저녁 초대 111
16. 빛은 지금 어디에 116
17. 코미디 쇼 120

Contents 목차

3부 출구 없는 미로

18. 조약돌 사랑 129
19. 스태프와 환자의 로맨스 137
20. 산 너머에 해님은 140
21. 바람 속을 거닐며 146
22. 험한 파도를 타듯 156
23. 사랑을 낚아보는 160
24. 유령 이야기 167
25. 출구 없는 미로 170

4부 흔들리는 불빛들

26. 임자 없는 빈자리 179
27. 새장에 갇힌 새 187
28. 깊고 슬픈 밤 194
29. 환자의 선택 199
30. 흔들리는 불빛들 205
31. 크리스마스 216
32. 기도하는 손 220
33. 신이여 이곳을 228

보랏빛 눈물

1부

쇠창살 너머

1. 제 삼의 공간
2. 근무 첫날
3. 마음이 추운 자들
4. 인간 동물원
5. 학생 없는 학교
6. 한국 환자 만나다
7. 쇠창살 너머
8. 야간 근무 시작

1
제 삼의 공간

> 본적도 없고 알지도 못하는 별들의 세계
> 이 세상이라고도
> 저 세상이라고도 할 수 없는
> 너와 나 사이에 끼어있는 틈
> 난 이곳을 '제 삼의 공간'이라고 부르기로 한다.

여긴 소위 '미국의 악몽'이라고까지 불리는 거대한 규모의 캘리포니아 주정부 정신병원.

난, 이 아침 한 간호사로 그들을 돌봐줄 중요한 직분을 안고 조심스레 한 발짝씩 그곳으로 다가가고 있다. 병원으로 들어가는 제법 긴 드라이브 웨이, 길 양 편으로 하늘을 찌를 듯 키 큰 매그놀리아 가로수들이 일렬로 줄 지어 늘어선 모습이 무척 인상적이다. 드문드문 복스럽게 핀 사람 얼굴만큼이나 크고 눈 부신 하얀 꽃들이 청아한 미소로 지나는 사람들을 반긴다.

나뭇가지 사이로 곱게 내리쬐는 이른 아침 햇살이 마치 화려한 날개를 활짝 편 공작새가 한껏 자태를 뽐내듯 눈이 부시다.

더구나 차분한 분위기는 이곳이 정신 병원이라기보다 어디선가 흰 옷 차림의 수녀들이 나타날 것만 같아 한적한 수도원을 연상케 한다. 가로수 뒤편으로 나지막한 건물들이 올망졸망 들어앉은 것이 보인다.

1875년에 설립된 고풍스럽던 이 병원의 흔적은 1906년 샌프란시스코 대 지진 때 사라지고, 지금은 당시 모습과는 달리 흡사 군대막사 같은 건물들이 17만 평 가까운 넓은 터에 여기저기 널려있다. 병원 자체 우체국, 옷 배급실, 거리가 먼 곳에서 직장에 다니는 직원들을 위해 잠깐씩 혹은 며칠씩 머물 수 있도록 꾸며진 숙박소, 또 아직 숙소를 찾지 못한 직원들을 위한 아파트가 있다. 그 외에도 간호사집무실, 병원 소방소, 세탁소, 컴퓨터 센터, 체육관, 경찰서, 봉사실, 전기실, 약국, 기계 정비소, 병원 학교 등 병원 안에서 자칫 길을 잃을 만큼 병원 뒤편엔 건물도 많다. 병원 건물 뒤쪽에는 병풍처럼 둘러싸인 나지막한 푸르른 산과 그 아래에 고즈넉하게 자리잡은 작고 아담한 호수가 있어 삭막해보이기 쉬운 병원에 자연에 아름다운 운치를 보탠다.

　가로수 길 맨 끝 한 복판에 이르니 하얀 벽돌의 이층 건물이 밝은 햇살 아래 뽀얗게 모습을 드러낸다. 환자 수가 천명이 넘고 직원 수가 이천 명이 넘으니 어느 정신병원보다도 큰 규모의 병원, 건물로 들어가는 두 갈래 계단 중간에는 한때 유럽의 성같이 웅장했던 이 병원의 옛 건물 모습이 새겨 있어, 역사 깊은 병원에 근무하게 된 것에 대한 뿌듯한 자부심으로 어깨가 으쓱해진다.

　내가 갈 병동이 가까워질수록 대규모 병원답지 않게 주위가 너무도 고요한 적막강산이라 대체 그 많은 환자들은 어디에 꽁꽁 숨어있는지 궁금증이 인다. 그 많다는 스태프 또한 모두 어디에 숨었기에 이리도 고요할까?

　나는 비밀스런 동화 속으로 들어가듯 입을 꼭 다물고 있는 흰 벽돌 건물 안으로 선뜻 한발을 들여놓는다. 건물 안 입구엔 병원 관리실이 있고 긴 복도 양편으로 9개의 병동이 꽁꽁 문을 걸어잠근채 나뉘어 있다.

　여기 병동들은 대개 LPS 환자들이 수용되어 있는 곳으로 증상이 심한 정신병자 수용소(Acute Psychiatric Unit) 혹은 숙련된 간호사의 보호를 받는 곳(Skilled Nursing Unit)이라고 불리기도 하는 곳이다. 달리 말하자면 정신이 홱 돌아버린 정신병 환자들이 거주하는 곳으로 격리된 9개 각 병동마다 보통 35명씩의 환자들이 수용되어 있다. 그 중 한 곳인 H 병동이 내가 일할 곳이다.

이 건물 바로 옆에는 바깥세상과 철저하게 차단된 철조망이 높게 쳐진 포랜식(Forensic)이라 불리는 여러 병동이 있다. 포랜식(Forensic)이란 원래 법의학이란 뜻이지만 이곳에서는 범죄를 저질러 감옥에 가야 할 사람들이 감옥에 가는 대신 정신적인 문제로 인해 격리되어 거주하는 병동을 뜻한다.

이곳에 있는 환자들의 증상은 다양하겠으나 대부분 환각이나 망상에 사로잡히거나 환영을 보기도 하고 환청을 듣기에 현실을 제대로 인식하지 못한다. 대인 관계를 제대로 할 수 없다보니 남의 시선에 아랑곳 않고 엉뚱한 짓을 하거나 무관심해서 혼자만의 기이한 행동을 한다. 하지만 포랜식 병동에 있는 사람들은 다른 환자들과 달라서 실은 감옥에 있어야 하나 법정에 설수 없을 만큼 정신이 온전치 못하다 하여 감옥 대신 들어온 터라 더욱 우락부락하고 무섭고 험한 환자들이 많다. 말하자면 이 병동에서 잘 치료를 받아 교화되어 사회에 나가 적응하며 살 수 있도록 훈련을 받는 곳인 셈이다.

하지만 더러는 흉악한 범죄를 저지르고도 감옥에 가기 싫어 변호사를 고용해 정신에 문제가 있다고 증명해 보인 덕에 온 사람들도 있을 거라고 추정도 한다. 얼핏 보기에도 곁에 가기조차 무서운 얼굴도 있지만 대체로 빨래 같은 기초적인 일은 혼자 해결할 만큼 정신이 온전한 사람도 많다.

1990년대까지만 해도 이 병원 환자는 모두 정신질환자들이었지만 지금은 이처럼 중죄를 짓고 형사 재판소에서 보내서 온 사람들이 더 많은 추세다. 범법자들이다 보니 경비는 삼엄하여 백 명이 넘는 경찰들이 요소요소에 배치되어 그들을 눈동자처럼 지키고 있다. 이 병동에 들어가려면 3개나 되는 전기 철문을 통과해야 하고 스태프라고 해도 배지를 착용하지 않으면 들어갈 수 갈 수가 없다.

포랜식 병동 환자들과 아홉 개 병동에 있는 환자들과 또 다른 점은 그들은 넓은 마당(court yard)을 자유롭게 걸어 다닐 수 있고 죄수복을 입고 있기에 구별하기가 쉽다.

와인으로 세계에서도 유명한 보랏빛 라벤더 꽃이 아름다운 나파벨리에 자리한 이 병원은 그래서인지 상대적으로 더욱 쓸쓸하고 슬프다. 한 번 들어오면 쉽사리 나가지 못 하는 외딴 섬, 더러는 죽어서야 나가기도 하는 슬픔의 섬, 장기 환자들이 대부분이고 보니 면회 오는 사람이 드문 외로운 섬, 외부 사람 만나기가 쉽지 않은 고독의 섬이다.

2
근무 첫날

> 병동의 긴 복도로 들어서는 순간
> 날카롭게 반복되는 알 수 없는 외침
> "커지! 커지! 킷! 킷!"(Crazy! Crazy! Quit! Quit!)
> "커지! 커지! 킷! 킷!"(Crazy! Crazy! Quit! Quit!)

10개나 되는 한 뭉치의 큼직한 열쇠 중 A-X 라고 쓰인 좀 큰 열쇠로 굳게 닫힌 문을 열고 첫 발을 내디딘다. A-X 열쇠는 9개 어느 병동이나 마음대로 드나들 수 있고 그 외에도 다양한 용도로 사용되는 주 열쇠다. 각 병동 자체로 운영되는 9개 병동은 여자병동, 남자병동, 혼합병동, 병약자 병동 등으로 내가 일할 곳은 남자병동이다. 빌딩 안 긴 홀을 한참 걸어 위층에 있는 4개 병동 중 병동 H로 가는 두 번째 엘리베이터 앞에 이르러 숨을 가다듬는다. 내 숨소리가 들릴 만큼 조용한 주위 분위기에 압도된다.

병동 입구에 이르니 미닫이 문 위쪽 키 높이만한 곳에, 병동 안을 들여다 볼 수 있게 만든 얼굴만 한 크기에 작은 사각문(peepholes)이 보인다. 문 안을 살펴보니 반대편 복도 저 끝에서 펼쳐진 이상한 광경이 낯설어 긴장된 채 병동 문을 여는 순간, 딴 세상에 온 듯 복도는 사람들로 혼잡하고 고약한 지린내와 쾌쾌한 고린내가 코를 찔러 숨이 꽉 막힌다. 구역질이 목젖까지 올라오는 것을 억지로 참으며 발길을 옮기는데 술렁대는 환자들이 분노에 찬 목소리로 입에 담지 못 할 욕을 내뱉는다.

"갓 뎀!(GOD Damn)!"

"유 빗춰!(You bitch)"

제기랄, 젠장, 지옥에나 떨어지라는.

누구를 향한 욕지거리인지 모를 욕들의 잔치.

문득 내가 서 있는 이곳이 정신병원이라는 사실이 상기되자 정신이 번쩍 든다.

복도 반대편에서는 좀 전에 창으로 보았던 남자가 혀 짧은 소리로 짜증스럽게 반복하는 말이 복도를 울린다.

"커지! 커지! 킷! 킷!"(Crazy! Crazy! Quit! Quit!)

"커지! 커지! 킷! 킷!"(Crazy! Crazy! Quit! Quit!)

여기 저기 웅성대는 긴급한 모습의 병동, 안과 밖, 속과 겉이 어쩌면 이토록 다를 수 있을까?

그나저나 저건 대체 무슨 소릴까?

하루 일과가 시작되는 오전 6시 30분.

복도 여기 저기 몸을 잔뜩 도사린 채 시끄럽게 무슨 말이든 쏟아 내거나 침묵하는 환자들, 그 사이를 요리조리 빠져 복도 중간쯤 간호사실이라고 새겨진 문 앞에서 발길을 멈춘다. 문에 매달려 서로를 밀쳐가며 무엇인가 요구하는 환자들을 간신히 헤치고 급히 열쇠로 문을 열고 '간호사실' 안으로 들어선다. 안에는 밤 당번과 낮 당번들이 옹기종기 모여 지난 밤 일어났던 일에 대해 보고하고 알려줄 사항들을 체크하며 교대하느라 머리를 맞대고 있다.

내가 들어서자 남자답게 생긴 체격이 우람한 블루진 차림의 남자 스태프 한 명이 눈인사를 보낸다. 마리린이라는 명찰을 단 필리핀 사람으로 보이는 한 여자 간호사가 눈인사로 나를 반기며 다가와 정답게 내 손을 잡아

흔든다.

"제이드? 난 낮 당번 책임자 마리린이야. 우리 병동에 온 거 축하해."

그녀가 다른 스태프들에게 날 소개하자 나이가 좀 들어 보이는 머리가 희끗희끗한 한 멕시칸 남자가 손을 내밀고 키가 훤칠하고 부드러운 인상을 가진 백인 남자 스태프도 다가와 자신을 소개한다.

"잘 왔어요. 난 간호사 존이에요."

"난 도날드."

"난 미샤."

역시 필리핀 간호사로 보이는 또 다른 간호사 미샤가 손을 흔들며 나를 반긴다.

간호사 숫자보다 정신과 테크니션이나 테크니션 보조원들이 훨씬 많다더니 간호사실엔 간호사 아닌 스태프로 가득하다. 뒤쪽 높은 선반에 A부터 Z까지 환자 성에 따라 나눈 일렬로 꽂혀있는 차트 수가 엄청나다. 하루 이틀 입원한 것이 아니고 대부분 두 개의 차트를 적다보니 기록만도 어마어마해 차트 모두 무겁고 두껍다. 오래된 기록부가 너무 두툼하다 보니 매일 쓰는 것은 가벼운 기록부를 주로 사용하지만, 너무 두터워지면 '퍼징'이라고 해서 주로 야간 스태프에 의해 다른 부서로 보내지는 것들이다.

"제발 밤에 사용할 세탁물과 홑이불 그리고 환자 갈아입을 옷을 충분히 위층에 옮겨줘요. 제발!"

밤 당번이었는지 한 흑인여자 스태프가 낮 당번들에게 불평을 늘어놓는다.

이불과 옷을 아래층에서 위층으로 가져다 놓지 않았다고 질책하는 모습이 하도 당당하기에 직위가 높은가 했더니 이름표에는 보조 테크니션이라고 쓰여 있다. 위계질서가 어떻게 되는 건지 어쨌든 성격이 강한 사람은 어디서든 당하지 못 하는 모양이다. 방안에는 정신과 의사, 사회사업가, 병동 책임 슈퍼바이저와 여러 스태프들이 오늘의 할 일을 의논하느라 여념이 없고, 간호사실 복도 창문에 매달인 환자들은 여전히 목청을 높여 무언가를 애타게 요구하며 욕설을 퍼붓는다.

갓 뎀! 유 빗춰! 라고.

목에 힘줄을 잔뜩 세운 한 흑인 환자가 발을 동동 구르며 바셀린을 빨리 안 준다고 난리를 친다. 나는 마음이 급해져서 간호사실 안에 있는 사람들에게 어떻게 좀 해야 하는 건 아닌가 하는 표정을 지어보지만 간호사실 스태프 어느 누구도 관심을 보이지 않는다. 특별히 저 환자가 왜 저토록 바셀린을 찾는지도 궁금하지만 무관심한 스태프들 태도가 더 놀랍다. 나도 아우성치는 환자를 슬그머니 외면하며 착잡한 마음을 다스리고 있는데 마리린이 다가온다.

"자, 이제 슬슬 시작해 볼까?"

병동 이곳 저곳을 돌며 오리엔테이션을 해주겠다는 뜻이다.

창문 앞에 껌처럼 착 달라붙어 떨어지지 않던 얼굴들, 이제 잠잠해진 것을 보니 무슨 조치가 취해진 모양이다.

간호사실 왼쪽 오른쪽 양편에는 창을 통해 훤히 들여다 볼 수 있는 크고 작은 데이 홀(Day Hall)이 두 개 있다. 큰 홀에는 캔틴 룸이라고 불리는 문을 잠가놓은 방이 있는데 시간이 되면 이곳에서 환자들에게 담배를 나눠준다. 작은 데이 홀은 면회가 허락되는 곳이다.

"저기 좀 봐요. 어떡해요? 금방 칠 것만 같아."

둘이 복도를 걸어가는데 복도 끝에서 환자 둘이 마주서서 말다툼을 하더니 곧 주먹이 날아갈 듯 긴장감이 팽팽하다. 내가 마리린 소매를 잡아 끌자 그녀는 쿡쿡 웃음을 참으며 툭 튀어나온 배에 히피처럼 어깨위로 긴 머리칼이 헝클어진 그 중 한 사람을 가리킨다.

"저 사람은 우리 정신과 테크니션 딕이에요."

"네?"

마리린이 가리킨 딕은 옷차림마저 단정치 않아 영락없는 환자다. 스태프들 모두 유니폼을 꼭 입지 않아도 되는 자유복장인지라 환자와의 구별이 쉽지 않다.

"여긴 투약실이야."

마리린이 가리킨 투약실 입구엔 환자들이 들어오지 못하도록 막아 둔 테이블이 있고 그 뒤에서 간호사가 한 명씩 환자 이름을 부르며 약을 나눠 준다.

"아- 하고 입 벌려 봐요."

자신의 앞에서 약 먹기를 기다렸던 간호사가 환자의 입을 들여다보며 다른 주문을 한다.

"혀 좀 굴려 봐요."

환자는 입을 크게 벌리고 혀를 이리저리 굴리며 입안을 보여준다.

"저렇게 하지 않으면 환자들은 곧잘 입안에 약을 숨겼다가 뒤돌아서 뱉어버려. 아니면 모았다가 한꺼번에 몽땅 삼켜 버리든지."

마리린이 투약실 앞에서 상황을 설명하는 동안 차례를 기다리던 줄에 섰던 환자 대 여섯 명이 서 있는 것이 지루한지 밀치기 시작하더니 곧 주먹질로 이어진다. 환자 몇은 약 먹게 주스를 좀 더 달라고 보채고 간호사는 입을 더 크게 벌리라고 소리 지르고.

아비규환이란 바로 이런 것을 두고 하는 말일까?

"약 받으러 오지 않으면 어떻게 해?"

"찾아서 데리고 오거나 약 가지고 찾아가."

치료실 앞에서도 환자들이 보채기는 마찬가지, 안에 들어가 보니 10명 정도 들어가는 치료실은 그야말로 북새통이다.

오늘은 환자 피 뽑는 날이라 혈압 재는 사람, 혈당수치 재는 사람, 상처

부위에 붕대 감는 사람 등 검사실에서 나온 직원까지 합세해 치료실 안은 정신없이 분주하다.

샤워장 앞에서 나는 깜짝 놀라 반사적으로 고개를 돌린다. 발가벗은 두 남자가 샤워 후 물기도 닦지 않은 채 바닥에 물을 줄줄 흘리며 카트에서 갈아입을 옷을 마구 휘저으며 고르고 있다. 차곡차곡 개켜둔 옷들이 헝클어져 복도 바닥에 색색으로 내동댕이쳐 흩어진다.

10개 정도 되는 환자들 방을 들여다보니 네 명이 쓰는 각 방에는 좁은 옷장이 각각 하나씩 있고 침대 옆에는 베드 사이드 테이블이 있다. 회진은 자주 하지만 특히 밤에는 야간 스태프 두 사람이 팀이 되어 매 30분마다 회진을 돈다. 환자가 숨을 잘 쉬고 있는지를 먼저 확인하고 얼굴빛도 확인하며, 무슨 특별한 상황이 일어날 기미가 있는지를 본다. 그 옆 격리실 방 앞에 이르자 환자들의 독기 오른 울부짖음이 병동을 쩌렁쩌렁 울린다.

"여기엔 5포인트로 잡혀온 환자들이 묶여 있어. 1대 1로 봐야하니 고충이 심해."

마리린이 설명하며 환자를 지키느라 복도 의자에 도사리고 앉았던 두 명의 스태프에게 손을 흔들며 나를 소개하자 그들도 손을 흔든다.

격리실 안에는 허리, 두 팔과 두 다리 모두 침대에 가죽 끈으로 꽁꽁 묶인 환자들이 몸을 뒤틀고 있다. 2포인트, 3포인트, 포인트가 높아질수록 양팔 양다리 허리 등 묶는 곳이 늘어나지만 격리실에 간다고 다 묶는 것은 아니다. 환자를 다루기 급박한 상황이 되면 묶지 않고 일단 강제로 격리실에 집어넣어 문제를 해결하는 경우도 많다.

"묶인 가죽 끈을 풀려면 열쇠 없이는 절대 못 풀어."

마리린의 말이 떨어지기가 무섭게 한 환자가 고래고래 심한 욕을 퍼부으며 난동을 부린다.

"당장 풀어주지 않으면 너희들 다 내 손에 맞아 죽을 줄 알아! 유 빗취!"

환자는 전신을 꼼짝달싹 못하는데도 온 힘을 다해 전신을 비비 꼬며 병실 마룻바닥 사방으로 침을 퉤퉤 뱉어댄다.

간호사가 1대 1로 환자를 보는 경우는 몇 가지가 있다. 환자를 가죽 끈에 묶은 후 격리실에 가두고 지키는 경우, 묶거나 가두지는 않았지만 보이는 한도 내에서 지켜보는 CIO, 팔 길이 거리에서 환자를 지켜보는 CCO 등이 있다. 처음엔 얼핏 생각하기에 환자 한 명을 지켜보는 일이 뭐 그리 어려울까 했는데, 가두어 놓고 팔 길이에서 지켜보는 일을 어찌 쉽다고 할까?

이런 환자를 지키는 스태프는 그들의 상태를 매 15분마다 적어야 하는데 그 이유는 그들의 구타행위가 일어나지 않도록 경계하고 SIB라고 하는 자해 행위를 막기 위해서다. 자신의 상처 안에 뭐든 집어 넣는다거나 귀에다 뭐든 집어 넣는 환자가 수두룩하기 때문이다.

환자를 묶을 때 반항은 얼마나 거센지 여러 명이 힘을 합쳐도 모자랄 정도다. 발로 차고 때리고 꼬집고 할퀴는 그들의 폭행과 난동은 상상을 초월한다. 스태프는 매 15분마다 환자의 상태를 꼼꼼히 기록하는 것 외에 매 2시간 마다 의사와 슈퍼바이저에게 환자의 상태에 대해 경과를 보고한다. 환자가 어느 정도 안정을 찾았다고 생각되면 의사에게 보고하고 의사의 풀어주라는 오더를 받고 가죽 끈을 풀어준다. 이들을 지키느라 진땀을 뻘뻘 흘리며 이리저리 오가는 간호사들을 보며 이곳에서 돈 벌기가 쉽지는 않겠구나 싶다. 한 방을 들여다보니 세 명의 환자를 스태프 세 명이 각 환자 앞에서 감시하고 있다. 웃지 못 할 해프닝이다.

"집이 떠내려간 건 아니지?"

오리엔테이션을 마치고 간호사실로 돌아오니 간호사 존과 도날드가 환자상태를 기록하며 잡담을 나누고 있다. 어젯밤 쏟아진 폭우에 젊은 여자와 강가에 배를 정박해 놓고 사는 도날드를 염려해서 존이 묻는 거라고 마리린이 귀띔 해준다. 병동 예비교육이 끝났을 때쯤 식당에서 아침식사를 끝낸 환자들이 와자지껄 몰려나와 복도가 부산스럽다.

스태프 한 명이 1대 1로 환자를 지키던 스태프에게 짧은 휴식을 주려고 자신의 의자를 간호사실 앞에 내놓고 어슬렁어슬렁 거리는 환자를 지킬 준비를 한다. 마리린 옆에 서서 주위를 살펴보는데 큰 키에 허리가 꾸부정한 환자가 자꾸만 흘러내리는 바지를 끌어 올리며 힘없이 호소한다.

"나 배고파."

초점 잃은 눈동자는 희멀겋고 안색이 창백해 보기에도 측은하다.

"그러게 얼른 일어나 밥 먹으라고 했잖아."

마리린은 말은 앙칼지게 해놓고도 복도 아래쪽에 있는 한 스태프를 향해 소리 지른다.

"휴게실에 혹 남은 음식 있나 봐 줄래?"

그 말이 채 끝나기도 전에 찰싹 소리와 동시에 금방 쓰러질 듯 맥없어 보이던 환자의 넓적한 손이 마리린의 한쪽 뺨을 세차게 후려갈긴다. 갑자기 어디서 그런 힘이 솟았을까?

너무도 순식간에 일어난 당황스러운 상황인데 난 순간 용케도 허리춤에 차고 있던 경보기 생각이 났다. 얼떨결에 그것을 재빨리 누르는 순간 벽 윗부분 천정모서리에 쭉 둘러있던 경종에서 불빛들이 번쩍번쩍 거리며 병동 전체에 경보소리가 요란스레 울려 퍼진다.

병동이 마치 우주선을 타고 어디론가 둥둥 떠가는 것처럼 느껴지는 사이, 사방에서 몰려온 스태프들이 재빠르게 몸을 놀린다. 몰려온 스태프들이 마리린의 뺨을 때려놓고 씩씩거리며 서 있던 환자의 양팔을 낚아채 곧 바로 격리실로 끌고 가 찰가닥 문을 채워버린다. 뺨을 맞는 순간 마리린은 눈앞에 불이 번쩍 했으리라.

"괜찮아요?"

내가 걱정스레 묻자 뺨이 빨갛게 부어오른 마리린의 두 눈에 눈물이 글썽인다. 바로 몇 시간 전까지만 해도 '우리 병동은 다른 병동에 비해 안전해요.'라고 속삭였던 마리린이다.

이곳은 어디서 뚝 떨어진 세상일까?

진정 여기는 외딴 섬이었던가?

마음 한 자락 보여주나 싶다가도 이유 없이 중간에 세차게 금 가고 깨져 사라져버리는 곳, 깨지고 부서진 채 전달되는 엉뚱한 행동과 무질서한 언어의 유희들.

어쩌면 여기에선 우주의 특별한 언어가 필요한 건 아닐까?

퍽 유(fuck you), 빗취(bitch), 애스홀(asshole), 쉿(shit)....,

차마 입에 담을 수 없는 더러운 말들이 난무하는 무자비한 언어의 폭력.

험한 폭풍우에 날개 젖은 새들 마냥, 허탈한 물결 타고 출렁이며 깊고 슬픈 밤 같은 삶을 짊어지고 가는 환자들의 하루하루.

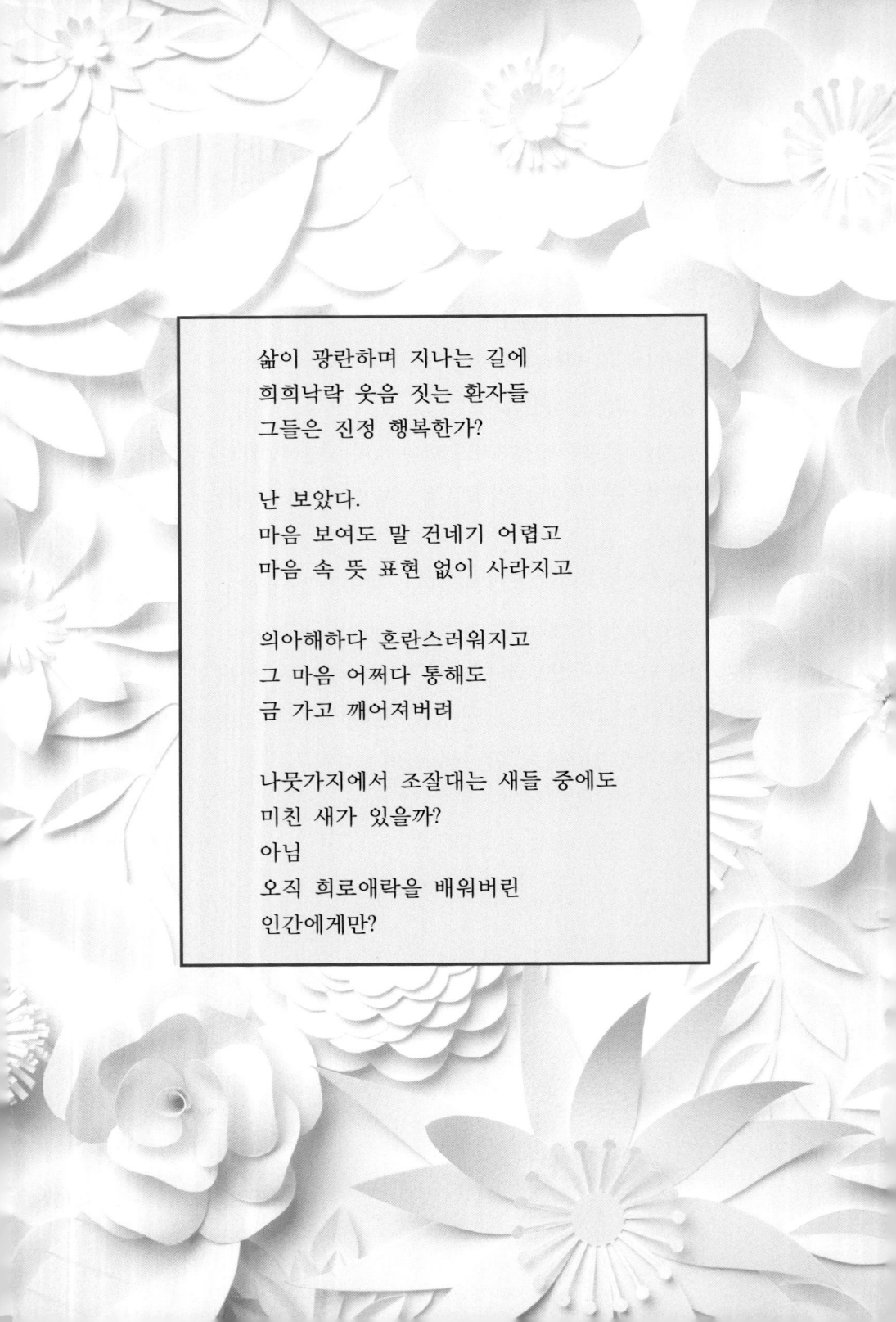

삶이 광란하며 지나는 길에
희희낙락 웃음 짓는 환자들
그들은 진정 행복한가?

난 보았다.
마음 보여도 말 건네기 어렵고
마음 속 뜻 표현 없이 사라지고

의아해하다 혼란스러워지고
그 마음 어쩌다 통해도
금 가고 깨어져버려

나뭇가지에서 조잘대는 새들 중에도
미친 새가 있을까?
아님
오직 희로애락을 배워버린
인간에게만?

3
마음이 추운 자들

> 더 잃을 것도 더 밑질 것도 없는

둘째 날 병동에 들어서니 여전히 복도 저쪽 어제와 같은 자리에서 성급한 혀 짧은 소리가 반복적으로 들려온다.

"커지! 커지! 킷! 킷!"

누구를 나무라듯 누군가에게 인상을 잔뜩 찌푸리고 쿵쿵 한쪽 발을 바닥에 굴러가며 같은 말을 되풀이 한다.

"저 환자 뭐라는 거예요?"

"미쳤어! 미쳤어! 멈춰! 멈춰!(Crazy! Crazy! Quit! Quit!), 자기 딴엔 미쳐 보이는 사람들이 못마땅해서 저토록 나무라는 거지."

곁에 섰던 존이 씩 웃으면서 답하는데 그가 다리를 절룩이며 우리 쪽으로 다가온다. 빽빽한 머리숱에 새까만 굵은 눈썹이 인상적인 환자다. 몇 발짝 다가가니 인상 좋고 상냥해 보이는 그가 함박웃음을 보낸다.

누가 누굴 나무란다는 건지.

"혀 스라스팅(tongue thrusting)이지."

타다이브 디스키내시아(Tardive dyskinesia)는 독한 약물 복용으로 생긴 부작용 중 하나로 말을 더듬고 발음이 안 되는 증상이다. 특히 정신분열증 환자들에게 자주 투약되는 소라진(Thorazine)이나 할돌(Haldol) 같은 독한 약은, 오래 사용하게 되면 말을 더듬거나 혀 짧은 소리를 하고 자신도 모르는 사이 연신 몸도 떨게 된다. 이곳에는 어딜 가나 그런 환자들이 눈에 띄게 많다.

"나, 내, 내일 뉴-뉴-요-욕 가."

금방 착한 어린애가 자랑이라도 하듯 아까 하던 소리와는 다르게 만면에 순진한 웃음을 띠고 더듬더듬 자랑한다.

"누가 뉴욕에 있어요?"

내 물음에 답은 않고 입 꼬리를 올리며 크게 웃음만 짓는다. 하지만 그가 내일 뉴욕에 간다는 말은 다음날도, 그리고 또 그 다음, 그 다음 날도 계속이다. 누구와도 섞이지 않고 늘 혼자 환자들 틈을 오락가락 하는 외톨이, 그는 진정 이 미친 세상을 끝내고 어디론가 떠나고 싶은 것인가.

이 병동엔 온갖 종류의 아픔을 안은 사람들이 모여있다.

참을성 없고(anxiety), 우울증 심하며(depressive), 현실성 잃은(personality maladaptive) 환자들, 죽을 것처럼 걱정뿐이거나(hypochondria), 헛것을 보고(phobia), 제사를 지내 듯 의식을 치르고(ritual), 다각적 성격에다(bipolar), 정신분열증(schizophrenia) 등 여러 증상의 성격장애자들이다. 자신이 살 가치도 없다고 생각하는 우울증 환자는 슬픔에 잠기다 자살을 시도하기도 하고, 정신분열증 환자는 점차 현실 적응이 어려워 동떨어진 환각과 망상에 사로잡힌다.

유전일 수도 있고, 공격적인 세상을 견디지 못 하거나 어쩌면 자신의 기대치를 너무 높이 세우고 목적을 달성하려다 좌절하는 지도 모른다. 세상에 대해 적개심이 가득 차서 성격이 파괴되고 급기야는 미쳐버리는 지도 모른다.

9시가 되니 또 다른 필리핀 간호사 미샤가 미소를 지으며 다가온다.

"코트 야드(court yard) 시간인데 날 좀 도와줄래?"

하루에 몇 번 있는 코트 야드 시간은 프래쉬 에어 시간(fresh air time)

이라고 환자들에게 신선한 공기를 쐬어주는 시간이지만 환자들이 이 시간을 애타게 기다리는 것은 실은 담배를 피우기 위해서다.

오전 일찍 코트 야드 시간이 끝나면 완전히 정신이 나간 몇몇 환자를 빼고는 모두 버스에 태워 병원 안에 있는 학교로 보내진다. 환자들은 오전 내내 그곳에서 시간을 보내다 정오에 병동으로 다시 돌아온다.

"당장 멈추지 못해!"

담배를 나눠주던 병동 안 매점 캔틴 룸(canteen room)에 있던 스태프 카스린이 호통을 친다. 아침은 오전 8시 점심은 12시 저녁은 오후 6시가 식사시간인데 환자들이 식사시간을 기다리는 데는 이유가 있다. 식사 시간 전에 뜰로 보내 주고 식사시간 다음에 바로 뜰에 내보내 주는데 매번 뜰에 나갈 때마다 담배를 피울 수 있기 때문이다. 가루담배와 말아 피울 종이를 나눠주는데 이상한 것은 환자들은 모두 담배를 피운다는 것.

"이름 부를 때까지 모두 조용히 앉아 있어! 말 안 들으면 담배 안 줄 거야! 알았어?"

담당 간호사가 아무리 무섭게 통제를 해도 환자들은 여전히 서로 밀치고, 뺏고, 욕 퍼붓기를 멈추지 않는다. 양말 속에 숨기는 등 담배 숨기는 방법도 다양한데 환자끼리 매매도 이루어져 다른 환자 가족이 가져온 담배를 한 대에 10불을 주고 사서 피우기도 한다. 누군가 가루담배를 종이에 말면서 부스러기라도 조금 마룻바닥에 흘리면 우르르 몰려들어 서로 주우려고 대판 싸움이 벌어진다. 달리 즐거움이 없으니 담배 피우는 낙이라도 가져보려 너도나도 열심히 배운 것일까?

다행히 사회적으로 금연운동이 시작된 후에는 환자 모두 담배를 끊게 됐지만 금연운동 생각만 하면 아찔하다. 담배를 끊게 하기 위해 차츰 횟수를 줄이고 캔디를 나눠주는 등 온갖 노력을 했지만 모두가 금단 현상으로 고생했다. 결국엔 아무도 안 피우게 됐다는 사실이 기적이다.

큰 데이 홀에 있는 캔틴 룸엔 환자의 이름이 붙여진 작은 플라스틱 상자들이 알파벳 순서로 놓여 있다. 그 안엔 환자들이 맡겨놓은 담배 외에 병동 매점에서 산 캔디나 감자칩, 컵라면 등이 있고 노래를 들을 수 있는 플레이어를 충전할 충전기도 있다. 스태프들은 환자를 데리고 일주일에 몇 번 아래층 매점으로 가는데 냉장고에 자신의 아이스크림을 보관해 놓는 환자도 있다. 안에 넣어두는 물건들은 보호자가 사서 들여보내거나 정부에서 60세가 넘으면 평생 일한 대가로 받는 '소셜시큐리티' 돈을 트러스트 오피스에서 받아다가 물건을 사기도 한다.

그 외에 제법 정신이 멀쩡한 환자들은 병원에서 가벼운 일을 도운 대가로 받은 돈을 푼푼이 모아 먹을 것을 사놓기도 한다. 식사시간이 아니래도 간식시간에 주는 더운 물로 캔틴 방 박스에 저장해 놓은 라면을 끓여먹기도 한다. 어떤 환자는 작은 봉투에 몇 푼의 지폐를 넣어 고무줄로 꽁꽁 묶어 자신이 보관하는데 그것이 어떻게 될까 봐 전전긍긍하며 신경을 곤두세운다.

나중에 시작되긴 했으나 환자가 돈이 생기는 경우는 'BY CHOICE'란 프로그램을 시작하면서부터다. 이 프로그램은 하루 일과를 잘 지킨 환자에게 일일이 점수를 주고 주말에 합계를 낸 후 점수에 따라 병원 매점에서 약간의 물건도 살 수 있게 만들었다. 하지만 이도 저도 없는 환자는 언제나 부러운 눈길로 남들 먹는 과자를 침을 꿀깍꿀깍 삼키고 입맛만 쩍쩍 다실 뿐이다.

환자들은 분배된 담배를 받아 쥐면 혹시 누군가에 뺏기지 않을까 전전긍긍하며, 담배를 손 안에 꼭 감싸 쥐고 담배를 피우러 밖으로 나가기 위해 복도 한쪽 끝에 줄을 서기 시작한다. 그때마다 줄 사이를 비집고 끼어들려는 자, 줄 옆에 또 다른 줄을 만들려는 자들로 입구는 늘 소란하다.

"줄 똑바로 서요! 똑바로!"

스태프가 아무리 사인을 줘도 호령은 들은 체 만 체 소란 피우며 어쨌든 자기가 제일 먼저 문밖으로 나가 볼 양으로 떠밀다가 또 주먹질이 시작된다.
　줄 맨 앞에 서있던 한 환자가 갑자기 소리 높여 외친다.
　"투 인치 롱 닙불.(2인치 긴 젖꼭지)"
　"뷰티풀 바자인.(아름다운 자궁)"
　화답이라도 하듯 누군가 또 외친다.
　"뭐라구? 언젠가는 널 쏘아버릴 거야!"
　"뱅! 뱅!"
　두 손을 들고 총 쏘는 모양으로 누군가를 향해 겨냥하는 흉내를 낸다.
　얼토당토 않게 내뱉는 말과 행동들이 여기가 바로 정신병원이라는 것을 상기시켜준다. 하지만 스태프 어느 누구도 그들의 행동이나 말에 아랑곳 않으니 나도 곧 면역이 되리라.
　"뭐야, 뭐? 난 상관없어, 넌 내 아들이 아니니까."
　"칼 빨리 가져와. 널 반 동강 내버리고 말거야."
　이어지는 우스꽝스럽거나 무시무시한 언어와 짓거리들, 이런 것에 익숙지 않다보니 한 마디 한 마디에 의미를 더하게 되고 가슴이 섬뜩해진다.
　환자 머릿수를 세고 난 다음 문을 열자 환자들 모두 해방이나 된 듯이 황급히 우르르 아래층으로 가는 층층대로 몰려간다. 그 모습이 마치 물살에 밀려 쏟아져 내리는 고기떼 같다.
　몰려가는 발에 신겨진 신발을 보자면 더러는 겨우 신 모양을 지탱하고 있을 뿐 너무 낡아, 발이 신을 신은 것이 아니라 신을 끌고 가느라 힘겹게 보인다. 헤어진 신 사이로 발가락이 튀어 나오기도 하고 더러는 슬리퍼를 짝짝이로 주워 신기도 한다. 절룩거리며 신을 질질 끌고 난간을 조심스레 붙들고 내려가기도 하고, 몇몇 팔팔한 20대 환자는 층계를 두 개씩 넘어

속력을 내다 주위 사람들을 우르르 쓰러지게 한다.

10월의 아침 공기는 제법 차갑다.

낡은 티셔츠 하나만 걸친 변변찮은 옷차림의 환자들이 몸을 움츠린다. 엷은 아침 햇살이 생각 없는 이들의 등을 어루만져 주지만 콧물에다 침을 질질 흘려가며 밖으로 나온 파리한 환자들은 스산해하며 부신 햇살에 눈을 찡그린다. 임자 없이 번갈아 입는 맞지 않는 바지는 자꾸만 흘러내려 허리춤에 손을 대고 연신 끌어올려야 걸을 수 있다. 마음 같아선 끈으로 묶어주면 딱 좋겠지만 혹 그것으로 목이라도 졸라맬까 여기선 금지된 일이다. 바지 허리춤에 벨트 끼우는 고리 사이로 양말로 묶어놓기도 하지만 그건 잠시 뿐이다.

한 구석에서는 짤막하게 남은 담배꽁초가 금방이라도 손가락을 태워버릴 것 같은데도 손을 후들후들 떨며 먼 허공을 향해 뽀얀 연기를 뿜어낸다. 환자들 몇몇은 무리에서 떨어져 벤치에 처량하게 쭈그리고 앉아 혼자서 고개까지 끄덕여가며 무어라 열심히 중얼거린다. 어떤 이들은 아무데나 끈끈한 가래침을 함부로 뱉어내거나 소변을 본다.

"안 돼! 거기다 소변 보면 어떡해?"

정원 가운데 연장 보관 저장소 벽에다 대고 소변을 보던 환자는 들은 체도 않고 일부러 이리저리 몸을 흔들어 가며 시원한 소변 줄기를 계속 뿜어낸다. 여기선 이처럼 아무데나 소변을 보는 것은 대단한 일이 아니다. 매트리스가 플라스틱이라 아침이면 침상에는 늘 소변이 고여 있고 어떤 환자는 자기 방구석에다도 소변을 본다.

"안 돼!"

어떤 환자가 바닥에 떨어져 있는 무언가를 주워 입으로 가져가는 것을 막아보려 스태프 중 한 명이 필사적으로 달려가며 소리친다. 환자가 빙그레 웃으며 움켜쥐었던 손을 스르르 풀자 작은 돌멩이 하나가 바닥으로 댕그르르 굴러 떨어진다.

고해의 사바세계에 목숨 잇는 인간들
처절한 이모저모가
이곳에 무늬져 아롱지고 있다.

뜰 가운데 서 있는 한 그루 키 큰 나무
짙게 물든 단풍잎 바람에 흔들려
외로운 몸짓의 여운 남긴다.
눈물처럼 한 잎 두 잎 떨어지는
한없이 가여운 환자들의 슬픈 눈빛

병동의 좁은 쇠창살을 통해 바깥세상이 쪼개져 보인다.
새 한 마리 창살 사이로 보였다, 안 보였다
나르며 노래 부르다
바람 타고 자유롭게 훌훌 날아 저 멀리 사라진다.
여기 갇힌 환자들에게 그리운 그 자유

4
인간 동물원

> 아이들이 구경 오지 않는 인간 동물원
> 늑대의 울부짖음인가?
> 인간의 울음소리인가?

새 날이 막 하품을 하면 일터로 향하는 이른 아침, 밖으로 발을 내디딘다. 어젯밤 신들은 요란한 베개 던지기 싸움을 벌였는지 온 하늘을 가득 덮은 흩어진 흰 솜조각 같은 구름들이 나를 반긴다.

땅에는 작은 생명들, 보일락 말락 작은 개미들이 질서 있게 줄 지어 바쁘게 새 날을 열어간다. 위풍당당한 엄마 아빠 메추리는 새끼들을 거느리고 나와 살아갈 길 보여주고, 하늘과 땅 사이 삶의 시장이 바야흐로 바쁘게 열리고 있는 힘찬 아침의 행렬이다.

여전히 어제처럼 병동 모습은 인간 동물원을 연상케 하고, 이곳에 또 다른 하루 그 무대 막이 다시 서서히 오르고 있다.

"굿모닝, 제이드."

어제 함께 일한 간호사 미샤가 경쾌한 목소리로 아침 인사를 건넨다.

"여기 어떻게 생각해? 일 할만 해?"

표정은 "힘들지?" 하고 묻고 있다.

상냥하게 걱정해 주는 미샤, 필리핀 사람으로 같은 동양계 간호사란 것이 마음 편하고 친근감을 느끼게 한다.

어제 뺨을 세차게 얻어맞은 간호사는 오늘은 보이지 않는다.

'온 캄(On Com)'이란 일을 하는 도중에 다치거나 일을 하지 못 할 정도로 사고가 생겼을 때 직장을 쉴 수 있는 제도를 말한다. 심하게 다치면 1년보다 오래 쉬면서도 월급은 계속 받을 수 있다. 운 나쁘게 잘못 걸리면 평생 불구가 될 수도 있으니 기관에서 적합한 보장을 해 주는 것은 당연하지만 더러는 그런 혜택을 악용하는 경우도 있다.

도날드는 오래 전 환자한테 맞아서 다친 다리 때문이라며 오늘도 일하러 나오지 않았다.

"다쳐서 결근하는 스태프가 너무 많은 것 같아."

덕분에 할 일이 많아지는 것이 힘들어 내가 불평조로 말하자 나타리가 설명을 해준다.

"지금 도날드 얘기 하는 거야? 그는 다리도 문제지만 다른 문제도 많아. 지금 나이 어린 새 부인과 살고 있는데 얼마 전 이혼한 부인은 철조망 안 한 병동 슈퍼바이저야. 본처와의 사이에서 난 딸 역시 이곳 스태프로 일하고 있어서 그들은 자주 가족 싸움으로 옥신각신해. 여하튼 골치 아픈 일이 많으니 직장 일에 자꾸 태만한 것 같아."

어제 바셀린을 달라고 창에 매달려 조르던 환자가 오늘은 다른 것을 요구 하며 또 다시 숨이 꼴깍 넘어 갈듯이 떼를 쓴다. 병실이 떠나가라 고래고래 목청 높여 악을 쓴다.

"빨간색 셔츠와 까만 조깅 팬츠 줘. 어서! 나 담배 피우러 빨리 가야 한단 말이야."

"여기가 백화점인줄 알아?"

세탁물 보관실 린넨 룸(linen room)안 선반 옷 중에서 이 옷 저 옷을 골라 문 밖에 서있는 환자한테 보여주던 스태프의 목청도 점점 높여간다. 이것도 아니다, 저것도 아니다, 자기 원하는 옷이 아니라며 계속 불평을 늘어놓는 환자, 웃어야 할 지 울어야 할 지 참으로 기가 막히다. 옷을 하나씩 들고 보여주던 스태프도 참을 대로 참았다는 듯 뒤로 방문을 세차게 닫고 거기서 나가 버린다.

이렇게 늘 못 말리게 억지 부리는 환자, 그의 이름은 닉이다.

짧은 머리칼이 몹시 곱실거리는 젊은 흑인 청년으로 기분이 좋을 때면 복도 아래위로 말 달리듯 껑충껑충 뛰어다니며 낄낄거리며 웃기를 좋아한다. 하지만 그가 입는 옷에 관해서만은 까다롭기 그지없다. 웃기는 것은 옷에는 그토록 까다롭지만 몸을 씻는 데는 누구보다 게을러서 샤워를 하지 않는다. 그에게서 나는 고약한 냄새 때문에 스태프들은 누구나 그에게 가까이 가는 것을 상을 찡그리며 꺼려한다. 거기다 그는 아침마다 짧은 곱슬머리에 바셀린으로 범벅을 하면서 시커먼 그의 얼굴까지 반질반질 번지게 해 놓아야 직성이 풀린다.

"거기 가만히 앉아 있지 못해!"

오락방에서 환자들과 스태프들이 빽빽이 모여 곧 뒷마당에 나갈 준비를 하는 중, 닉은 빈 의자가 없어서 서있던 스태프에게 의자를 양보하려 일어섰다가 오히려 그에게 호되게 야단맞는다. 무안해 하는 닉을 바라보며 난 그가 너무 가엾어서 가슴이 아리다. 이래도 꾸중, 저래도 꾸중을 면치 못하는 운명이 그의 몫일까, 찡한 가슴은 오래 진정되지 않는다.

키 크고, 호리호리한 백인 환자가 두 팔을 허리에 올려놓고 부기우기 춤을 추고, 데이 홀(day hall) 의자에 앉은 건장해 보이는 흑인 환자는 무엇이 그렇게도 우스운지 혼자서 배꼽을 움켜쥐고 몸을 앞뒤로 흔들어가며 계속 웃어댄다.

격리실엔 어제 가죽 끈에 묶여 있던 환자가 오늘도 여전히 묶인 채 고래고래 고함을 지른다.

"예수는 상관하지 않았어. 멈춰! 어서 멈춰!"

이곳에서는 많은 사람들이 예수가 되기도 한다.

어쩌면 이들은 세상을 고민하지 않고 그냥 살아가는 보통사람들보다 더 삶에 대해 고민하고 자신이 누구인지, 왜 살아가는지 왜 사회가 이렇게 되었는지 안타깝게 알고 싶고 걱정했던 것은 아닐까?

"너희들 언제나 날 귀찮게 했어. 퍽 유!"

"저 여자 목 졸라 버려!"

"50년 더, 아니, 백년을 전기의자에 앉혀 버려!"

"날 놔줘. 날 좀 나가게 해줘!"

"너의 뇌를 고문해 버려. 퍽 유!"

"총알이 나간다. 봐! 저 긴 출혈을. 미친 에미!"

"대통령 부시를 고문해 버려!"

"오래오래 고문해 버려. 눈이 튀어 나오도록. 평생 아프게!"

줄거리 없이 아우성치는 환자들, 꽁꽁 묶인 환자들의 비통한 비명은 멈출 줄 모른다. 한쪽 다리가 다른 쪽보다 짧은 다리를 절룩거리며 자그마한 키의 환자가 내 어깨 한쪽을 살짝 건드리고 지나가며 한 마디 한다.

"난 네가 내 여자였으면 좋겠어."

팔이 몸과 따로 놀듯 사방으로 팔랑팔랑 흔들며 복도 아래쪽으로 걸어 내려간다.

환자들 서류정리에 여념이 없을 때 한 젊은 동양인 남자 스태프가 활기차고 경쾌한 모습으로 간호사실로 들어선다. 함께 있던 간호사가 그를 내게 소개한다.

"제이드, 여긴 정신과 의사 닥터 하워드."

"하이, 당신은 새로 온 스태프?"

생김새가 동양인이나 이곳에 많이 있는 필리핀 사람은 아닌 것 같다는 생각 중인데 그가 먼저 물어온다.

"당신은 중국인? 일본인? 아니면 혹시 한국인?"

"네. 한국 간호사예요."

옆에 있던 스태프가 얼른 대신 대답한다.

"한국 간호사? 나도 한국 사람인데."

그는 무척이나 반가워하며 내게 손을 내민다. 나도 여기서 한국 의사를 만난다는 것이 놀랍기도 하고 반갑기도 하다. 그가 나간 후 그가 누구일까 상상의 나래를 펴본다. 아마 미국에서 태어나서 한국말을 못하는 것이 아닐까라고 단정하자니 성이 왜 하워드인지가 걸린다. 아마 아버지가 미국인인 혼혈아? 아니 아니지. 얼굴이 토종 한국인 같잖아. 어쩐지 그에게 호감이 가서 난 열심히 자문자답해가며 머리를 굴려본다. 하지만 그것도 잠시, 나는 다시 환자들과 씨름하기 바쁘다.

몰라. 어떻게 여기 환자들을 달래야 하는지
난, 정말 몰라.
할 말이 많은데
그런데 할 말이 없는

하루의 이음, 아침부터 저녁까지의 연결에
너무도 피곤해진 환자들
목표도 방향도 없이 그저 멍한 표정들
무슨 말을 걸어 보려 하지만 무엇을, 어떻게?

감시를 받는 자와 감시 하는 자
미쳤다 아니 미쳤다 금하나 사이에 두고
우리 여기 마주 앉았다.

발이 있으나 없는 것 같이
말이 있으나 뜻이 틀리고
길이 있으나 길은 없는 듯
그렇게 우리 여기 마주 앉았다.

5
학생 없는 학교

> 학생 없는 그들의 학교

"오늘 환자들 데리고 나랑 스탭핑 스톤(stepping stone)에 가보지 않을래?"

곁에 있던 스태프가 물어온다.

스탭핑 스톤은 이곳 환자들 학교를 가리키는 말로 각 병동 스태프들이 가서 돕는데 그렇지 않아도 나도 꼭 가보고 싶던 곳이라 그를 따라 나선다. 코트 야드 시간이 끝나면 도저히 갈 수 없는 환자 몇몇은 다시 병동으로 돌려보내지고 나머지 환자들은 코트 야드에 장치된 철문을 통해 나가서 대기하고 있는 버스로 학교에 간다. 환자들은 기회만 있으면 도망치려 하기 때문에 이 시간만은 특별히 환자들의 동태를 세밀하게 살펴야 한다.

"혹시 어디 숨은 환자가 있나 한 번 더 잘 살펴 봐 줄래?"

나도 다른 스태프와 함께 마당 구석구석, 나무 뒤, 연장 보관소 등을 샅샅이 살핀다. 숨은 환자가 없는 것을 확인하고 머릿수를 정확하게 세고 난 뒤에야 환자들을 밖으로 내보낸다. 버스를 태우기 위해 일렬로 줄을 세워 보지만 쉽지가 않다. 환자 중에는 갈까 말까 결정을 못 내리고 망설이는 환자들이 저만큼에서 엉거주춤 서성이고 있다.

"모두 이리 와 줄 서! 곧 버스 올 시간이야."

마음 못 정한 환자들이 뒷걸음질 치다가 돌아와서 줄 맨 끝에 가서 붙는다.

그 중 몇몇은 영 줄을 서 볼 생각조차 않고 멀리 떨어져서 서성거리다 버스 오는 소리가 나고 철문이 열리기 시작하면 비로소 줄 맨 끝에 따라 붙기도 한다. 철문이 열리고 옆으로 빠져 나가는 자가 없게 스태프들이 단단히 경비를 서면서 버스에 오르는 환자 한 명씩 명단과 꼼꼼히 대조하고 나서야 버스에 태운다.

정신이 온전치 못해도 남녀 사랑은 유효한 것일까?

버스 안에 다른 병동에서 온 여자를 보면 난리 치며 반가워하는 환자들이 있다. 여자 볼 기회가 없으니 이 시간은 그들에게 기쁨인 모양이다.

꽉 막혔던 병동에서 해방되어 달리는 버스 창문을 통해 솔솔 불어 들어오는 상쾌한 공기를 잠시나마 즐길 수 있으니 얼마나 좋을까 싶지만 그것은 내 생각일 뿐, 그런 것은 아랑곳없이 모두들 무표정하게 앉아있다. 라디오에서 흘러나오는 경쾌한 음악에 도취한 환자들이 평온을 찾아 안심하고 있을 때 우리를 태운 버스가 학교에 도착했다. 학교라고는 하지만 병원 터 안에 있으니 겨우 5분 정도 거리다.

크리스탈 홀(Crystal Hall)이라 불리는 이 학교 건물엔 여러 개의 교실과 강당이 있다. 주위로 넓은 잔디밭이 펼쳐져 있고 뒤쪽으론 농구대도 보인다. 나지막한 산봉우리가 아름답게 둘러싸인 곳, 하늘에 곱게 떠오른 하얀 구름 몇 조각은 여기가 정신병원이란 사실을 잠시 잊게 해준다.

학교에서는 각 병동 스태프들이 환자들을 인도해 가서 지키지만 그곳엔 별도로 환자들을 맡아 지도하는 사람들이 있다. 환자들을 지능별로 나누어 그림도 그리게 하고, 게임도 하도록 애써보지만 따라 하는 환자는 극소수다. 교실 중 유별나게 큰 방 하나엔 집중력 없는 환자들을 모아놓고 마치 유치원 꼬마들에게 하듯이 놀게 한다. 그림에 색칠하기, 퍼즐 맞추기, 그리고 아무것에도 관심 없는 환자들에겐 텔레비전 앞에서 코미디 영화 보기, 그 외 테이블 하나에서는 이어폰을 귀에 꽂고 음악 듣기가 한창인데 이미 몇몇은 이어폰 뺏는 다툼이 한창이다. 그도 저도 아닌 환자들은 이리저리 어슬렁어슬렁 거리다 서로 쥐어박고 그도 아니면 아무데서나 축 늘어져 잠들어 버린다.

제법 긴 복도엔 몇몇 스태프들이 혹 환자들이 도망칠까 지키고 있다. 둘러보니 교실 중 하나에 아프리칸 드럼 연습이라 하여 잘 맞지도 않는 박자로 시끄럽게 북을 두들기고, 또 다른 방에선 환자 여럿이 둥글게 삥 둘러서서 작은 공 하나를 옆 사람에게 받아 바로 옆 사람에게 돌리는 게임이 한창이다.

또 다른 방에서는 수북이 쌓인 신문지를 한 장씩 판판하게 편 후 차곡차곡 개켜 놓는데, 시커멓게 된 손으로 얼굴을 만지니 콧등을 비롯해 온 얼굴이 새카맣다. 그렇게 펴놓은 신문지를 꽃집이나 상점에 갖다 주면 적게나마 돈을 받는다고 한다. 한편 학교 창 밖에서는 기특하게도 몇몇 건장해 보이는 환자들이 제법 일꾼답게 구슬땀을 흘리며 정원 일을 돕고 있다.

병원에서 하는 가장 많은 일은 바로 줄서기, 중간에 쉬는 시간이 시작되자 환자들 모두 학교 건물 뒤쪽 넓은 잔디밭에 나가기 위해 다시 줄서기를 시작한다. 공터에서 몇은 농구대 밑에서 공 장난을 시작했고, 혹은 풀밭에 앉아 쉬면서 학교에서 주는 과자와 음료수를 받아 목을 축인다. 유심히 살펴보니 남자 환자와 여자 환자가 함께 어우러져 즐거운 듯 웃고 이야기를 나눈다.

도대체 저들은 무슨 이야기를 나누고 있을까?

아무리 생각해도 짐작이 가지 않아 궁금해 하며 둘러보는데 우리 병동 환자 한 명도 젊은 아가씨 환자와 저만큼 떨어진 곳에서 이야기를 나누며 즐거운 듯 싱글벙글 하고 있다. 남자 병동과 여자 병동이 따로 분리되어 있기 때문에 사실 지금이 남녀가 만날 수 있는 유일한 시간이기도 하다.

잔디밭엔 사람을 무서워하지 않는 한 무리의 노루 가족이 유유히 풀을 뜨고 있다. 풀밭 주위로 바다에 있어야 할 흰 갈매기 떼들 역시 먹이를 찾아 날개를 활짝 피고, 혹 땅에 떨어진 빵 부스러기라도 찾는 지 공중에서 빙빙 맴돌기를 계속한다.

> 때론 예쁜 것들 눈에 보이지 않아도
> 마음속에서 더 예쁜 것들
> 사라져 버린 것들
> 이름만 남아 더 그리운 것들
> 추억의 자국마다 곱게 피는 꽃으로
> 한층 더 아름다운 꽃밭이 되기도
>
> 이곳 환자들에게 무슨 얘기를 들려줄까?
> 영웅 얘기?
> 사랑 얘기?
> 도깨비 얘기?
> 전설 얘기?
>
> 구름위로 둥둥 떠 있는 뭉쳐진 바람처럼
> 시커먼 먹구름 가슴에 안고
> 하루에도 몇 차례씩 소낙비 쏟아내어
> 오늘도 병동은 얼마나 큰 홍수가 나려나?
>
> 숲길의 아늑한 오솔길의 정감을
> 찰랑이는 파도 소리를
> 난 진정으로 내 환자들에게
> 보여주고 들려주고 싶어라.

6
한국 환자 만나다

> 애인 있어요?
> 안젤리나 졸리 알아요?
> 내 애인이거든요.

'스탭핑 스톤'에서 쉬는 시간도 지나고 다시 교실로 돌아와 테이블에 둘러앉아 게임을 시작하는 환자들 틈에 나도 끼어 앉는다. '코넥트(connect)'란 게임이 꽤나 쉽고 재미있어 보여 관심을 가지고 지켜보자니 우리 병동 환자 척이 흥미진진한 표정으로 말을 걸어온다.

"제이드, 내기 한 번 해. 응? 응?"

누가 이기나 겨뤄보자고 하도 조르기에 끼어들었는데, 웬걸, 보기엔 아주 쉬워보였는데 막상 해보니 환자에게 이미 몇 번이나 지고 있다. 면목이 서지 않아 부끄러워지고 있을 무렵, 우리 옆을 터벅터벅 지나가던 한 환자를 척이 불러 세운다.

보아하니 한 서른 쯤 되어 보이는 틀림없는 동양인 환자다.

이곳 환자는 나이가 70살이 넘은 사람부터 어린 사람은 20살이 된 사람도 있고 인종도 가지가지다. 특별히 필리핀과 인도 닥터들이 많고 환자 중 흑인이 거의 반 정도다. 백인 남자들은 우월감이 강해서 늘 대장 노릇을 하는데 왜 흑인 환자가 많은지 가끔은 연구해 보고 싶은 마음이 들기도 한다. 동양 사람은 영어를 못 하는 사람이 많은 것이 특징이기도 하다.

"밴, 이리와. 여기 한국 간호사에게 인사해."

한 손을 바지 주머니에 넣은 채 뻣뻣하게 걸어오던 환자가 묻는다.

"한국 간호사요? 정말요?"

그는 눈웃음을 살살 띄우며 반가운 듯 바싹 내게 다가오더니 자기소개를 한다.

"병동 G에 있는 한국사람 밴이에요. 한국 이름은 김경태고요."

"한국분이라고요? 정말 반가워요."

난 반가운 마음에 불쑥 말을 해놓고도 이런 곳에서 한국 사람을 만나서 반갑다는 말이 괜찮은 건지 머쓱해진다. 한국 환자가 이곳에 있다는 것이 놀랍기도 하지만 그의 모습이 지저분한 다른 환자들과 달리 말쑥하고 생김새도 훤칠해서 정신질환자라고는 믿기지 않는다. 그는 테이블 위에 널려있던 그림 종이 한 장을 앞으로 끌어당겨 내가 손에 잡고 있던 펜을 가로채더니 '김경태'라고 자기 이름을 휘갈겨 쓴다. 술술 이것저것 글로 써내려가면서 동시에 입으로는 계속 한국말을 한다.

"나성에 김지수 목사 아세요?"

"잘 모르는데…"

그는 내 말을 들었는지 말았는지 '문성자'라고 다시 종이에 쓴다.

"이건 우리 어머니 이름, 우리 어머니는 대학에서 가르쳐요."

두루두루 가족까지 소개하면서 계속 날림 글씨로 써 내려가더니 순식간에 백지 한 장을 가득 채운다.

"어렸을 때 나성에서 살았고 한국에서도 살았어요."

몇 번 머리를 긁적긁적 거리며 장한 일을 했을 때처럼 어깨를 으쓱한다.

"한국에서 학교도 좀 다녔고요."

"아, 그래서 한국말을 잘 하는군요. 그런데 어떻게 여기에 오게 됐어요?"

"한때 친구들과 어울려서 마약을 했거든요."

아무렇지도 않게 쉽게 답하더니 별안간 엉뚱한 질문을 한다.

"애인 있어요?"

난 놀라서 대답 대신 미소만 짓는다.

"안젤리나 졸리, 혹시 그 배우 알아요? 그 여자가 내 애인인데."

그때야 '아하! 진정 미쳤구나.' 하고 중얼거리게 된다.

엉뚱하게 잘못 밀려 옆으로 새어 흐르기 시작한 물줄기가 흙탕물에 섞여 이렇게 흐르는 것인가! 한국을 떠나와 멀고 먼 타국 미국 땅 캘리포니아, 나파라는 한 정신병원에 모인 한국인 의사, 간호사, 한국 정신병 환자까지, 신기하고도 묘한 만남이다.

나파라는 도시는 와인으로 세계적으로 이름난 도시다.

1839년 George Yount라는 사람이 나파 벨리에 포도를 심으며 시작한 곳으로 그래서 나파에는 Yountville이란 이름이 여기저기에서 튀어나온다. 1861년 처음 상업적 와이너리를 연후 20년 동안 우후죽순처럼 생겼지만 1890년 대 진딧물의 일종인 The root louse phylloxera가 나파 벨리를 강타해 80퍼센트 와인산업은 망가지고 회복되는데 거의 백 년이 걸렸다. 하지만 1900년부터 25년간 다시 Phylloxera가 기승을 부려 농부들이 포도 대신 호두나 자두로 종목을 바꾸고 살아남았던 포도농장들도 거의 문을 닫았다. 하지만 지금은 세계에서 알아주는 와이너리로 성공한 유명한 명소가 됐다. 이 아름다운 곳에 이런 병원이 들어서게 된 연유는 무엇일까?

"나 화장실 가야돼."

그때 내가 CIO(constant inside observation) 직책으로 1대 1로 맡아보던 환자 파드로가 한마디 내뱉더니 그 말이 떨어지기가 무섭게 날 기다리지도 않고 혼자 홀 건너편 화장실로 뚜벅뚜벅 걸어간다. 아뿔싸! 서둘러 그를 뒤쫓아 가는데 이미 옆방으로 들어간 환자가 내가 어떻게 해 볼 틈도 없이 의자 하나를 번쩍 들어 올려 유리창을 향해 힘껏 내던진다. 순간 와장창 유리창이 산산조각 나 버렸고, 난 용케도 당황스러운 순간에 허리춤에 차고 있던 경종을 생각해 급히 그걸 눌렀다. 환자는 이미 또 다른 의자를 들어 올리고 있었지만 때맞춰 우르르 몰려온 스태프들 도움으로 팔을 붙잡아 그 쯤에서 사건이 마무리 됐다. 그 정도로 평정을 찾을 수 있어서 다소 안도의 숨을 쉴 수 있었다.

학교가 파하기도 전에 곧 바로 달려온 경찰차로 환자와 난 병동으로 돌아왔다. 진정이 좀 되자 오늘 생각지 않게 만났던 밴이 머릿속에서 떠오른다.

작은 체구의 애 띤 청년 파드로가 어쩌다 그런 불 같은 성격을 가지게 됐는지 또 언제 어디서 어떻게 무슨 큰일을 저질러 버릴지 짐작할 수 없어 한 시도 그에게서 눈을 뗄 수 없다. 그는 깨어 있는 동안은 마치 누군가에게 전화를 걸듯이 언제나 한쪽 손을 귀에 갖다 대고 줄곧 뭐라고 지껄이며 돌아다닌다. 학교에서 난리를 피우고 병동에 돌아온 뒤 싫다고 완강하게 뿌리치는 그에게 억지로 진정제를 먹이고 나서야 서서히 그는 잠에 빠져든다.

> 살짜기 오시는 아침
> 고뇌하는 인간에게로
> 한 발씩 가까이 다가오고 계십니다.
>
> 고난이나 고통이 아직 섞이지 않은
> 그 마알간 모습으로
> 점점 가까이 오시고 계신 아침
> 무슨 꽃이 그리 고울 수 있을까요?

7
쇠창살 너머

> 창살이 갈라놓는 이쪽과 저쪽
> 열쇠를 가진 자와 못 가진 자의 명령과 복종
> 그 창에 살이 베이고
> 그 창살이 눈물 흘리고

쇠창살, 두 갈래 삶으로 갈라놓는 가깝고도 먼 창 안 쪽에선 갇힌 자의 처량한 비명 소리가 그칠 줄 모른다. 쇠창살에 이슬처럼 맺히는 눈물, 슬픔, 외로움, 몸을 움츠린 채 와들와들 떨고 있는 병실의 흰 벽.

밖에는 산들바람 불고 있을 때 병동 안은 멈추지 않는 돌개바람이 휩쓸며 분다. 번개치고, 천둥 번쩍이는 환자들의 터무니없는 투정과 아우성은 쌕쌕 인간 바람 불러일으켜 산이라도 무너뜨릴 듯.

창밖에 부슬 비 내릴 때 창 안엔 슬픔으로 옷깃 함빡 젖은 환자 약에 취해 잠든다. 화음과 불협화음, 화평과 혼란, 웃음과 신음으로 에누리 없이 갈라지는 정신병원 창살. 이곳과 저곳을 갈라놓는 창살.

쇠창살 이쪽엔 원망하며, 아파하며, 슬퍼하며, 절망하며, 기약하기 어려운 자유를 갈망하며, 마냥 죽도록 잠이나 청해보는, 더는 꿈도 희망도 없이 천천히 죽어가는 피지 못하는 꽃들, 쇠창살 저쪽엔 단지 그들의 죽음을 조금씩 연장시켜 주는 스태프들.

그들 삶의 이면에 슬픈 역사가 이곳에 깊게 새겨지고 있다.

꽃다발 어울릴 리 없는 정신병원 벽에 걸린 그림 속의 꽃다발, 감상할 환자는 없어도 탐스럽게 피어있다. 새장에 갇힌 노래 대신 목청 터져라 고함치는 비련의 새들, 아니 쇠창살 속 인간들.

보이지 않는 벽 그리고 또 벽.

무시하고 무시당하고, 아무리 손 내밀어 잡아보고 싶어도 아무것도 잡히지 않는 손들. 허공을 휘저어 보지만 늘 튕겨 나오는 벽과 벽 사이의 손.

어설프게 잠든 그들의 꿈속에서만이라도 평화가 자유가 가득하기를 빌어본다.

점심시간에 복도 맨 아래쪽에 있는 휴게실에서 음료수를 마시며 잠시 쉬고 있는데 어제 만났던 한국의사 하워드가 쑥 들어온다.

"병원 일이 생각보다 어렵죠?"

"짐작은 했지만 예상보다 훨씬 힘드네요."

"항상 정신을 바짝 차리고 조심해야 해요."

하워드가 커피 잔에 천천히 커피를 따르며 묻는다.

"내게 한국사람 DNA가 있는 건 역시 어쩔 수 없나 봐. 가끔 김치가 먹고 싶어."

난데없이 김치 얘기에 나는 그에게 친근감이 느껴졌다.

"김치요? 제가 만들어드리면 좋겠지만……. 제가 솜씨가 없어서요."

"어디서 살 수 있죠?"

"여기서 약 30분 운전해 가면 한국 사람들이 모여 사는 곳에 한국 식품점이 꽤 있어요."

"언제 같이 가 줄래요?"

좀 쑥스러운 듯 뒷머리를 만지작거리며 묻는다.

"물론이죠."

예상치 못했던 부탁에 어리둥절해 하면서 나도 모르게 흔쾌히 승낙한다.

"고마워요. 우리 언제 시간 맞춰 보자고."

그리고 당부를 잊지 않는다.

"이곳 환자들 언제 어디서 무슨 짓을 갑자기 저지를지 몰라. 짐작조차 할 수 없으니 항상 정신 바싹 차리고 조심해야 해요. 알았죠?"

한쪽 손을 뒤로 흔들면서 나가는 그의 뒷모습을 바라보며 그의 따뜻한 배려에 마음이 훈훈해진다. 궁금한 것은 그의 정체다. 입양아? 한국 엄마를 꼭 닮은 혼혈아? 의문은 꼬리를 문다. 다음에 만나면 물어보리라 생각하며 병실로 돌아오는데 다급한 외침이 들린다.

"누구 빨리 여기로 좀 와 줘요. 아유, 이걸 어쩌면 좋아."

나타리가 도움을 청하는 곳으로 달려가 보니 샤워장에서 홀딱 벗은 젊은 중국 청년 이상우가 샤워장 물 내리는 곳에 앉아 있다. 가까이 가보니 구멍이 막혀 흥건히 고인 똥물 안에 푹 주저앉아 재미있어 죽겠다는 듯 천진난만한 어린 아이마냥 손으로 똥물을 휘젓는다.

"샤워하라고 들여보내고 잠시 후 들여다보니 저러고 있네."

샤워장 안에서 대변을 보니 똥 덩어리가 물 빠지는 구멍을 막아버려 생긴 일이다.

"어머머, 이게 무슨 짓이야?"

"아휴, 정말 미치겠네."

스태프들은 어처구니없는 광경에 터져 나오는 웃음을 참아가며 지독한 냄새에 손으로 코를 틀어막고 한 마디씩 한다.

아랑곳없다는 듯 좋다고 똥물에 누워있는 환자, 하얀 피부가 돋보이는 여리여리 어려보이는 이상우, 곱살하고 천진난만해 보이지만 보기와는 다르게 발작이 시작되면 완전히 다른 사람이 되어 무지막지하게 여러 명에게 큰 상처를 입힌다는 환자다. 게다가 무엇이든 눈에 띄는 것은 모두 삼켜버려 그것을 감시하느라 언제나 스태프 한 명이 그를 따라붙어 지킨다.

"벌써 수 없이 응급실에 실려가 삼킨 걸 꺼내는 수술을 받았어. 어디 그 뿐인 줄 알아? 일 년 전에는 여자 간호사를 뒤에서 별안간 덮쳐 심하게 구타해 척추를 망가뜨려 거의 반병신을 만들어 놓았지."

내가 두 눈을 동그랗게 뜨자 그건 아무 것도 아니라는 듯 스태프들은 그의 만행을 일러준다.

"얘기 들었지? 지난주에 남자 스태프 턱을 물어뜯어 살점이 떨어져 나가게 한 거 말야."

내가 두 눈을 더 크게 뜨자 나타리가 경고한다.

"공연히 하는 말이 아니야. 쟤는 정말 특별히 조심해야 돼."

"알았어. 고마워."

나타리를 도와 똥물에서 그를 끌어내 깨끗이 씻고 닦아놓았더니 말쑥해진 상우가 아무 일도 없었던 것처럼 상기된 얼굴로 살살 눈웃음을 짓는다. 긴 복도를 껑충껑충 뛰어 다니기도 하고 환자들 발 아래로 바닥을 엉금엉금 기어 다니기도 한다.

"제이드, 지금 바빠? 잠깐 교대해 줄래?"

나타리가 잠시 쉬고 오겠다기에 그러라고 답한 뒤 상우를 잠시 맡아본다. 자칫 그가 아무거나 집어삼키지 않을까 바싹 긴장하며 가까이서 졸졸 따라다니다 보니 금세 피곤이 몰려든다. 그런데 웬일로 상우는 잠시 복도 한쪽 끝 창문 앞에 멈춰 서더니 가만히 창 밖 주차장에 세워놓은 자동차들을 내려다본다. 그의 곁으로 다가가 살짝 몇 마디 건네 본다.

"넌 무슨 차가 좋아?"

상우가 대답 대신 씽긋 웃는다.

"난 한국인이야."

그가 영어에 익숙하지 않기 때문에 난 가지고 있던 종이 위에 한문으로 내 이름을 옥(玉)이라고 써 보였더니 그는 얼른 펜을 뺏어다 '난 중국인 이상우'라고 한자로 써 보이며 씩 웃는다. 지금 이 순간, 난 이 환자가 많이 사랑스럽다. 어쩌면 그도 자기와 비슷한 생김새를 한 나에게 누나 같은 편안함을 느꼈을지도 모른다. 난 상우와 어렵게 손짓 발짓과 몇 가지 간단한 한문을 써가며 이야기를 나누는 동안 그가 바다를 그리워 한다는 것을 알았다.

"그럼 빨리 건강해져서 바다 보러 가야지."

어쩌면 제 정신으로 돌아와 줄 것만 같은 생각에 바닷가 모래사장 얘기, 고기잡이 얘기, 맛난 중국음식 얘기, 또 사랑하는 사람들 얘기도 조심스럽게 찬찬히 들려준다. 알아들었는지 아닌지 그는 그저 미소만 지어 보인다.

청년이여, 동양의 청년이여, 꽁꽁 뭉친 혼돈에서 어서 빨리 깨어나렴. 이 청년의 어머니는 이 순간에도 어딘가에서 아들을 그리워하며 아들의 신음소리를 가슴으로 듣고 있겠지. 소용없는 바람일지라도 간곡한 마음으로 빌어본다.

이틀 전 음식을 싸 갖고 오셨을 때, 아들이 음식을 입이 메어지도록 한꺼번에 집어넣는 모습을 물끄러미 바라보던 그의 부모님 눈에 맺히던 이슬을 나는 보았다. 그가 부모에게는 너무도 귀한 외아들이라는 것을 차트에서 보았다. 중학교 시절 부모님을 따라 미국으로 이민 와서 낯선 타국 생활에 적응하지 못하던 중, 나쁜 친구들을 만나 마약에 빠져들면서 범죄도 저지르고 점점 정신에 이상까지 생겼다고.

지금 이 순간 한 마리 양처럼 온순하게 서 있는 이 청년을 나는 '사랑스런 상우'라고 가만히 이름 지어 본다.

상우를 따라 다니느라 정신이 없는데 내 곁을 지나던 키 크고 삐쩍 말라서 곧 넘어질 듯 맥없어 보이는 한 백인 환자가 내게 달려온다. 눈 깜짝 할 사이에 내 앞에 선 그는 갑자기 두 팔을 높이 치켜들더니 내 머리를 힘껏 내리치려 한다. 깜짝 놀란 나는 들고 있던 환자 상황을 적는 커다란 널빤지를 멀리 내동댕이치고 죽기 살기로 복도 아래쪽을 향해 정신 없이 도망친다. 다행히도 마침 간호사실 안에서 날 목격한 스태프들이 우르르 뛰쳐나와 도와주었으니 망정이지 졸지에 큰 봉변을 당할 뻔했다.

정신 병원에서 가장 중요한 지침은 뭐니 뭐니 해도 자기 안전이다.

안도의 숨을 쉬어보지만 꼭 쥐었던 두 주먹엔 땀이 흥건하다. 날 내리치려던 환자 헤롤드가 정신이 혼미한 채 긴 다리를 휘청거리며 걷는 모습이 쓸쓸하기 짝이 없다. 2차 대전 때 장교로 참전했었다는 파란 눈동자가 멋진 헤롤드, 훈장 달린 멋진 군복 차림의 그의 모습을 머릿속에 가만히 그려본다.

"큰 일 날 뻔 했어. 정말 다행이야."

스태프 모두 내가 무사한 것을 확인하고는 각자 자기 자리로 돌아간다.

"그 환자 말이야. 전쟁이 끝난 후 무슨 연유인지 자기 부인을 죽여 버렸다네."

이건 또 무슨 소리? 온 몸에 소름이 돋는다.

"어쩌면 너를 2차 대전 중에 보았던 일본 여자로 착각했었을 수도 있어."

곁에 있던 스태프가 자기 나름의 추리를 들려준다.

"너 정말 예뻐."

두근거리는 가슴을 채 가라앉히지도 못했는데 환자 한 명이 얼굴에 웃음을 잔뜩 머금고 두 팔을 벌린 채 바싹 다가온다. 엉뚱한 소리와 함께 별안간 날 안으려 하는 바람에 놀라서 재빨리 몸은 피했지만 가슴은 두방망이질이다. 얼굴이 도토리처럼 빤질빤질하고 색깔도 비슷한 밤색인 그는 성범죄자로 병원에서 낙인 찍힌 환자다. 여자 스태프가 지나갈 때면 늘 "오!

너 참 예뻐!"를 남발하며 팔을 벌려 마구 끌어안으려 하고 입을 맞추려 덤벼든다. 때문에 여자 스태프들 모두 그의 곁을 지날 때면 너나없이 몸을 잔뜩 움츠린다.

"만지면 안 돼요! 노, 노터치!"

그럴 때면 여자 스태프들은 질겁하며 얼른 몸을 피한 뒤 호통을 치곤 한다.

그가 복도를 휘젓고 지나간 지 얼마 후 경종이 요란스레 울린다.

알아보니 그가 복도가 꺾이는 으슥한 한 구석에서 오늘 우리 병동에 손이 모자라 도우러 왔던 여자 스태프를 강간하려 바닥에 눕혀놓고 바지를 벗기려 했다. 그 스태프는 불행하게도 경보기를 착용하고 있지 않았다가 그런 봉변을 당했다. 자칫 큰 일이 날 뻔했지만 마침 그 곁을 지나던 한 스태프가 구해줘 변을 면할 수 있었다는데, 그 일은 경보기 착용의 중요성을 모두에게 한 번 더 깨닫게 해준다.

이곳 정신병원엔 성범죄자 수가 아주 많다. 그런 환자들을 위한 치료라며 환자들을 규칙적으로 참석시키는 프로그램이 있긴 하지만 치료가 잘 되고 있는지는 알 수 없다. 통계에 의하면 미국엔 거의 백만 명에 가까운 성범죄자가 있으며, 그 중 보호받고 있는 범죄자만도 30만 명에 가깝다고 한다. 한번 성 범죄를 저지른 사람이 또 같은 죄를 저지를 비율은 약 20명 중 1명이고 성 범죄율은 매년 높아지고 있다고 한다. 이곳에서 일하는 것이 생각보다 훨씬 더 힘들고 위험하다는 것을 실감하고 있는데 환자 한 명이 묻는다.

"나 오리건(Oregon) 가도 돼?"

특별히 누구에게 묻는 것이 아닌 듯 혼잣말처럼 몇 번을 묻는다.

왜 하필이면 오리건에 가도 되느냐고 묻지? 거기서 온 환자인가?

여하튼 거기에 가고 싶은 이유가 있겠지?

두 손을 비비 꼬며 곧 넘어질 듯 비틀거리며 지나가던 환자가 내 곁을 지나면서 난데없이 내 한쪽 팔을 후벼 파는 바람에 뜻밖에 팔에 상처가 났다. 손가락을 모두 펴고 온 몸을 뒤틀고 있는 한 환자는 자신의 몸도 잘 간수하지 못하면서 다른 환자의 머리 위에 손을 힘들게 얹고는 싫다는 데도 기도를 해 주겠다며 떼를 쓴다.

병동과 병동 사이에 잠겨있는 문에는 다른 편 쪽을 들여다 볼 수 있게 만들어진 조그만 네모난 창이 있다. 문 안쪽에 있던 환자가 누가 문을 열고 들어갈 때 갑자기 덮칠지 몰라 문 마다 마련돼 있는 작은 창이다. 창 저쪽 병동 G 작은 창을 통해 누군가 손을 열심히 흔들어서 자세히 보니 어제 만났던 한국 환자 밴이다. 나도 그에 답하여 웃으며 손을 흔든다.

병동은 여전히 한국의 시장터 같이 시끌시끌하고, 환자들은 이런저런 이유로 번갈아가며 가죽 끈에 묶여 아우성치고 있지만 스태프 모두 상관하지 않는다. 한 인간인 치료진이 다른 인간인 정신질환자를 위해 얼만큼 진정으로 도울 수 있단 말인가?

좁혀진 삶의 작은 테두리 안에서 보여주고 있는 삶의 한 조각 모습에 회의가 느껴진다. 병동의 울부짖음들 진정 인간의 목소리란 말인가?

아니면 늑대들의 울부짖음이란 말인가? 혼돈스럽다.

"너 괜찮니?"

이리저리 돌아다니며 그 말만 묻고 다니는 환자, 누가 누구에게 묻는 말인가? 사람은 꿈과 희망, 그리고 미래를 위해 살아간다. 저마다 계산하고 나아갈 방도를 개척하기 위해 애를 쓴다. 이들은 과연 어쩌다 이렇게 길을 잃은 것일까?

누구를 미워하고 원망하는 소리는 병동의 천정이라도 뚫어버릴 듯 점점 높이 울려 퍼지는데 난 혼자 생각에 빠져든다.

난 정말 모르겠어. 어떻게 이들을 달래야 하는지, 난 정말 모르겠어.

"난 너를 바다에 빠뜨리고 말거야."

다시 들려오는 환자의 외침.

"나 열여덟 살이고 열다섯 살 되는데 말이야-----. 나는 나의 남자야. 음 그렇고말고."

"헤이! 긴 머리칼 가진 여자가 내 뱃속에 들어와서 주스를 다 빨아 마시잖아."

참으로 밑도 끝도 없는 환자들의 중얼거림들, 불평들, 만사가 귀찮다는 듯 짜증스럽게 잔뜩 찌푸린 얼굴로 염불이라도 외듯이 환자 한 명이 연신 중얼거린다.

여기가 대체 어디기에?

혹시 어느 저 먼 별 나라로 내가 와 있는 것은 아닐까?

허황되고, 엉뚱하고, 서로 붙어 싸우기를 일삼고, 경기 부리며, 불평, 변명, 고함, 환상에 묻혀 허우적거리는 무수한 환자들. 어찌 보면 그들은 이곳에 모여 완쾌 대신 혹시 미친 짓을 다른 환자에게서 배우며 더 깊은 수렁 속으로 빠지고 있는 것은 아닌지?

청실홍실 수놓으며
이토록 아름다운 날에
순한 마음으로 돌아와 보라고
손짓 따라, 눈빛 따라 돌아와 보라고

지옥 그림에서 본 듯한 여기
어디 뚝 떨어진 별 세상 같은
전엔 미처 알지 못했던 여기

반복에 반복을 더하며 모두 어디로?
이곳에서 서로 알아들을 수 있는
그런 언어는 어디 없는지

완쾌의 길 혹 있다면
종종 걸음 시켜 보련만
층층의 아픔 딛고 그렇게라도

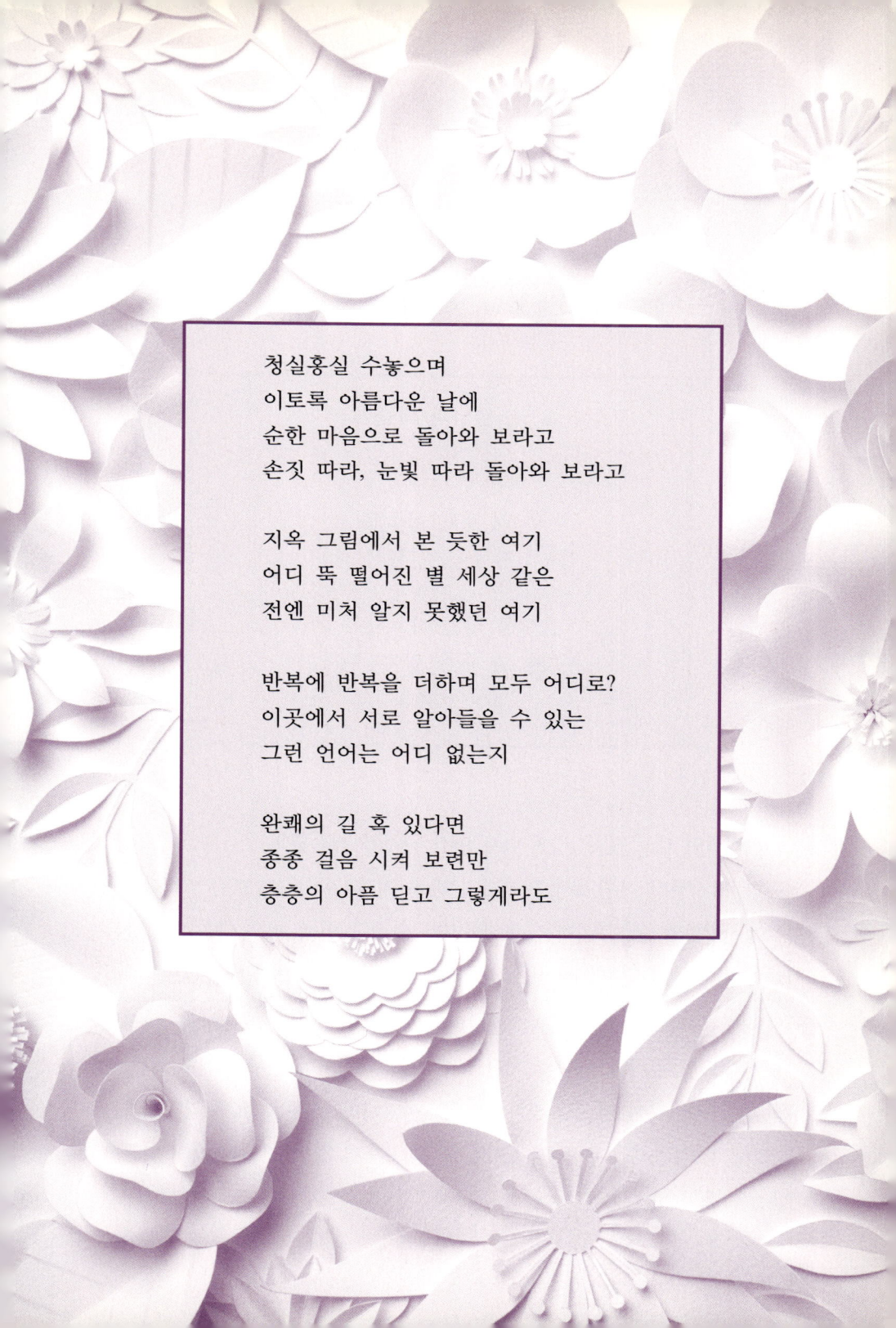

8
야간 근무 시작

> 달님, 별님과 더불어
>
> 별은 다시 뜨고
> 별 저 버린 하늘은
> 다시 묵묵히 입 다문다.
>
> 흙탕물 튀는 하루하루
> 검은 물 뚝뚝 떨어지는
> 병실의 복도

예정했던 대로 일주일 후 바로 야간 근무가 시작됐다.

밤 11시부터 아침 6시 30분까지 밤을 지새워야 하는 고된 일이다.

정신병원의 밤, 주차장은 한적하지만 만감이 얽혀 피운 나그네의 슬픈 꽃밭 같다. 초롱이 빛나는 별빛 아래로 지금부터 아침까지 밤을 꼬박 새워야 하는 그레이브 야드(grave yard)라고 부르는 어쩌면 이 밤, 운 나쁘면 다칠 수도 죽을 수도 있는 위험을 무릅쓰고 일하는 밤 근무 스태프. 알록달록 인종들이 낯선 땅에서 갖은 설움을 이겨내며, 모두 고요히 잠들어가는 시각에 혹 늦을세라 종종 걸음으로 한 명, 두 명 생활 전선을 향해 피곤한 발걸음 옮겨놓는다.

주차장에 차를 정차하고 차에서 막 내리려는데 라쿤 한 마리가 살금살금 기어가다 기척을 듣고 내 차 밑 바퀴 사이로 숨어버렸다. 어떤 스태프가 집 없는 고양이를 위해 갖다 놓은 밥을 뺏어먹어 볼 양으로 내려온 라쿤이다. 담장을 따라 살살 기어가던 스컹크 한 마리도 먹이를 찾는 듯 두리번거리며 하얗고 까만 두툼한 꼬리를 치켜들고 뒤뚱거리며 내 앞을 지나간다.

여기가 진정 '멜팅 팟'이라고 말하는 미 대륙, 섞여서 하나가 된 곳이라고 자부했지만 이제는 '샐러드 볼'이라고 각 야채에 따라 다른 맛을 내는 샐러드처럼 각 인종들이 특성을 드러내는 곳이다.

특히나 이 병원은 캘리포니아 주 정부가 운영하는 만큼 차별 없이 인종을 등용해 백인, 흑인, 필리핀, 일본인, 인도, 아프리카, 베트남, 한국, 중국, 등 각 나라에서 온 수많은 인종들이 자신들의 문화나 관습을 이래저래 드러내며 함께 일하고 있다.

건물 안으로 들어가기 전, 난 밤하늘에 초롱초롱한 별들을 쳐다보며 북두칠성 일곱 별들을 손가락으로 세어본다. 이 밤이 안전하기를 빌며.

역사가 긴 병원인 만큼, 병동 뒤뜰에 우뚝 선 아름드리 키 큰 나무들 나뭇가지마다 잎사귀들이 달빛 아래 바람 따라 하늘하늘 춤추며 흔들린다. 그때마다 그 그림자가 어쩐지 으스스해 한층 더 이곳이 미치광이의 망령처럼 느껴진다. 흔들리는 그림자에 오싹해지고 주차장 불빛이 건물 유리창에 어른거리는 것이 마치 유령들이 덩실덩실 춤을 추며 향연을 벌이는 것 같다.

병동에 도착해 보니 전지를 든 스태프들이 방마다 문을 열어가며 환자들이 있나 확인을 위해 이미 회진을 돌고 있고, 복도엔 아직도 잠들지 못한 환자 몇이 어슬렁거리며 무엇인가를 졸라대고 있다. 또 다른 환자는 간호사실 문 앞에서 머리가 아프니 빨리 약을 달라고 큰 소리를 친다.

"오늘부터 밤에 일하게 될 제이드에요."

나는 내 가슴에 붙은 이름표를 가리키며 인사를 하자 간호사실에 있던 스태프들 모두 반갑게 날 반긴다.

낮일에 비해 스태프 수가 많지 않고 좀 더 따뜻한 분위기다. 키가 후리후리하고 인상이 좀 험상궂어 보이는 밤 당번 스태프 책임자란 남자가 들어오며 묻는다.

"새로 온 간호사? 기다리고 있었어요. 난 죠넬."

손을 내밀며 주위의 스태프들을 한 사람씩 인사시킨다.

"간호사 아리스, 나타리, 여긴 리사. 이제부터 함께 일할 스태프들이야."

그 중에는 낮에 만났던 나타리가 있어서 안심이 된다. 몇 환자들은 밤 12시가 지났는데도 아직 간호사실 창문에 매달려있다.

"나 오늘밤에 죽어버리고 말테야! 어디 한 번 지켜보라구!"

이미 팔목을 여러 번 그었다는 올란도란 이 환자의 팔에는 몇 줄의 핏자국 베인 상처가 드러나 있다.

"너희들 아마 아침엔 내 죽은 시체를 발견하고 말테니까."

그는 보란듯이 자신의 팔을 창에 바싹 갖다 대고 자랑이나 하듯 스태프에게 계속 죽어버리겠다고 협박한다. 스태프에게 좀 더 겁을 줘 볼 양으로 애쓰는 모습이 역력하다.

"대체 왜 그래? 뭐가 문제야?"

죠넬은 보다 못해 앉았던 의자에서 벌떡 일어나 문을 박차고 복도로 나가 창에 매달렸던 환자를 끌어내리려 잡아당긴다. 그때 환자의 손 안에 날카롭고 뾰족한 부서진 CD조각이 들려 있는 것을 발견하고 스태프 모두 달려들어 간신히 뺏는다. 올란도의 알 수 없는 자살 협박은 온 밤을 계속해 스태프들을 힘들게 한다. 스태프들이 한동안 그를 모른 채 내 버려두니 이번엔 자기 침대에서 홑이불을 갈기갈기 찢어서 그걸로 목을 매 죽겠다고 난리를 친다. 복도에 낮게 놓인 쇠 난간에다 찢은 홑이불 긴 조각을 걸면서 자살 시늉을 해보지만, 난간이 낮아서 도저히 자살은 할 수 없다.

"그토록 죽고 싶다면 죽게 돼."

간호사 아리스의 농담 섞인 말에 한바탕 웃음이 터진다. 그들 말에 의하면 그가 저러는 것이 계속 되어온 연극이라는 것.

"만약 진짜 죽을 것 같으면 아마 제일 먼저 살려달라고 애걸복걸 할걸."

리사가 입을 삐죽거리며 한마디 한다.

겨우 자살극이 좀 잔잔해 진 후 또 다른 환자가 창에 매달려 조른다.

"아버지가 날 데리러 밖에 와 있어! 빨리 빨리 문 열어! 어서! 어서!"

자세히 보니 전번 스태프 뺨을 후려갈겼던 바로 그 환자다.

"지금이 몇 신줄 알아? 새벽 3시야! 빨리 방에 가서 좀 더 자! 알았어?"

"너 내가 누군지 모르지? 이 병원 주인이야. 잔소리 말고 빨리 문이나 열어!"

"저 시계 안 보여? 이 밤중에 대체 누가 왔다는 거야?"

나타리가 벽시계를 손으로 가리키며 짜증을 낸다.

"퍽 유! 저 문이나 빨리 열란 말이야! 내가 백만장자인 거 너 알잖아?"

리사도 어서 가서 자라고 매섭게 한 마디 한다.

"오 마이! 너 언제까지 정신 못 차리고 이럴 거야? 네가 아무리 오래 여기 있어도 별수 없어!"

입가에는 침이 질질 흐르고 엉덩이 아래로 흘러내리는 바지를 끌어올리느라 신경을 쓰면서도 악을 쓰는 목소리의 톤은 높아간다.

"넌 영어를 못 알아듣는 거지, 그지? 다시 말하지만 지금은 한 밤중이라 아무도 오지 않아."

리사가 달래기도 하고 협박도 해 본다. 계속 어처구니없이 떼를 쓰느라 잠든 병동을 시끄럽게 흔들어 놓는 것을 더는 봐 줄 수 없다는 듯 죠넬이 문을 후닥닥 열고 복도로 뛰어나간다. 창에 매달려 있던 환자의 멱살을 잡고 그를 그의 방으로 끌고 간다.

"넌 아마 십 년이 지나고 또 십 년이 지나도 지금과 똑같이 바보처럼 굴 거야. 틀림없어!"

이곳의 이런 코미디극은 낮이나 밤이나 끝도 없이 상영된다.

시끌벅적 했던 병동이 웬만큼 조용해진 한 밤중에 복도 한 복판에서 몸집이 둥그스름하고 허리가 꾸부정한 흑인 환자가 반질반질한 구릿빛 피부를 드러내고 나체로 걷고 있다. 축 늘어진 생식기가 덩달아 흔들린다. 들고 있는 소변기에서 소변이 철철 넘쳐흘러 곧 쏟아질 판인데도 상관없이 화장실을 향해 늠름히 긴 복도를 걸어가고 있는 그의 이름은 빌.

"누구 가위 가져와! 어서! 저걸 잘라 버리게!"

간호사실에서 그걸 지켜보던 아리스가 문을 열고 내다보며 호통을 쳐보지만 환자는 아랑곳 않고 보라는 듯 그 앞을 유유히 걸어간다.

"부끄러운 줄 알아야지."

간호사 아리스는 여자지만 억세고 고집도 세서 환자들이 싸움판을 벌리면 남자 스태프들 제쳐놓고 싸움판에 끼어들곤 한다. 재치가 있어서 말리기도 잘하고 골치 아픈 일 처리도 곧잘 한다.

새벽 4시 환자들의 보채기도 웬만큼 시들해질 무렵, 이번엔 복도 한쪽 끝에서 웬 청승맞은 노랫가락이 온 병동에 울려 퍼진다.

내다보니 조금 전 나체쇼를 벌였던 바로 그 환자다.

그래도 이번엔 아랫도리에 속옷 하나는 걸치고 복도에 우뚝 서서, 고개는 천정을 향해 높이 위로 치켜들고 두 팔도 높이 올려 마치 신전에 제를 올리는 자세다. 있는 힘을 다해 목청을 한껏 높이느라 두 다리까지 부르르 떨어가며 옛 미국 남부에서 흑인들이 목화밭에서 불렀다는 딕시(Dixie) 스타일 노랫가락을 청승맞게 읊조린다.

"아직 잠자는 시간이야. 그만하지 못해!"

아리스의 호통에도 그는 들은 체 만 체 아랑곳 않고 계속 그 독특한 예식을 멈추지 않는다.

"저 환자 저래 봐도 돈 많은 부자야."

나타리가 슬쩍 귀띔을 한다.

"정말?"

"진짜야. 텍사스에 소유하고 있던 땅에서 유전 맥이 나왔대. 그래서 환자 앞으로 돈이 꼬박꼬박 입금되는데 물론 환자는 아무것도 몰라. 그걸 알고 있는 친척들이 혹시나 해서 이곳을 자주 들여다보는 거지."

"글쎄. 돈이 아무리 많으면 뭘 해. 저렇게 정신이 없으니."

난 흥미롭게 그의 이야기를 들으며 마음이 쓸쓸해진다. 여긴 여러모로 우스꽝스럽고도 착한 사람들의 집합소인 것은 틀림없다. 난, 실은 어떻게 그들에게 인사해야 하는지 아직 잘 모른다. 이 착하고도 나쁜 환자들에게.

"지옥에 있는 건 너지 난 아니야."

새벽부터 일어나 복도에 나온 환자들의 혼잣말이 귓속을 아프게 파고든다. 인간 정글 같은 곳, 여기저기서 사기 그릇 깨지는 쨍그랑 소리 여운이 바야흐로 다시 새벽을 어지럽힌다.

간호사실에서 내다보이는 바로 앞 복도 한 곁에 환자용 전화기 한대가 있다. 아직 아침 6시도 안 된 이른 시각인데 어느 틈에 신사처럼 말쑥하게 차려입고 단정한 모습으로 전화기를 든 채 누군가와 열심히 대화하는 사람이 있다. 의사인가? 마침 그의 곁을 지나다 보니 환자, 무슨 말을 하는지 궁금하다.

"굿모닝 그레이스, 내 우편물 좀 잘 보관해 주겠어?"

"그래 좀 맡아줘. 오케이?"

"열쇠는 발판 밑에 있어. 알겠지?"

"난 곧 아침밥 먹으러 가야 해. 약도 먹어야 하고 학교도 가야 해."

"맡아줄 수 있지? 내 집 주위도 좀 잘 돌봐 줘."

"여보세요. 헬로, 헬로, 미스 그레이스. 맡아줄 수 있지? 제발 그래줘."

그는 전화 통화를 하는 척 시늉만 내고 있다. 알고 보니 그가 다이얼을 돌린 곳은 병원 안 교환수, 간호사실로 돌아오니 나타리가 교환실에서 결려 온 환자 단속 잘하라는 문책 전화를 받고 있다. 열 받은 그녀가 간호사실 문을 박차고 나가 호통을 치며 그를 부른다.

"래오날드! 거기서 뭘 하는 거야?"

그는 쏜살같이 한 걸음에 줄달음쳐 복도 맨 끝 쪽 자기 방으로 달아나듯 들어가 문을 세차게 "탕" 하고 닫는다.

"아침마다 늘 저래. 저렇게 순하게 보여도 저 환자 역시 자기 부인을 죽였어."

나타리가 전해주는 말, 들을수록 가슴 철렁한 이야기뿐이다.

"보통 때 래오날드가 누구와 대화하는 건 한 번도 본 적이 없어. 어떻게 그렇게 살 수 있는지 정말 이해가 안 돼. 그냥 무리에 섞여 이리저리 따라다니는 외톨박이야. 누구와 싸움도 안 해. 하지만 언제나 저렇게 아침마다 통화하고 자기 몸 관리만은 철저해서 항상 저렇게 말쑥해."

이토록 황망하고 불쌍한 환자들에게 한 발짝 더 가까이 다가가 그들 손이라도 잡아주고 싶지만 아무리 가여워도 그럴 수는 없다. 병원 측에서 그것은 엄격하게 금하는 사항이라 그들을 보듬어주고 싶은 마음을 전할 길은 영영 없으니 답답하다.

사원의 종소리 귓가에 맴돌 때, 이곳엔 어지러운 숨소리 가득히 채워진다. 완쾌를 기약할 수 없는 기다림, 아침에도 떠날 수 없고 저녁에도 떠날 수 없는데 병동엔 시간만 홀로 빈 채 꾸준히 흐르고 있다.

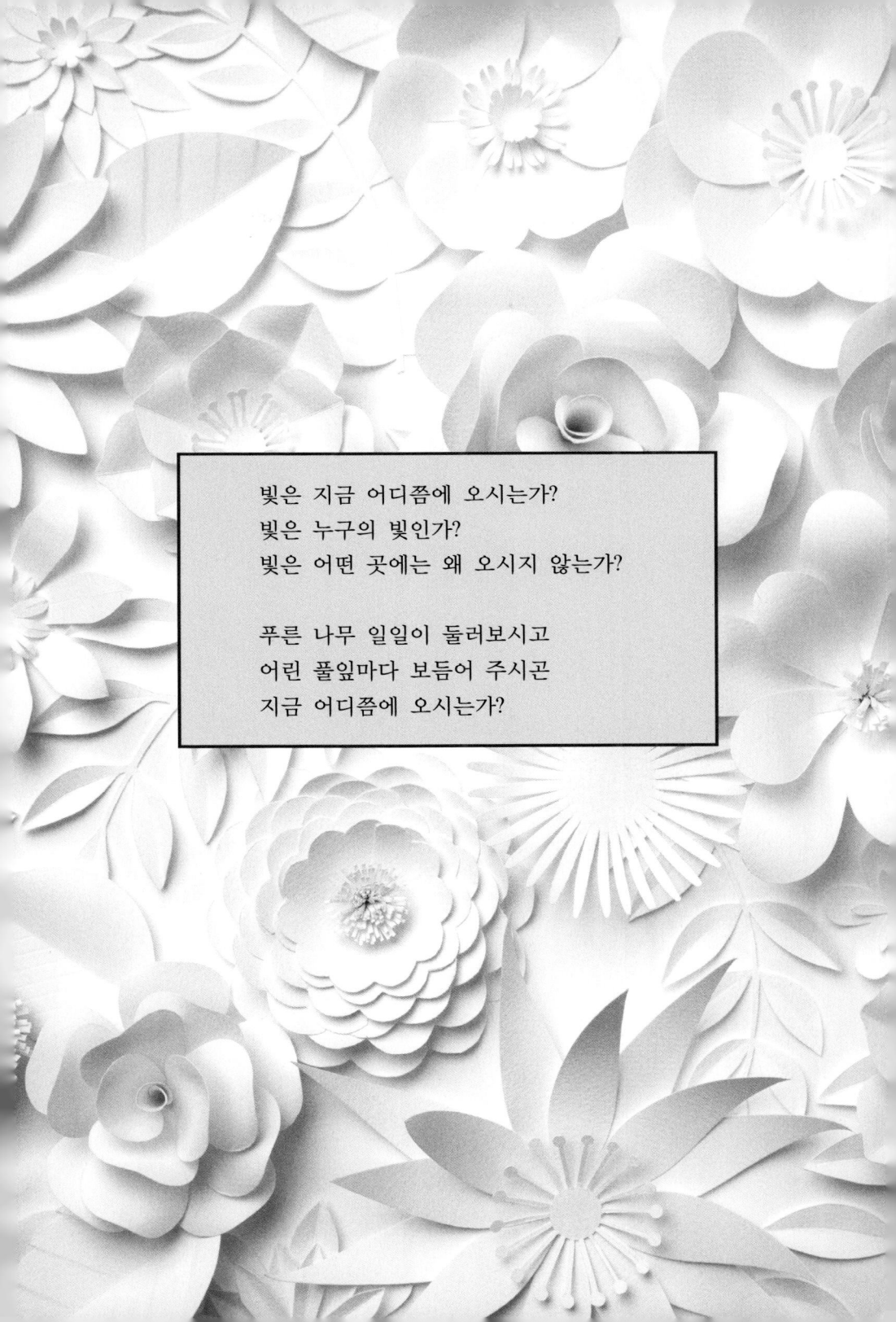

빛은 지금 어디쯤에 오시는가?
빛은 누구의 빛인가?
빛은 어떤 곳에는 왜 오시지 않는가?

푸른 나무 일일이 둘러보시고
어린 풀잎마다 보듬어 주시곤
지금 어디쯤에 오시는가?

보/랏빛/눈물

2부

광란의 섬

9. 사막의 목마름

10. 청실홍실 수를 놓아

11. 조명등 아래서

12. 쳇바퀴 도는 다람쥐

13. 한 폭의 아름다운 세상

14. 광란의 섬

15. 저녁 초대

16. 빛은 지금 어디에

17. 코미디 쇼

9
사막의 목마름

> 사막엔 바람 분다.
> 돌개바람 분다.
> 모두
> 이리로 가까이 와 봐요.
> 나의 입김 불어넣어
> 바람 쫓아 보내 줄게요.

병원엔 늘 슬픔이 바닥에 두껍게 깔려있다.

이제 밤이 막 시작하려는데 벌써부터 건물 전체가 떠나갈듯 요란하게 경종이 울려 퍼진다. 간호사실 한쪽 벽에 걸린 모니터엔 옆 병동 G 글씨가 선명하게 반짝인다.

"제이드, 가자!"

마치 적진에 돌입하듯 단호하게 죠넬이 나를 부르며 자리에서 벌떡 일어나 문을 박차고 나가 나도 엉겹결에 벌떡 일어나 그 뒤를 따른다. 바락바락 악 쓰는 소리가 요란한 그곳엔 우리보다 먼저 달려온 여러 스태프들이 웅성거리고 있다. 가까이 다가가 스태프로 둘러싸인 환자 얼굴을 보고 나는 깜짝 놀란다. 밴이 무슨 이유인지 살기 가득한 얼굴로 온 몸을 부르르 떨며 주위를 무서운 눈으로 쩨려본다. 잠시 후 난데없는 한국말이 들린다.

"니깐 놈들이 뭔데 날보고 이래라 저래라 명령이야?"

분을 삭이지 못 해 입술까지 파르르 떨며 악을 쓴다.

"두고 봐! 여길 모두 불 질러 버리고 말테니까!"

그리곤 입고 있던 셔츠를 벗어 온 힘을 다해 갈기갈기 찢기 시작한다.

"제이드, 네가 한번 얘기해 봐."

내가 같은 한국 사람인걸 알고 있는 죠넬이 내 등 뒤에서 속삭인다. 당장 무슨 짓을 어떻게 저지를지 모르게 화가 잔뜩 난 밴이 지금은 무섭고 겁난다. 그때 경찰 셋이 도착한 후 의사의 5포인트 명령이 떨어져 기다리던 스태프 6명이 한꺼번에 밴을 덮쳐 바닥에 눕힌다. 팔, 다리, 엉덩이, 어깨 위 등 각자 맡은 위치에서 엎드려 밴을 덮쳐 꼼짝 못하게 짓눌러 놓는다. 그리고 들것에 그를 옮긴 후 단단히 거기에 붙들어 묶은 뒤 곧바로 격리실 침대로 데려간다. 스태프 여럿이 달라붙어 발버둥 치는 밴을 견고한 가죽 벨트로 팔목과 발목 그리고 허리에 묶는 동안, 그는 사방으로 침을 탁탁 마구 뱉어 하는 수 없이 자루 보자기로 그의 얼굴을 덮어씌운다. 그 모습이 얼마나 기막히고 우스꽝스럽게 보이는지 차마 눈뜨고는 볼 수 없다. 드디어 스태프들이 간신히 그를 침대에 단단히 연결해 꼼짝달싹 못하게 묶는데 성공한다.

"애티반 2밀리그램 주사 빨리 준비해 줘요! 의사 오더예요!"

그런 외침이 들린 후 곧 바로 환자 엉덩이에 주사바늘이 들어간다. 무사히 5포인트 제지는 마무리되고 1대 1 스태프 한 명이 그의 앞에서 매 15분마다 그의 상태를 지키도록 지시받는다. 그의 오늘 행동을 낱낱이 기록하는 동안 그 사건은 비로소 평온을 찾아가리라.

근무처로 돌아오는 내내 밴이 무엇 때문에 그렇게 발작을 했는지 걱정이 되어서 견딜 수가 없다. 하지만 그의 험상궂던 모습만 눈앞에 어른거리며 아무리 생각해봐도 도무지 갈피를 잡을 수 없다.

병원 경찰들은 총은 차지 않았지만 대신 '테이즈', '바톤', '페퍼 스프레이' 같은 환자를 제지할 수 있는 용품을 허리에 차고 다니다가 긴급할 때 사용한다.

다행히 환자들은 그들이 입고 있는 유니폼만으로도 지레 겁을 먹고 더러는 경찰이라는 이름만 들어도 겁을 낸다. 오늘은 다른 날보다 자주 각 병동에서 번갈아 온 밤을 경종이 울려댄다.

"제이드. 혹 아래층 병동에 한국 노인 환자 있는 거 알아?"

죠넬이 묻는다.

"그래요? 아니 몰랐는데요."

처음 알게 된 소식이라 놀랍기도 하고, 알고 나니 무슨 일로 이곳에 와 있는지 도울 일은 없는지 그 사람을 만나보고 싶어진다. 이 병원이 원체 크고 직원 수가 많으며 무엇보다 병동마다 별도로 문이 꼭꼭 잠겨 있어서 서로 만날 기회가 없다. 차트를 정리하고 있는데 죠넬이 미안하다는 표정으로 나를 바라본다.

"제이드, 어쩌지? 오늘저녁 플롯(float)이 네 차례야."

플롯이란 다른 병동에 스태프 수가 모자라면 옮겨 다니면서 도와주는 일로, 환자나 스태프를 잘 알지 못하는 낯선 곳에서 일을 해야 하니 서로 가지 않으려고 몸을 사린다. 이 병원처럼 크고 직원 수가 많은 기관에선 어쩔 수 없는 문제점이긴 하지만.

"어느 병동?"

"아래층 노인 환자 병동이야."

조금 아까 그곳 얘기를 했었는데 공교롭게도 오늘 밤 나머지 근무는 거기서 하란다. 신체적으로는 허약한 노인이라지만 정신이 온전치 못한 환자들이다보니 다른 병동에 비해 일이 고되어 당연히 모두 그곳 근무를 싫어한다. D 병동에 가기까지 여러 병동을 거치며 잠긴 문들을 차례차례 열쇠로 열고 채우기를 반복한 후, 엘리베이터로 아래층까지 가서야 비로소 낯선 병동으로 들어간다. 한밤중 병동과 병동을 잇는 컴컴한 복도를 지나자니 머리끝이 삐쭉 삐쭉 선다. 하지만 병동 문을 열고 들어서니 그곳도 여느 병동이나 다름없다. 아니, 다른 병동보다 사람을 잡는 듯한 아우성이 입구부터 요란하다.

몸도 잘 가누지 못하는 환자들이 많지만 별난 행동만은 수그러지지 않는다. 더군다나 이곳의 많은 환자들이 기저귀를 차고 있어 병동 사방에 고약한 냄새가 풀풀 풍겨 병동으로 들어서는 순간 인상이 절로 찌푸려진다.

"얼마 전까지 '아리랑' 노래도 곧잘 불렀는데 이젠 더 이상 그 노래도 그쳤어."

안내해 주던 간호사가 내가 한국 환자가 어디 있냐고 하니 나를 그 할머니에게로 데리고 간다. 침대로 가 보니 부끄러움도 몽땅 잊어버린 채 아랫도리를 드러내놓고, 빼빼한 다리를 비비 꼬아가며 차고 있는 기저귀를 계속 잡아당겨 조각조각 찢고 있다. 비쩍 마른 가련한 모습에 눈시울이 뜨거워진다.

"할머니. 안녕하세요? 한국말 하세요?"

내 물음에 순간 얼굴에 화색이 도는 듯 하더니 금세 얼굴이 굳어진다.

"반가워요. 할머니."

이름은 황금순, 여기선 그냥 순이라고 부른단다.

"할머니, 몸은 좀 어떠세요?"

할머니는 내 인사에 답조차 하지 않는다.

귀에 익은 한국말이 들려서일까, 얼핏 관심을 보이는 것 같다가 곧바로 허공을 향해 눈을 희멀겋게 뜬다. 아주 먼 세상에 가있는 듯한 표정으로 입맛만 쭉쭉 몇 번 다신다. 어째서 이 한국 할머니는 낯선 땅에서 정신 줄을 놓아버리고 동그마니 홀로 여기에 누워있는가?

"얼른 나아서 한국 가보고 싶지 않으세요?"

다시 한국 이야기로 말을 걸어 보지만 아무것도 전달되지 않았다는 것은 할머니 표정이 먼저 말한다.

"누가 찾아오는 사람은 있어요?"

"내가 일한 지 13년이 됐는데 그동안 한 사람도 찾아오는 걸 보지 못했어요. 아들딸이 캘리포니아 어딘가에 살고 있다는 말은 들었는데."

설명하는 간호사도 이해하기 어렵다는 표정이다.

잠깐의 휴식 시간을 이용해 할머니 차트를 들여다본다.

할머니는 30여 년 전 온 가족과 미국으로 이민을 왔는데 얼마 지나지 않아 남편이 바람을 피워 다른 여자와 새살림을 차렸다. 할머니는 오랫동안 고생하며 아이들을 키웠다고 씌어있다. 낯설고 물 선 세상에 얼마나 실망스럽고 힘들었으면 이렇게 된 것일까? 어떤 사람에게 세상은 너무도 매정하다. 애써 고생하며 자식을 열심히 길러주었건만 어머니를 저버리는 자식이나, 낯선 타국에 가족을 끌고 와선 자기 가족을 외면해 버린 가장이나, 사람 나름이겠으나 동방예의지국에 대한 자부심과 부모를 공경하는 민족이라 믿었던 믿음이 무너진다. 우린 예부터 가난해도 정으로 살아가는 민족이 아니던가? 나는 엉뚱하게도 지금 이 시간 한민족의 잃어버린 신뢰를 생각하며 슬퍼진다. 한국은 어째서 같은 민족끼리 서로의 가슴에 총칼을 갖다 대는지, 왜 이토록 긴 세월이 지나도 통일은 되지 않는 지.

새벽 4시경, 스태프들 모두 일회용 앞치마를 두르고 마스크를 착용하고 장갑을 겹겹이 낀다. 나도 그들을 따라 장갑을 겹겹이 낀다.

환자 한명에 스태프 두세 명이 한 팀이 되어 힘을 합쳐 냄새가 코를 찔러오는 똥오줌 기저귀를 갈아주며, 아랫도리와 등까지 온 몸을 물수건으로 닦아준다. 욕창을 방지하기 위해 특별한 크림을 발라주고 등의 사방을 마사지까지 해준다. 그 다음엔 깨끗한 옷으로 갈아입힌 후 환자 한명씩 힘들게 호잇(hoist)으로 짐을 끌어올리듯 각도를 잘 맞춰가며 조심스레 천천히 끌어올려 리크라이너 의자에 조심스레 내려놓는다. 그런 후에도 환자가 바닥으로 떨어져 다치지 않도록 푹신한 끈으로 단단히 묶어 고정시켜 놓는다.

그렇게 하는 동안 환자들은 아우성치며 발로 차고, 아무나, 무엇이나, 손 닿는 데로 후려갈기고 꼬집는다. 그도 그럴 것이 규칙적으로 자세를 바꿔주기는 하지만 밤새 한 자세로 꼼짝 못하고 누워 있다가 갑자기 몸을 이리저리로 움직이게 하니 아픔을 호소할 수밖에 없다.

밤이 깊을수록 병원 복도에 깔린 침묵을 무겁게 느끼며 피부색이 각각인 스태프들이 힘을 모은다. 환자들이 하루를 시작할 수 있도록 단단히 준비를 완료한 후, 등에 흥건하게 베인 땀을 식히며 지친 발걸음을 천천히 옮긴다. 청실홍실 삶에 알록달록한 삶을 덧붙여 꾸며가는 간호사들이 이 순간은 더욱 고맙고 예쁘다. 깊은 강을 꿈길처럼 건너고 있는 환자들, 그들이 정신 번뜩 나게 한번 겁 줄 회초리는 어디 없는지. 정에 고프고 등이 시린 이들, 그들의 어깨 아래 시린 가슴에 찬바람 매일 더 고이는데 그 바람 내보낼 출구 화살표는 어디에도 없다는 것인지.

낯선 병동의 밤 근무를 무사히 마치고 집으로 가기 전 순이 할머니 곁으로 찾아가 주무시는 할머니의 두 손을 가만히 잡아 드린다.

"할머니. 기운 내세요!"

공손히 인사하며 돌아서려는데 왈칵 눈물이 솟구친다.

순서대로 오는 오버타임 근무지만 왜 이리도 자주 찾아오는지.

오늘도 그런 날 중에 하루, 원래대로라면 8시간 일하고 8시간을 더 병동에서 일해야 하지만 용케도 오후 당번 스태프 중 한 명이 4시간 더 일찍 앞당겨 출근해 교대해 주겠다고 한다. '살았구나.' 하며 기뻐하는데 누군가 뒤쪽에서 "굿모닝!" 하는 소리가 들린다. 돌아보니 닥트 하워드가 간호사실

쪽으로 다가와 부드럽게 미소를 짓는다.

"굿모닝, 닥터 하워드!"

우리가 인사를 나누는데 환자들이 우르르 그에게 몰려가더니 무언가 졸라대고 닥터는 두 팔로 그들을 막느라 곤욕을 치른다.

"왜 내 통장에 돈이 없다는 거야?"

"유 차이니스 빗취!"

한꺼번에 매달려 곱지 않은 말을 내 뱉자, 감당하기 어려워진 하워드가 재빨리 간호사실로 몸을 피하고 본다. 나도 곧바로 그 뒤를 따라 안으로 들어간다.

"정말 대단한 환자들이야."

그가 씽긋 웃으며 차트를 들여다보며 묻는다.

"김치는 언제 사러 가지?"

쑥스러운 듯 손으로 머리를 긁적인다.

"전 일요일이 쉬는 날인데……, 어때요?"

"일요일 OK. 아침 9시? 너무 이른가?"

"아니요. 괜찮아요."

"어디서 만나지? 그냥 병원 주차장에서 만날까?"

내가 좋다고 해 약속이 정해지자 그는 몹시 행복한 표정을 지으며 뒤돌아선다.

실험실로 소변 샘플을 갖다 주기 위해 옆 병동 앞을 지나가는데 밴이 앞으로 다가온다. 며칠 전 가죽 끈에 묶였던 때와는 영 다른 멀쩡하고도 부드러운 모습으로 날 무척 반가이 맞는다.

"잠깐만 거기 있어 줄래요?"

나에게 볼 일이 있는 모양인지 그는 급히 자기 방으로 가더니 손에 빨간 장미 한 송이를 들고 나와 쑥스럽게 내게 건넨다.

"웬 장미에요?"

그는 수줍은 듯 대답 대신 소년처럼 착한 미소를 짓는다. 아마 뒷마당에 나갔다가 살짝 한 송이 꺾은 것이리라. 난 장미를 받아들고 고맙다는 인사를 하고 실험실로 다시 발길을 옮긴다.

병동으로 돌아와 샤워장 문 앞을 보니 난리가 났다. 환자들이 샤워 후 갈아입을 옷들을 차곡차곡 개켜 놓은 테이블 위는 한꺼번에 달려든 환자들이 삽시간에 엉망으로 흩어놓아 난장판이 되어 그 모습이 가관이다. 매일 일어나는 일이지만 매일 봐도 어지럽다. 자신이 원하는 색깔이나 찾는 옷이 없다고 버럭 버럭 소리 지르며 짜증내는 환자, 복도 바닥에 마구 옷을 집어던지는 환자, 같은 옷을 서로 뺏으려고 실랑이 벌이는 환자, 샤워장 앞은 이래저래 결국 싸움판이 된다.

병동의 아침은 언제나 아수라장이다. 당번 교대 보고시간이 끝나기가 무섭게 스태프들은 바삐 방마다 돌아다니며 게으른 환자들을 깨우느라 여기저기서 호령이 요란하다. 덜커덩거리는 린낸 빈(linen bean) 옮기는 소리, 환자들 아우성 소리, 다급하게 울리는 경종소리.

환자 닉은 웅성대는 환자들 사이로 손을 휘저어 그들을 갈라놓고 복도 아래위를 껑충껑충 뛰어다닌다. 웃을 일도 없을 텐데 공연히 깔깔대며 한참을 웃어대더니 사라졌다가 다시 나타난다.

"이거 가져."

어디서 났는지 때 묻은 작은 꽃 주머니 하나를 내 앞에 불쑥 내민다.

"너 주려고. 예뻐서."

"정말 예뻐. 고마워. 그런데 예쁜 건 너 가져야지."

그는 쑥스러워졌는지 말없이 자기 바지 호주머니에 쑤욱 집어넣는다.

"우리 엄마는 일본 사람이야."

난데없는 엉뚱한 그의 말잔치. 난 믿을 수 없는 그의 언어의 유희에 미소를 지으며 그러냐고 고개를 끄덕여준다.

　복도 한복판에는 뱃속에 큰 수박 하나 품기라도 하듯 배가 불룩한 흑인 환자가 춤을 추고 있다. 거무칙칙한 피부 때문에 꼭 하마 같은 모습으로 부기우기를 신명나게 춰서 스태프들을 한바탕 웃겨놓더니 어느새 복도 끝 창문에 기대 바깥 하늘을 쳐다보며 중얼거린다. 그의 이름은 래오나도, 그의 이어지는 독백을 살짝 엿듣는다.

　"넌 날 백 번이나 죽이려 했어."
　"그래 이건 모두 비눗방울이야."
　"모두가 슬프고 슬픈 것뿐이야."
　"난 장례식 꽃 냄새를 지금 맡을 수 있어."

　자세히 들어보면 모두 의미심장한 말들이라 난 놀라움을 감추지 못한 채 그를 찬찬히 뜯어본다. 그렇게 속이 멀쩡해 보이는데 왜 목욕도 잘 하지 않고 손톱은 안으로 구부러지도록 자라게 두는지, 왜 발톱은 꼭 매 발톱처럼 언제나 길게 자라게 두는지. 양말 없이 슬리퍼만 늘 질질 끌고 다녀 발뒤꿈치 피부는 허옇게 터득터득 갈라져 보기만 해도 징그러워 절로 상이 찌푸려지게 하는지. 병원 안에 발 전문 의사가 있지만 매번 가기를 거절하니 어쩔 도리가 없다. 여기선 '환자의 권리'라고 하여 환자가 거절할 권리가 있다. 그런 그는 신기하게도 일요일만 되면 열심히 병원 안 교회에 출석한다.

사막 아닌 사막의 현상
종이 한 장 속에 이곳 풍경을 어찌 모두 담으랴.
담지 않으면 그냥 백지 한 장인 것을
담기로 하고 보니 참으로 많은 것을
담는 자루가 되어버린다.
수많은 문제와 이유, 질문과 답,
모두 휩쓸어 담아보는 자루

저기 한 사람은 흑인 보조 스태프
그 중간에 필리핀 간호사
테이블 단단한 모서리에
머리 쿵쿵 내리찍고 있는 멕시칸

여기저기 소란스러운 흑인식 영어 발음
거기에 겉도는 동양식 영어 발음
신기하게도 이것이
한 기관을 용케도 이끌어 가는 모습
모양도, 생각도, 입맛도 가지각색인
녹여서 하나가 된 멜팅 팟(melting pot)의 한 모습
여기 빤히 들여다보인다.

10
청실홍실 수를 놓아

> 당신이 입양아라고요?

일요일 아침, 하워드는 만나기로 한 장소에 이미 와 있다.
약간 썰렁한 날씨인데도 하늘색 티셔츠 차림이 경쾌하다.
"구경도 할 겸 샌프란시스코 식품가게에 들리면 어떨까요?"
"거 좋은 생각이야. 우리 드라이브 하자고."
"좋아요. 캘리포니아에 오신지 얼마 안 되셨다니 제가 길 안내는 해 드릴게요."
우린 시골길 같이 한적하고 좁은 길을 지나면서 여기저기 펼쳐진 포도밭에 눈길을 보낸다.
"제이드는 가족과 살겠지?"
차가 꼬불꼬불한 길을 벗어나자 그가 묻는다.
"네. 어머니와 둘이요. 아버지는 돌아가셨고요."
"미안. 괜히 물었나봐."
"아니 괜찮아요."
"그런데 왜 하필 위험한 정신병원 근무를 택했지?"
"이모님이 근처에 사셔서 이쪽으로 이민을 왔어요. 아마 닥터 하워드와 같은 마음이 아니었을까요?"
나는 오랜만에 느껴보는 따스함에 그동안 어두웠던 마음이 환하게 밝아진다. 이야기를 나누는 동안 우리는 어느새 101 고속도로에 올랐다. 일요일 이른 아침이라 비교적 조용한 도로를 경쾌한 음악을 들으며 한참을 달려 소설리토 해변 가에 이른다. 조그만 동네가 길 아래로 내려다보이며 물위에 정박해 놓은 무수한 요트들이 마치 한 폭의 그림처럼 한눈에 들어온다. 이어 동굴을 지나는데 동굴 모양을 따라 가장자리로 무지개 색으로 곱게 색칠한 것이 이색적이다. 동굴을 지나자 눈앞에 불그스름한 금문교 윗부분이 보이기 시작하더니 곧 이어 끝없이 펼쳐진 푸른 태평양이 한 눈에 들어온다.

출렁이는 물살이 햇살을 받아 눈부시게 반짝이며 넘실넘실 춤추는 바다 위로 이른 시간인데도 흰 돛단배들이 장관을 이룬다. 바다 저 멀리 아련히 떠있는 작은 섬, 옛날에 감옥이었다는 알카트래츠(Alcatraz)가 한때의 슬픈 기억에서 벗어나지 못했는지 흐느끼듯 외로워 보인다. 문득 환자들이 살고 있는 섬, 병원 생각이 난다.

금문교 다리 오른편엔 태평양이 은빛 보석을 박아 놓은 듯 끝없는 수평선을 그리며 눈부시게 반짝인다.

"저 곳을 넘어가면 한국이 있겠죠?"

시무룩한 표정으로 하워드가 혼잣말처럼 중얼거린다.

"맞아요. 아름다웠던 한국풍경이 가끔 생각나요."

난 어린 시절을 상기하며 내 한국에서의 추억을 들려준다.

"난 갓난아기 때 미국으로 입양됐어요. 물론 아무 기억도 없지만 한국은 항상 나에겐 의문과 호기심으로 가득한 보물 상자 같아요."

짐작은 했지만 그의 고백을 들으니 가슴이 싸해진다.

"그 얘긴 나중에 더 하기로 하고 우리 좀 걸을까?"

"네. 바다를 보며 금문교를 걷고 싶어요."

우린 전망대에 마련된 주차장에 차를 세워놓고 다리 위 보행로를 따라 나란히 걷기 시작한다. 툭 트인 다리 위에서 관광객 무리들이 화창한 날씨에 바닷바람을 즐기며 가슴을 활짝 펴고 걷는다. 우리도 그 틈에 함께 섞인다.

"바람이 무척 시원한데."

"바람의 도시 맞네요."

그는 두 팔을 활짝 벌려 불어오는 바람을 한껏 가슴에 받는다.

"아는 사람이 없어 그동안 많이 쓸쓸했는데 이렇게 제이드를 만나게 되어 좋아. 나와 줘서 고마워."

"덕분에 저도 기쁜 걸요."

말없이 걷던 그가 다리 아래를 내려다보며 말을 잇는다.

"금문교가 세상에서 가장 아름다운 자살 장소라고 하는 말이 정말 이유가 있는 것 같네."

"네. 참 아름다워요."

"나도 한 때 죽고 싶을 때가 있었어."

나는 아무 말도 못 한 채 바다 위를 가로지르는 흰 돛단배만 바라본다.

"우울증을 극복한 후 이런 환자들을 돕고 싶다는 생각으로 정신과 의사도 됐고."

"어째서 한국은 대량 수출이라도 하듯 같은 핏줄의 어린 생명들을 다른 나라에 무더기로 보낼까 생각하면 화가 나요. 한국전쟁을 치룬지도 오래 됐고 이젠 세계에서 살만한 나라가 됐는데도 입양아 배출 세계 1위라는 게 말이 되요?"

내 말 끝에 그는 하고 싶은 이야기가 많았다는 듯 말을 이어간다.

"우리 부모에게 버림받았다는 생각에 힘든 청소년기를 보냈지. 한국 전쟁 이후 2007년까지 16만 명이란 어마어마한 수를 입양 보냈다는 것을 알고 나처럼 아픈 사람이 얼마나 많을까 생각도 하게 되고."

나도 동감하던 터라 할 말을 찾지 못해 말문이 막힌다.

"철이 들면서 난 참 슬펐어. 동양인도 드문 미국 남부 캐롤라이나 주에 살면서 왜 생김새가 나만 다르게 생겼을까 이해가 되지 않았어. 날 많이 사랑해 주셨던 양 어머니가 돌아가시고 양 아버지는 새 부인을 맞았지. 애기가 생긴 후 양 어머니가 몸이 아파 나는 짐이 되어 이집 저집 위탁되어 옮기며 살아야 했을 땐 정말 적응하기 힘들어 화도 많이 났지."

"이해할 수 있어요."

"그러다 어느 순간 내가 왜 남의 나라에 와서 이렇게 살다 가야하나 비참한 생각이 들더라고. 오기가 생기기 시작하면서 이를 악물고 공부도 했고."

"그런 어려움을 이겨내고 참 대단해요. 미국에서 그 어렵다는 의사가 되어 성공했으니까요."

"글쎄 성공이라...."

그의 얼굴에 어두운 그림자가 스친다.

"닥터 하워드."

내가 그의 이름을 부르자 그가 정색을 한다.

"그냥 찰스라고 불러요."

"정말 그래도 되요?"

"되고말고요."

찰스. 그와 가까워진 느낌에 기분이 좋아진다.

금문교 다리 위에서 바라보는 샌프란시스코 도시에 촘촘히 우뚝우뚝 들어선 건물들이 흡사 빽빽이 들어선 묘지의 비석 같다. 금문교에서 샌프란시스코 심장으로 차를 몬다. 샌프란시스코 길들은 유난히 오르락내리락 하여 힐리 스트릿(hilly street)이라고 불리는 그 길 위로 샌프란시스코의 명물 스트리트 카(street car)를 탄 사람들이 무척이나 즐거워하며 손을 흔든다.

마켓 길 중심에 즐비한 고층 건물들 사이 파란 하늘이 눈부시고, 패션의 도시답게 잘 차려입은 신사 숙녀들의 모양새며 옷차림이 낯설기도 하고 별천지 같기도 하다.

"어딜 갈까?"

"중국타운? 일본타운? 아니면 피어 39?"

"중국타운에 갔다가 피어 39에서 점심 먹으면 어때요?"

"좋지."

차이나타운엔 각 나라에서 온 관광객의 인파가 빽빽이 길을 메우고 길 양편으로 즐비한 상점과 음식점은 길가는 손님들을 유혹한다. 문득 어렸을 때 한국 시장이 떠오르자 언젠가 찰스에게 꼭 보여주고 싶다는 생각이 든다. 음식점 유리창으로 보이는 목이 비틀린 채 조롱조롱 매달려 있는 털 뽑힌 오리들이 인상적이고, 보석상 유리관 속에 진열된 번쩍이는 사치품들이 눈길을 끈다. 하얗게 상아로 빚어놓은 오묘한 조각품이 이국적이다.

피어 39에도 거리를 메운 인파들로 북적이고 사람들이 빙 둘러선 가운데 거리의 악사는 우스꽝스런 몸짓으로 묘기를 보이기에 한창이다. 몇 블록 떨어진 피셔만스 워프(fisherman's wharf)에서 솔솔 바람에 실려 오는 비릿한 생선 냄새, 찜통에서 풍겨 나오는 갖가지 해산물 냄새, 짭짤한 바다 냄새가 어우러져 식욕을 자극한다. 코를 킁킁거리며 찰스가 배를 쓰다듬는다.

"배가 고파지는데."

음식점마다 삶의 모든 근심걱정을 내려놓은 표정의 사람들이 자리를 꽉 채우고 있다. 우린 겨우 한 음식점에서 빈자리를 찾고 찰스는 생선과 감자 칩을, 난 클램차우더를 주문하고 피곤한 다리를 쭉 뻗는다.

"이렇게 도시도 못 보고 매일 병동에 갇혀 사는 환자들이 너무 불쌍해요."

"안타깝지만 어쩌겠어."

"혹시 우리 옆 병동에 있는 한국 환자 본적 있어요?"

"밴 말인가?"

"네. 어떤 때는 너무 멀쩡해서 환자 같지 않아요."

"그 환자 그렇게 순해 보여도 애인을 죽인 무서운 환자야. 그거 잊지 말아요."

"그렇게 선해 보이는 사람이 어떻게 그런 무섭고 끔찍한 짓을 했을까요?"

"한번 살인을 저지르면 다음엔 뭐 그쯤이야 하는 거 아닐까?"

"새삼 느끼지만 요즘 세상을 보면 정신이 온전치 못한 사람들이 넘쳐나는 것 같아요."

"이 시대가 인간들을 점점 더 미치게 만드는 것 같아. 급속도로 발달한 기계문명에다 인종들은 섞이고, 날로 변하는 가족제도에 경제적 불안, 이 모두가 우릴 혼란 속으로 몰아가는 거지."

"병원에 있다 보면 가슴이 답답해져요."

"정신병이 뭐야? 인간이 자신의 본분을 제대로 못하고 예법에 맞지 않는 행동을 하면 우린 돌았다고 쿠쿠라며 손가락질 하는 거 아니야?"

"아이고, 우리가 어쩌다 여기서도 또 환자 얘기를 하는지, 미안해요."

우리는 이제 그만하자고 도리질을 하며 웃어넘긴다.

점심 식사 후 우린 다시 무리에 섞여 피어 39 뒤쪽 바닷물이 찰랑찰랑 부딪쳐오는 부두로 나간다. 여러 무리의 갈색 물개들이 늘어지게 잠을 자거나 둥그런 몸통을 이리저리 굴리며 요란스런 소리를 내며 장난을 친다. 우리는 한참 그들의 재롱을 구경하며 동심으로 돌아간다.

가게마다 샌프란시스코를 상징하는 온갖 상품들이 진열된 상점에 들어가 구경하다 보니 어느덧 해가 뉘엿뉘엿 저문다. 우리는 마지막으로 오늘 나들이의 목적인 기어리가에 위치한 제일식품에 들려 김치 한 병을 산다.

금문교를 지나 101 고속도로에 들어서는데 하얀 보름달이 둥그렇게 떠오른다. 하루의 날개를 접는 시간, 바다 표면 위로 달빛이 곱게 얼비쳐 샌프란시스코 베이 풍경과 어우러진 붉은 금문교 다리가 아름다움의 극치를 선사한다.

금문교 서쪽 편 산 덩어리를 타고 안개가 속속 도시로 들어오는 절경에 가슴이 벅차오른다. 우린 그렇게 하루를 행복하게 보내며 서로의 마음을 조금은 확인하는 시간을 가졌다.

병원에 도착 했을 땐 깊이 내려앉은 어둠이 현실을 실감하게 한다.

"오늘 고맙고 즐거웠어. 덕분에 구경도 잘 하고. 이곳에 온 뒤 외로웠는데 이젠 제이드가 있어서 정말 기뻐."

"저도 즐거웠어요. 참, 병원 숙소에서 밥은 지어 먹을 수 있나요?"

"물론이지. 내일은 밥하고 김치하고 맛있게 먹을 수 있겠네."

그는 손을 흔들어 보이며 뚜벅뚜벅 걸어간다. 무언가 아쉬움 뒤로 남긴 채.

집에 돌아왔지만 그의 모습이 쉽게 지워지지 않는다. 그가 갓난아기 때 미국에 입양해 왔다는 사실 때문일까? 아니면 그의 얼굴에 어리는 슬픈 그림자 때문일까? 그를 생각하니 가슴이 아린다.

한국에서 입양됐던 슬퍼보였던 한 친구 생각 때문일까? 그 친구는 양부모가 학대한 것도 아닌데 내가 보기엔 친부모와 사는 친구들을 무척 부러워했다.

왜? 어째서? 한국은 아직도 귀한 어린 생명들의 입양을 배려라도 하듯 계속 아동수출을 하는 걸까? 경제대국이 되었는데도 왜 그 짓을 멈추지 않을까? 지금은 저 출산 문제로 고민한다면서도.

찰스와 보냈던 하루를 생각하자니 그의 굵직한 목소리며 어딘가 모르게 슬픔에 잠긴 듯 그의 눈언저리에 맴돌던 구슬픈 모습이 쉽게 지워지지 않는다. 가슴 깊은 정을 느끼며 앞으로 그를 더 알아갈 생각에 행복해진다.

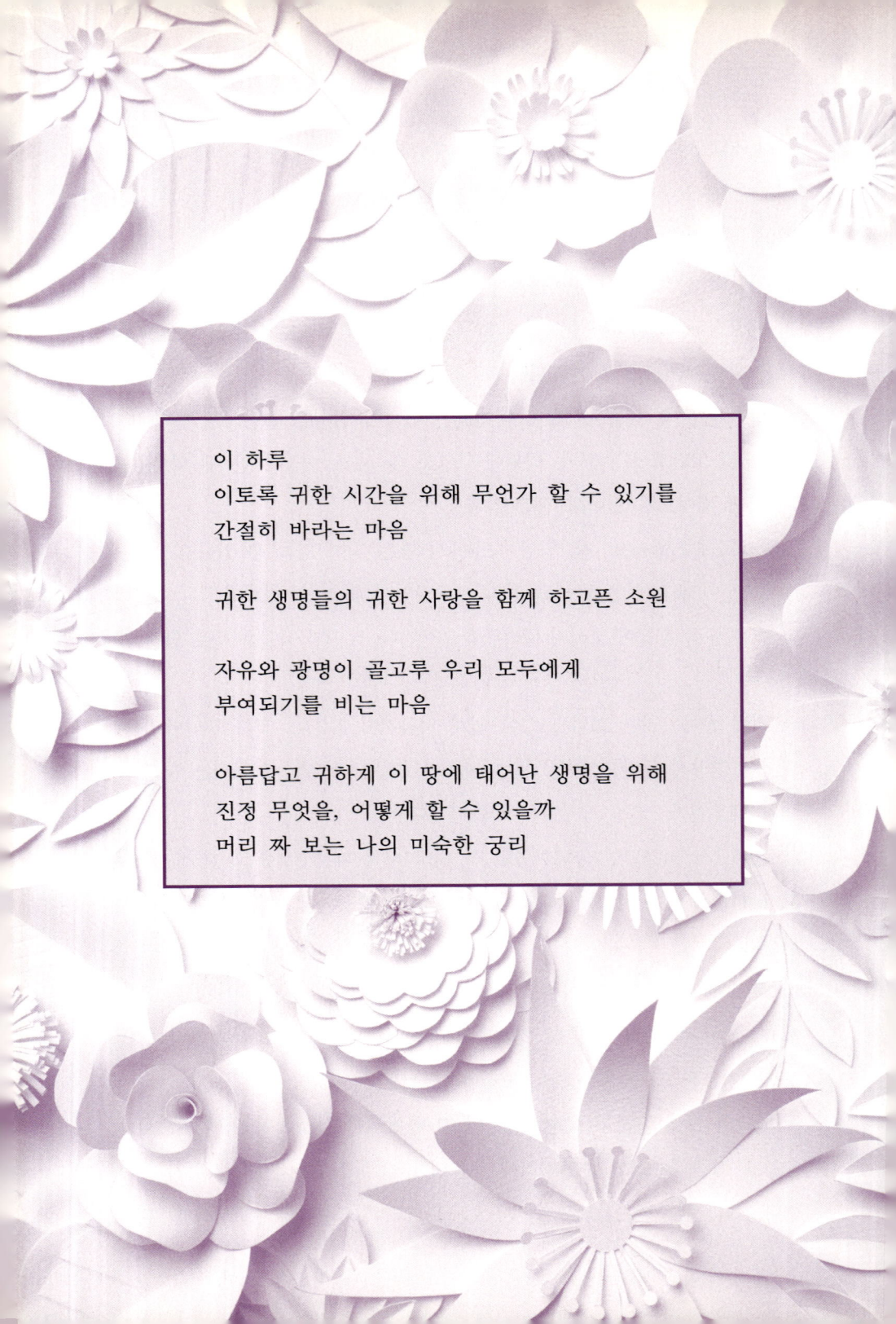

이 하루
이토록 귀한 시간을 위해 무언가 할 수 있기를
간절히 바라는 마음

귀한 생명들의 귀한 사랑을 함께 하고픈 소원

자유와 광명이 골고루 우리 모두에게
부여되기를 비는 마음

아름답고 귀하게 이 땅에 태어난 생명을 위해
진정 무엇을, 어떻게 할 수 있을까
머리 짜 보는 나의 미숙한 궁리

11
조명등 아래서

> 욕설의 폭탄 퍼부어 내리는 병동
>
> 그 헛웃음 파고 쪼개어 들어가
> 그 안에 맺힌 한을 알아보았으면
> 그 얽힌 한의 뭉치들마다

　환자들이 엉망으로 만들어버린 샤워장을 치우느라 진땀을 흘린다.
　샤워장 앞 카트의 환자들 옷은 병원의 커다란 골칫거리 중 하나다. 날마다 낮 당번 일하는 사람들이 다른 빌딩 세탁실에서 세탁한 옷들을 카트에 꾹꾹 눌러서 가져온 옷이 산더미 같이 쌓여있다. 그래도 늘 옷이 모자라서 병원 측에서 새 옷을 사오긴 하지만 체형도 다르고 자신이 원하는 옷도 다르니 옷 하나를 가지고 여러 명이 들러붙어 싸우는 일은 예사다. 자기 옷도 있지만 색깔도 모양도 각각인 별별 옷들과 병원에서 제공하는 옷을 고르는 이들이 정신이 온전치 않은 사람들이고보니 북새통이 이는 것은 당연하다. 게으른 사람은 절대 옷을 안 갈아입으려고 기를 쓰니 그 또한 보통 일이 아니다.
　원래는 홀 웨이 한 쪽에 있는 샤워실에서 환자들이 아침마다 샤워를 해야 하지만 안 하는 사람도 태반이다. 그러나 환자의 권리라는 것 때문에 절대로 강요는 할 수 없다. 간호사들이 환자 샤워 후 입을 수 있도록 적당한 옷을 문 앞에 갖다 놓지만, 사이즈가 다르다느니 난 무슨 색깔을 입어야 한다느니 한 명도 그대로 넘어가지 않는다. 어느 환자는 까다로워서 꼭 똑같은 그 옷만을 내놓으라고 소리소리 지르니 아침마다 전쟁이다.

허리를 굽혀 일하다보니 통증이 와서 잠시 일어서서 등을 두드리는데 등 뒤에서 인기척이 난다. 돌아보니, 아 이럴 수가!

한 환자가 바지를 내리고 방망이처럼 불거진 생식기를 노출하고 나를 향해 흔들고 있다. 깜짝 놀라 소리를 지르자 그도 놀랐는지 쏜살같이 한걸음에 도망친다. 보통 때는 예수의 모습처럼 점잖아 보이던 머리가 긴 중년의 환자다. 모두가 남자뿐인 이 병동엔 형용하기 힘든 여러 모습들과 심심찮게 마주친다.

회진 시간 또한 만만치 않다.

환자가 침대에 있는지 확인하는 것은 물론, 밤에는 30분마다 35명이나 되는 환자들의 회진을 돈다. 프레쉬 라이트를 환자에게 비추고 환자가 숨을 쉬는지 세밀하게 확인하는데, 때론 컴컴한 방에서 잘 보이지 않아 정신을 바짝 차려야 하는 것은 물론 피부색까지 점검해야 하니 회진 시간이 꽤 걸린다. 말할 필요 없이 그렇게 한 바퀴 돌고나면 얼마 지나지 않아 다시 돌 시간이 돌아온다.

어떤 날은 너무 힘이 들어 30분 대신 한 시간에 한 번 돌고 기록은 30분마다 한 것처럼 기입하기도 한다.

밤마다 병동을 울리는 혼자 수음하느라 흥분하여 끙끙거리는 아, 저 소리들! 함께 회진을 돌던 나타리가 낮은 소리로 내 귀에 대고 저것 보라며 웃음을 참느라 애를 쓰며 킥킥거린다. 엎드려서 엉덩이를 들썩이며 침대를 요란하게 삐꺼덕 흔들어대는 환자, 벽에 여자 나체 그림을 붙여놓고 쳐다보면서 침을 질질 흘리는 환자, 좁은 침대에 두 남자가 알몸으로 얼싸안고 들러붙어 있어 호통을 쳐서 간신히 떼어놓기도 한다.

환자 중에는 해파타잇 비 혹은 해파타잇 시(Hep-b, c) 종류의 환자가 엄청나게 많아 실은 이 병원의 큰 문젯거리다.

또한 에이즈 환자도 적지 않아서 스태프들은 정자를 아무데나 내 보내며 자주 수음하는 환자들의 그런 성행위에 신경을 곤두세우며 특별한 관심과 세심한 주의를 기울인다. 특히 피를 다룰 때면 더욱 조심해야 하는 것은 두 말 할 필요가 없다. 이러한 난리 통에 혹이나 환자들 손이 닿을까 두려워서 가끔 악수를 청해오는 환자들을 보면 기겁하는 스태프도 많다. 더욱이 그들이 늘 여닫는 문고리를 만질 때면 장갑을 겹으로 끼고도 불안해서 휴지로 싸고 여닫는 여자 스태프들도 자주 본다.

복도 저 편에서 혼잣말이 들려온다.

"나에게로 와 내 입속으로. 나한테 줘. 날 숭배해 줘."

"열렬히 사랑해. 자 '퍽' 하게 내게와. 잘 해줄게."

몸이 아파도 성에 대한 욕망은 그치지 않는 지 그런 질펀한 말들이 난무하고 그런 말에는 욕이 포함되어 있어서 듣기가 거북할 때가 많다. 처음엔 그 뜻을 정확히 몰라 어리둥절한 적도 있지만 이제는 욕도 자주 듣다보니 하나의 그들의 언어처럼 들린다.

"도둑놈!"

요란스런 소리가 조용한 밤 병동을 뒤 흔들어 내다보니 쪼글쪼글 얼굴에 주름살이 유별나게 많은 마이클이 복도 끝에 넘어져 있고 그 앞 한 병실 문 앞에는 안드레가 씩씩대고 서 있다.

"저놈이 내 걸 가져갔단 말이야!"

자다가 깬 듯 눈을 부비며 덩치 큰 안드레가 화가 잔뜩 나서 소리를 지른다. 나이 많은 마이클을 문 밖으로 내동댕이쳐버렸던 모양인데 다리를 절룩거리는 마이클은 언제나 다른 사람이 알아듣지도 못할 입속말로 중얼거리고 다녀서 보통 때도 항상 누군가에게 마치 싸움을 거는 사람 같아 퉁명스러워 보인다. 늘 불만이 가득 찬 표정을 짓고 다니는 그는 이상하게도 밤만 되면 환자들이 모두 잠들 때를 기다렸다가, 발소리를 가만가만 죽여 가며 박쥐마냥 살금살금 이방 저방 몰래 들어간다. 옷이며 신발, 먹다 남은 과자 봉지까지 훔쳐서 우선 자기 방 침대 밑에 죄다 쑤셔 박아 숨겨놓기 일쑤다.

"방문들 모두 잠가!"

죠넬이 시키는 대로 스태프들이 마이클 방만 제외하곤 문을 죄다 잠가 버린다.

"퍽 유!"

마이클은 분에 못 이겨 한참을 씩씩대더니 잠시 어디론가 사라졌다가, 컵 하나를 들고 절룩거리며 다시 간호사실 문 앞에 와서 잠시 머뭇거리다 조용해진 후 사라진다.

"에구머니나? 이게 뭐야? 여기 좀 봐."

복도로 나가려던 리사의 호들갑에 가 보니 마이클이 간호사실 문밖 손잡이 고리에 똥이 가득 담긴 컵을 쑥 쑤셔서 박아놓았다.

"아유! 이를 어째! 아휴, 아휴……."

마이클은 그때서야 먼발치에서 얼굴을 내민다. 기다렸다는 듯 '용용 죽겠지'라는 표정으로 씽긋 웃으면서 무척 신이 나서 우리들을 지켜본다.

"너, 주름살투성이! 이거 뭐하는 거야? 넌 평생 여기 이렇게 있을 놈이야. 그러니까 몸도 얼굴도 쪼글쪼글한 거야. 알아?"

화가 난 죠넬이 이말 저말 마구 떠들며 소리를 질러대나, 마이클은 간호사실 쪽을 흥미진진하게 바라보더니 만족스러운 표정을 지으며 자기 방으로 쏙 들어가 버린다.

"저 환자 이번이 처음이 아니야. 전에도 자기 대변을 곱게 포장해서 의사에게 우편으로 보낸 적이 있어."

병원에서 오래 일해 온 리사가 신참인 내게 조심하라는 뜻으로 알려주며 다가온다.

"제이드, 어제 쉬는 날이었지?"

"왜? 무슨 일 있었어?"

일을 시작하기도 전에 한바탕 난리를 친 후라 어젯밤 소식을 들을 겨를이 없었다.

"어젯밤 병원이 완전히 날아갈 뻔했어."

"뭐라구? 왜?"

"마이클이 담뱃불을 붙이려고 알루미늄 종이에다 솜을 말아서 전기 소켓에 집어넣었던 모양이야. 덕분에 복도 소켓 하나가 새카맣게 그을었어."

> 숨소리 거칠게 흘러나오는 병동 복도의 밤
> 이곳 삶을 여러모로 맞춰보는 밤
> 우리들 모두는 이렇게도, 저렇게도
> 여하튼 어디론가 흘러가고 있는 밤
>
> 흐르는 것들- 물 따라, 세월 따라, 마음 따라
>
> 시간의 강물은 꾸준히 너에게도 나에게도
> 흘러가고
> 또한 병동 환자들 가슴 밑바닥을 긁으며
> 흘러 흘러 지나가고 있다.

12
쳇바퀴 도는 다람쥐

> 멈춰!
> 삐꺽대는 불협화음의 생각이
> 자아내는 소리를
>
> 삐뚤어진 그라프지 선에서
> 꼴깍 숨넘어가듯 부리는 변덕
> 제발 좀 멈춰 줘!

 야간 근무를 시작하자마자 바쁘게 시끄러운 경종이 멈출 줄 모른다.
 이번엔 우리 병동 반대 쪽 끝에 있는 병동에서 도움이 필요한 모양이다. 수 없이 잠긴 문을 열었다 채웠다 하기를 반복한 후 달려가 보니 환자가 부셔놓은 창문과 파손된 TV 조각들이 바닥에 마구 흩어져 있어 발 디딜 곳이 없다. 몰려온 스태프들과 경찰관들이 환자를 꼼짝 못하게 묶어 놓은 후라 별 도움도 못된 채 문 열고 채우기를 반복하며 돌아오는데 뜻밖에 귀에 익은 한국말이 들린다.

 "안녕하세요?"

 돌아보니 밴이 여태 잠을 자지 않고 복도에서 어슬렁거리다 날 보고 반가워한다.

 "아직 자지 않고 있어요? 졸리지 않나요?"

 "뒷마당에 채소밭 만들어 놓은 것 못 보셨죠? 안 봤지요?"

묻는 말에는 대답 않고 딴 소리를 한다.

"채소밭이라니 무슨 말이죠?"

"시간나면 가 봐요. 토마토, 고추, 가지, 그리고 화초도 심어 놨어요. 내가 다 했어요."

"어머, 그래요? 아침에 꼭 가 볼게요."

잠이 안 오던 중 날 만나 무척 기쁜가 보다. 얼굴에 함박웃음이 가득하다.

"밴은 글씨가 명필이든데 틈틈이 일기라도 써 보아요. 아, 참! 채소밭 얘기도 써 보면 참 좋겠네요."

나의 말엔 아무 대답도 않고 내가 한 말을 생각하는 듯 여러 복잡한 감정이 얽힌 표정이다.

"늦었는데 빨리 자도록 해요. 잘 자요."

다음엔 그에게 노트북을 한권 사다줘야지 생각하며 되돌아온다.

며칠 후 밤일을 끝낸 후 작심하고 뜰에 있다는 밴이 자랑하던 채소밭으로 내려가 보았다.

'밴의 채소밭', 밭 가장자리 한 귀퉁이 팻말로 명시된 정성이 담긴 작은 텃밭에는 토마토, 고추, 가지, 그리고 화초 몇 가지도 이미 꽃망울까지 맺고 있다. 철창에 둥지를 튼 한국인으로 언제 나갈지 모르는 밴의 운명이 서러워져 가슴이 아리다. 난 집으로 오기 전 밴의 병동에 들러 간호사를 만난다.

"이 노트북을 밴에게 좀 전해줄래요? 지금 막 그가 가꾸는 채소밭을 보고 왔는데 참 좋은 일이라 생각해요. 뭔가 할일이 있고 작은 꿈을 꾸어 볼 수 있는 훌륭한 프로젝트 같아요."

"맞아요. 소설 워커와 밴의 합작품이죠."

난 노트북 사이에 종이쪽지를 끼워 간호사에게 전해주었다.

'채소밭 보았어요. 매일 그것들이 자라는 모습을 한번 여기에 적어 보아요.'

며칠 후, 자정도 가까웠을 즈음 치료실에서 나오는데 옆 병동과 통한 작은 창구에서 누군가 손짓을 한다. 자세히 보니 밴이라 잠긴 문을 열고 옆 병동으로 들어가니 그는 몹시 기쁜 듯 싱글벙글 어린 아이처럼 좋아한다.

"그동안 착하게 잘 있었죠?"

"노트북 잘 받았어요. 너무 좋아요."

"뭘 좀 적어 보았어요?"

그는 쑥스러운 듯 손에 들고 있던 노트북을 내 앞으로 내민다.

"지금은 내가 좀 바쁘지만 갖고 가서 읽고 다시 돌려줘도 괜찮지요?"

"네."

그가 선뜻 허락을 한다.

"이제 얼른 가서 자요."

밴을 보내놓고 짬을 내서 노트북을 열어보니 갈겨 쓴 짤막짤막한 글들이 감동적이다.

보랏빛 눈물

> 장소도 몰라보고
> 여기가 어디라고
> 난데없이 핀
> 무궁화 꽃이
> 곱구나.
>
> 잠긴 방에도
> 여전히 바람 불어
> 팔랑개비
> 미친 듯이 돌고 있어
> 어지럽구나.
> 바람이 날 잡아 가두고
>
> 고물 창고에서
> 녹슨 시간은
> 영시에서 멈췄다.
>
> 추억아
> 한잔의 잘 삭은
> 포도주가 되게
> 좀 더 기다려 주겠니?
>
> 벤이 쓴 글

그의 머릿속엔 지금 무슨 생각이 들어 있을까? 그에 대한 많은 것들이 한층 궁금해지고 흥미로워진다.

여태껏 잠들지 못한 환자 방에서 진지하게 대화하는 소리가 들려 궁금해져 문을 조금 열고 훔쳐본다. 분명 혼자 말소리인데 꼭 누구와 대화하듯 너무도 진지하고 천연스럽게 세상 돌아가는 얘기를 하다 가끔은 충고도 곁들인다.

"지금은 흑인 대통령 시대잖아. 많은 것이 달라졌어."
"테러범들의 장난이 아무렇지도 않게 세계 어디서나 일어나고 있잖아."
"음, 그러게 말일세."
"적어도 살고 있는 집만은 뺏기지 말아야지. 너 정말로 거지가 되고 싶지 않다면 말이야."

멈추지 않고 이어가는 대화, 연극의 대본이라도 읽듯이 그렇게.

얼마나 바깥세상과의 접촉이 그리웠으면, 얼마나 또 이야기 나눌 벗이 그리웠으면 이토록 밤새는 줄 모르고 심각한 대화를 자신과 나누는 것일까?

가슴이 찡 해온다. 이 세상 살아가면서 겪는 실망과 허무 그리고 외로움 모두 동그라미 되어 옹기종기 병동에 가득히 무늬지고 있다.

헤세의 글귀가 떠오른다.

들을 건너서

하늘을 건너서 구름은 가고
들을 건너서 바람은 불고
들을 건너서 우리 어머니의
탕아는 방랑한다.

길을 건너서 낙엽은 춤추고
나무들을 넘어서 새들은 울부짖고
산을 넘어서 그 어디에
아득한 제 고향 찾으리.

이제 좀 쉬어야겠다며 스태프들은 잠시 편안한 자세를 취해보는 새벽녘, 갑작스레 들려오는 신음소리에 뛰쳐나가 보니, 한 군데 환자 방에서 새어나오는 울부짖음이다. 방으로 달려가 보니 방 가득히 피 비린 내가 진동을 한다. 벽과 옷장 사이 구석진 모퉁이에는 파랗게 겁에 질린 한 환자가 온통 피투성이가 된 채 달팽이처럼 몸을 웅크리고 있다.

좀비 같은 그의 몰골은 마치 무덤에서 막 기어 나온 송장처럼 보인다. 두 팔을 위로 치켜 올리고 팔을 꽈배기처럼 비비 꼬며, 두 눈 꺼풀은 뒤집힌 채 무서움에 부들부들 떨면서 있는 힘을 다해 목청이 터져라 바락바락 소리를 질러댄다.

"어아-, 어아-"

놀란 스태프들, 하지만 이것이 처음 있는 일이 아닌 듯 스태프 몇은 그저 태연하다.

"뭐야? 왜 그래? 그랜, 무엇 때문에 이 지경으로 해 놓은 거야?"

간호사 아리스가 다그쳐도 그는 대답도 않고 한참을 와들와들 떨기만 하더니 잠시 후 겨우 빠끔히 두 팔 사이로 얼굴을 드러낸다.

"무슨 소리가 자꾸 들렸어. 아주 무서운 소리야."

침대와 홑이불, 그리고 침대 옆 한쪽 벽에도 온통 피로 칠해놓아 마치 한 폭의 걸작품 벽화 같다. 보통 남자보다 훨씬 키가 커서 삐쩍 마른 체격이 더욱 눈에 띠는 그는 자신의 팔을 이빨로 계속 물어뜯어서 그 지경으로 해 놓았다. 팔은 그동안 연거푸 깨물어 놓아 상처투성이다.

"괜찮아. 겁내지 않아도 돼. 우리가 곁에서 지켜줄게. 안심해."

이런 행동은 스태프들을 속상하게 하지만 우선 달래어 진정시킬 수밖에 없다. 진정제를 복용시키고 깨끗이 새로 갈아놓은 침대에 마치 아기 다루듯 다독거려 눕혀놓고 이불을 어깨 위까지 덮어준다.

"스태프가 자기한테 좀 소홀한 것 같기만 하면 금방 저런 난동을 부려.

죽어버리겠다며 별의별 짓을 다 한다니까."

옆에서 아리스가 놀라지 말라며 귀띔한다. 그러고 보니 그 환자는 항상 1대 1 대상에서 벗어난 적이 없다.

"그렇게 해서라도 스태프를 전용 기사처럼 붙여두고 싶어 해. 자기에게 향한 관심이 좀 허술하다 싶으면 꼭 저렇게 죽을 사람처럼 행동했다니까."

아리스가 골치가 아프다는 듯 이마에 손을 갖다 댄다. 가벼운 격리를 요하는 이 환자는 전염되기 쉬운 MRSA 환자여서 그의 피를 다룰 때면 스태프들은 특별히 조심한다.

환자들이 불규칙하게 흩어놓은 숨결들이 여기저기 발길에 차이는 병동의 밤, 이 밤도 가상의 미학에 빠져드는 그런 밤이다.

정신병원의 긴 복도, 겉으론 제 아무리 지껄여도 항시 찬 바닥에 슬픔이 물결처럼 굽이쳐 흘러내린다.

우린 누구나 가만히 있어도 결국은 죽음으로 가고 있거늘, 환자들은 그걸 기다리지 못하겠다는 듯 기어코 죽겠다며 겁을 준다. 별의별 목숨 끊는 행동과 방법을 가리지 않는다. 참으로 딱한 일이다.

병동은 다시 조용해지고, 오늘밤 나머지 근무시간을 1대 1로 맡은 나는 복도에 의자를 내놓고 앉아있다. 환자 게일이 잠자지 않고 복도를 서성이다가 빙그레 미소를 지으며 내 옆으로 바싹 다가온다. 바닥에 두 다리를 쭉 뻗고 풀썩 주저앉더니 벽에 등을 기대고 하품을 크게 몇 번 한 뒤 두 눈을 지그시 감는다.

"피곤하지?"

그는 대답 대신 눈을 감은 채 평화로운 미소를 지어 보인다. 믿기지 않을 만큼 평온해 보이는 그의 모습을 한참 내려다보며 머릿속으로 휘몰아치는 의문과 답을 스스로 풀어본다. 그의 따분한 신세를 떠나 다시 보니 참으로 잘 생긴 얼굴이다. 깨어있을 때 보면 파란 눈동자가 유독 덧보여 스태프들은 아예 그를 '블루 아이' 즉 '파란 눈'이라고 부른다. 잠이 들었는지 알 수 없지만 여전히 눈을 감고 있는 그의 엄지손가락 마디에 시커먼 왕거미 문신이 눈에 뜨인다. 그의 기록을 보면 한때 갱단 멤버로 패거리 싸움꾼이었다지만 알 수 없는 것이 이 순간을 보면 영락없이 온순한 양이다. 하지만 한 순간 철커덕 머릿속에 무슨 신호라도 오면 그는 순식간에 돌변해 무지막지하게 행패를 부려 병동을 왈칵 난장판으로 뒤집어 놓는다.

언젠가 관리자(conservator)가 게일에게 원하는 것이 무엇이냐고 묻자 순식간에 풀 죽은 모습으로 자기 엄마 얘기를 꺼내 스태프가 놀랐던 때가 새삼 생각난다. 그에게 모든 것은 진정 너무 늦은 것인가?

대변보러 가는 것을 초콜릿 만들러 가야한다고 급히 화장실로 달려가던 그의 뒷모습이 떠오른다.

세상 끝에서 끝까지 잇기라도 할 듯
길고 긴 이음
미친 행동들의 연작

허연 이빨 드러내 시시덕거리는 호탕한 깔깔 웃음
어디 마음껏 웃어보아라.
웃음 아닌 울음, 마음껏 울어 보아라.

꿈은 황금알을 얻어 보려
알알이, 올올이, 모서리 맞춰가며
삶의 폭 판판히 펴 보지만
모서리가 늘 어긋나는 한 폭의 삶
주름만 줄줄이 잡히는 삶

색깔 바랜 나날이 바람 따라 지나고
벗겨 지지 않는 어둠만
두껍게 깔리는 병실 복도

13
한 폭의 아름다운 세상

> 팔랑이며 떨고 있는 생명
> 역시 생명은 대단한 것

아직은 이른 아침인데 찰스가 해맑은 표정으로 불쑥 나타난다.
"굿모닝. 지난번 샌프란시스코 참 좋았어. 내가 내일 점심 살까? 어때?"
"좋아요. 김치 맛 어땠어요?"
"응. 정말 맛있던데."
그는 엄지손가락을 펴서 번쩍 들어 보이며 귀엽다는 듯 내 얼굴을 한참 들여다본다.

어젯밤 근무 후 겨우 2시간만 자고 찰스와 만나기 위해 흥분된 채 서두른다.
"잠을 못 자서 피곤할 텐데 어쩌지?"
찰스가 미안한가 보다.
"점심은 이르고 드라이브 좀 하고 점심할까?"
"좋아요."
온갖 와인을 시음하며 낭만에 흠뻑 젖어들 수 있는 포도 주조장이 즐비한 '실버라도 트레일'로 나선다. 유명한 관광지다 보니 푸른 포도밭을 따라 주말 관광객들을 실은 많은 차들이 달리고 있어 생기가 돈다.
"제이드, 술 좋아해?"
"아니요."

"바보. 이제 보니 너무 어려."

우린 마주보며 밝게 웃는다.

"제이드. 이름이 참 예뻐."

언덕위에 우뚝 선 웅장한 맨션들에 눈길이 쏠려있는데 찰스가 느닷없이 내 이름을 언급한다.

"그래요? 아빠가 옥이라고 지어주셨는데 옥이 제이드라서 미국에 온 후 이름을 바꿨어요. 이름이 옥이라고 하면 발음을 잘 못하더라고요."

"제이드는 무엇과도 바꿀 수 없는 내게 아주 귀한 보석이야."

찰스는 행복에 겨운 표정을 지어보인다.

우리는 실버라도 골프장 둘레를 드라이브하는 동안 말쑥하게 꾸며진 동네에 연신 감탄사를 보낸다.

"참으로 멋진 곳이네."

"미국 대통령 포드도 이곳에 와서 골프를 즐겼데요."

푸른 잔디위로 하얀 골프공을 날리는 여유로운 사람들의 멋진 포즈, 골프장 한편엔 분수가 시원스레 물줄기를 연신 높이 뿜어 올렸다 다시 쏟아내면서 햇살에 작은 물방울들이 마치 흰 구슬처럼 반짝이다 흩어진다.

"낙원이 여기 있네. 그들에겐 참으로 불공평한 세상이죠?"

난 다시 외딴 섬을 생각하며 혼잣말 비슷하게 중얼거린다.

다시 실버라도 트레일로 올라서니 길 양편에 포도밭이 펼쳐있고 계곡을 둘러싸고 나지막한 봉오리가 마치 병풍같이 삥 둘러싸여 있다. 그 위로 엷은 안개가 유유히 노니는 모습이 마치 면사포를 쓴 부끄러운 신부인양 참으로 곱다. 넓게 펼쳐진 포도밭엔 포도 넝쿨들이 질서 정연하게 줄 맞춰 열지어 있고 넝쿨들은 서로서로 어깨동무를 하고 있다. 환히 열린 푸른 하늘엔 색색의 핫발룬(hot balloon)들이 두둥실 떠 있어 낙원이 바로 여기처럼 느껴진다.

이런 곳을 사람들은 '샹리-라-shan'gri-la'라 했던가?

옐로우 머스터드 꽃이 거울같이 말갛고 푸른 하늘 아래 포도넝쿨 사이사이로 하늘색과 어울려 피고, 젊은 남녀 쌍쌍이 꽃 속에 묻혀 다정한 때를 사진에 담고 있다. 길섶에 무성하게 자란 푸른 풀들이 바람에 일제히 같은 방향으로 흔들려 훌라 춤 추는 물결처럼 넘실거린다. 한참을 더 가니 오래전 화산이 폭발했었다는 마운튼 세인트 헬레나가 우뚝 솟아있다. 이곳은 또 『트래저 아일랜드』 저자로 유명한 작가 로버트 루이스가 1880년에 신혼여행을 보냈다는 곳으로도 유명하다.

"사람들이 거기로 하이킹도 해요. 그리고 매봉에 올라가면 날씨가 청명한 날엔 샌프란시스코 만까지도 잘 보여요."

"우리도 언제 함께 가볼까?"

"꽤 힘들걸요."

우린 또 다른 날을 약속하며 산 아래 펼쳐진 들판을 내려다본다.

"저기 보세요. 땅에서 김이 솟아요."

"그러게. 뭐지?"

여기저기서 하얀 김이 모락모락 피어오르는 것이 신기하다.

"잠시 내려 구경해 볼까?"

예정에 없이 간 그곳엔 페이스풀 가이저(Faithful Geyser)란 사인이 붙어있고 구경꾼들로 가득하다. 화씨 350도나 되는 뜨거운 물이 30분마다 60~100피트 까지 높이 치솟는다고 안내자가 설명한다.

돌아오는 길은 고속도로 29번을 따라 칼리스토가(Calistoga), 세인트 헬레나(St. Helena) 같은 아담한 타운과 길 양쪽에 수많은 양조장(winery)들을 따라 드라이브를 한다. 그 중에서도 잘 알려진 크리스천 브라딜스(Christian Brother's), 배린즈(Beringer), 로버트 몬다비(Robert Mondavi) 같은 양조장도 지난다.

"이 부근 양조장이 얼마나 되는지 알아요?"

"글쎄, 얼마나 될까?"

"430개나 된데요. 포도밭은 또 얼마나 넓게요? 다 합치면 4만 에이커도 넘는다고 해요."

"제이드는 모르는 게 없네. 어떻게 그런 걸 다 알지?"

"궁금해서 인터넷에서 찾아본 것뿐이에요."

조그만 타운 욘트빌을 지나면서 '1870 쇼핑센터' 간판이 붙은 곳에 잠시 쉬러 주차장에 차를 세웠다. 옛날 와이너리를 개조해 만든 색다른 쇼핑센터, 웅성대는 관광객 틈에 끼어 천천히 걷는데 배가 고팠다. 찰스도 배가 고픈 모양이다.

"배가 고파오는데 여기 어때?"

"퍼시픽 블루? 좋아요."

몰려오는 인파로 우린 테이블이 날 때까지 기다렸다가 실외 테이블 하나를 찾아 앉았다. 테이블 위로 보랏빛 예쁜 위스태리아 넝쿨이 덮인 곳에 앉고 보니 솔솔 산들바람이 얼굴을 간질인다. 이 고장 명물 중 하나인 관광객들을 가득히 실은 와인 트레인이 뚜뚜 소리와 함께 멋진 풍광을 만들며 지나간다.

옆 테이블엔 창 넓은 멋쟁이 모자를 쓴 여인이 고급스러운 선글라스로 멋을 부리고 마주 앉은 친구인 듯한 젊은 여인과 얘기를 나누며 연신 웃음을 참지 못한다. 여행객들 발 아래로 윤기 나는 까만 깃털이 반짝이는 작은 새들이 떨어진 빵 부스러기를 재빠르게 주워 먹는다.

햇살아래 찰스의 훤칠한 이마며 우뚝한 코, 그리고 어딘지 모르게 약간은 고독해 보이는 눈을 훔쳐보며 괜히 가슴이 아릿해 온다. 혹시나 이런 내 마음을 찰스에게 들킬까봐 엉뚱하게 다시 환자 얘기를 꺼낸다.

"환자들은 왜 그리 죽고 싶어 할까요? 참 이상하지요? 이렇게 아름답고 신나는 세상을 버리고."

"기분 변화가 심하니 순간적으로 자살을 시도하는 경우가 많지. 통계에 의하면 정신병원 환자 1000명 중 14명 정도가 자살로 생을 마감한다고 해."

"며칠 전 우리 병동 환자 한 명이 청소실에 몰래 들어가 독한 세재를 마신 것 알죠? 바로 응급실로 가서 괜찮았지만."

"캐빈 말이야? 그럼 알지."

우린 어쩌다 다시 환자의 자살 얘기로 대화가 이어진다.

"자살은 정신병원 문제만은 아니잖아. 미국 사망자 수의 11%가 자살이 래. 2000년 한 해만도 3만 명 넘게 자살했다니 엄청난 숫자지."

"정말요? 믿을 수 없어요."

"문제는 해마다 숫자가 불어난다는 거지. 현대 사회가 인간을 점점 공격적으로 만들고, 힘든 세상에서 목적달성을 위해 노력해 보지만 세상이 어디 만만한가? 그러니 좌절해서 자살도 하는 거구."

"광기가 지혜의 시작이라잖아요? 천재들은 광기도 좀 있고……"

"정신 분열은 곧 공상의 시초라고도 하지. 자, 자, 이제 정신병원 이야기는 접고 우리 이야기 하는 게 어때?"

찰스가 웃으며 화제를 돌린다.

"캘리포니아 날씨는 정말 좋단 말이야."

"맞아요. 전 이곳의 사철이 다 좋아요."

"피곤하지 않아? 잠도 자지 못했잖아?"

"네. 이제 그만 갈까요?"

주차장으로 함께 걷는데 찰스가 엉뚱한 질문을 한다.

"제이드는 남자 친구 있어?"

"남자 친구요? 아니요."

"난 고등학교 시절 금발머리 여자를 좋아했다가 여자 부모에게 혼난 적이 있어."

"왜요?"

"아마 내 모습이 그들과 달라서였겠지. 어렸을 적엔 그것 때문에 부모가 원망스러웠지. 하지만 지금은 아니야. 어떻게 내가 친부모로부터 버려졌는지 모르지만 어쨌든 난 엄연한 한국 사람이야. 내가 한국인인 것이 자랑스러워."

"그럼요. 충분히 자랑스러워하실 수 있어요. 누구나 부러워하는 의사가 되셨잖아요."

"고마워. 그렇게 말해주니."

"다음엔 우리 바다에 함께 가 볼 수 있을까?"

"꼭 그렇게 해요."

우린 헤어지면서 한참을 서로에게 손을 흔들어 보인다.

나파 벨리(Napa Valley)

술 한 잔에

울고 왔다
웃고 가는 이

웃고 왔다
울고 가는 이

컴컴한 와인 셀라엔
눈 감고 기다리는
잘 익은 고독들

14
광란의 섬

> 바다에 떠있는 작은 섬
> 눈앞에 작은 사실에만 연연하는
> 아주 작은 사람들이 사는 섬
> 육지에서 얼마나 멀리 떨어졌을까?
>
> 그들은 언제 여길 떠날 수 있을까?

　밤일을 하기 위해 주차장에 다다르자 여러 대의 경찰차가 주차되어 있는 것을 본다. 건물 바깥 벽 모퉁이마다 긴급함을 알리는 불빛이 번쩍이고 구급차도 두 대나 와있다. 제발 내 근무처가 아니기 바라며 마음을 졸인 채 불안하게 층층대에 오른다.

　분명 어느 병동에선 경찰들이 문제된 환자를 진정시키느라 진땀을 흘리고 있겠지? 응급 치료진과 간호사들도 이리 저리 뛰며 허둥대거나 공포에 싸여 있겠지? 환자들이 폭동을 일으킨 것일까? 아우성과 발버둥으로 밤이 활활 타고 있을 것을 걱정스레 상상하며 근무처 앞에 이르러 내가 일하는 병동 안을 살피니 다행히 조용하다. 여긴 아니구나, 우선은 안도의 숨이 쉬어진다.

　"무슨 일이야?"

　"J 병동에서 폭동이 일어났어. 남자 환자 여럿이 창 여러 개를 부셨대.

TV와 기물이 다 파손되고, 어휴 그래도 다친 스태프가 없다니 천만다행이지."

간호사실에 발을 들여놓자마자 서둘러 물으니 한 간호사가 알려준다.

"스태프 모두 간호사실에서 꼼짝달싹 않고 떨고 있었대. 도착한 경찰들이 겨우 사태는 진정시켰지만 문제는 병원을 통틀어도 오늘 밤 그곳에서 일하려는 사람이 없다는 거야."

다른 병동에 가려고 옆 병동을 지나는데 복도 저 만큼에 서있던 밴이 반가운 표정으로 내게 달려온다.

"채소밭 가 봤어요?"

내가 머뭇거리자 내가 자기 채소밭에 무관심한 게 섭섭한 지 금방 시무룩하다.

"이제 많이 자랐어요. 꼭 가 봐요."

"네. 꼭 가 볼게요."

미안한 마음에 굳게 약속하고 바삐 돌아서는데 난데없이 등 뒤에서 누가 속삭인다.

"애인 있어요? 내 애인 해 줄래요?"

어이가 없지만 마음속으로 '제 정신도 아닌데 뭐.'라고 생각하며 뒤돌아서 가볍게 나무란다.

"난 간호사예요. 내게 그런 말 하는 건 아니에요."

계속 치근대는 소리를 모른 체하고 병동을 빠져나온다.

순서대로 하는 오버타임이지만 어김없이 빨리 돌아온다. 밤일을 간신히 마쳤는데 계속 또 일을 해야 하니 생각만 해도 피곤하다.

"나 코리안 좋아해. 전에 오클랜드 코리안 식당에서 일했어. 한국사람 최고!"

거인 같은 몸집에 엄청 심술궂게 생긴 환자가 내가 한국인이라는 것을 알고 엄지손가락을 치켜세우며 앞에 와서 아는 척 한다. 내가 미소를 지으며 지나치려는데 마침 옆을 지나던 의사를 갑자기 붙잡더니, 난데없는 고자질이다.

"저 간호사 알아요? 북한에서 온 스파이래요."

무슨 얼토당토 않는 모함인가? 삽시간에 돌변한 그가 날 향해 손가락질까지 한다.

"난 저 여자 싫어. 정말 싫어. 무서워! 날 죽이려고 독 탄 약을 억지로 먹였단 말이야. 무서워! 으흐흐 무서워!"

어깨를 감싸고 몸까지 부르르 떨며 소리지른다.

엉뚱한 환자들의 억지스런 주장에 어느 정도 면역이 되긴 했지만 매번 당하면서도 이런 언어폭력에는 놀라고 당혹스럽다. 또한 매번 엉뚱한 소리다 보니 그때마다 어떻게 행동해야 하는지 난감하다. 금방 좋다고 껌벅 죽을 듯 난리를 치다가도 언제 그랬냐는 듯 금세 홱 돌아서버리는 이 사람들의 머릿속은 뭐가 잘못된 것일까?

복도엔 행동에 제한을 받는 환자가 손발이 묶여 개처럼 끌려 다니면서도 흘러나오는 음악에 눈을 지그시 감고 리듬을 탄다. 흥에 겨워 몸을 앞뒤로 신나게 자신의 현실과는 상관없이 흔들며 춤춘다. 그 춤은 언제 봐도 일품이다. 그는 어쩌면 옛 애인이라도 만나고 있는 것일까? 아니면 해변 숲길을 거닐듯 환상에 빠진 것일까? 그러나 그의 춤추는 모습을 보는 것은 오히려 측은하다. 복도에는 세월의 토막에 갇힌 할일 없는 환자들이 저마다 분주하다.

누워 이리저리 뒹굴며 손뼉을 쳐보는 환자, 멀뚱히 천장을 쳐다보며 이야기 하는 환자, 벌레처럼 마룻바닥에서 종일 배밀이 하는 환자!

저들은 과연 복 많은 백수건달일까?

그들을 모아놓은 사막 같은 이곳에 우뚝 솟아있는 섬, 얼마나 많은 그림자가 이 안에서 방황하며 앞으로 또 얼마나 많은 헛웃음을 웃어야 하나? 우울해져서 그들 생각에 푹 잠겨있는데 누군가 나를 불러 깜짝 놀라 고개를 든다.

"간호사 팸이 누군지 알아?"

"전에 함께 일 한 적이 있어. 그런데 왜?"

그녀가 아주 비싼 집에서 산다고 누군가 귀띔해준 적이 있다.

"어제 코트 야드에서 목 졸려 죽을 뻔 했데."

"어떻게 그런 일이?"

"우리 병동 제이슨 있잖아. 제이슨이 벤치에 앉아 있던 팸 뒤로 가서 갑자기 목을 졸랐데."

스태프들은 언제 어디서 환자로부터 구타당할지 몰라 항상 불안에 떤다.

"정말? 팸은 어떻게 됐는데?"

"기절한 채 바로 응급실로 실려 갔는데 다행히 괜찮데."

필리핀 여자간호사 팸은 내가 일하는 동안 하루도 빼지 않고 잔업을 해왔다. 이번에도 자신의 근무처가 아닌 낯선 병동에서 일하다 봉변을 당했다. 얼마 전 팸과 일할 때 서로 얘기를 나눈 적이 있다.

"대단해요. 어떻게 그렇게 매일 잔업을 할 수 있어?"

내 말에 팸이 대수롭지 않게 답한다.

"젊었을 때 열심히 일 해야죠. 은퇴하면 고국에 가서 살고 싶어요. 그래서 고향에 벌써 집도 사놨고요."

참으로 악착같은 여자구나, 난 그때 감탄했었다.

팸을 목 졸랐던 젊은 스페인 계통 환자는 남자래도 언제나 여자처럼 눈화장까지 짙게 하고 다녔다. 목에는 예쁜 스카프까지 두르고 섬세한 여자처럼 걸어 다녀 늘 사람들의 시선을 받았다.

노동청 보고에 따르면 미국 정신병원 근무 중 환자로부터 부상당

한 경우는 셀 수도 없고 1995년부터 2004년 사이만 해도 154명이나 죽임을 당했다고 한다.

몇 달 전에도 한 여의사가 정신병원에서 환자로부터 타살 당했다. 이 병원에서도 내가 일을 시작하기 얼마 전 여자 PT가 억울하게 환자에게 살해 당해 신문 일면을 장식했다. 이런 이유 때문에 이곳 스태프들은 의무적인 앰 애이 비(MAB)라는 특별 훈련을 수시로 받는다. 목이 졸리면 이렇게, 뒤에서 덮쳐오면 이렇게, 그리고 난폭한 환자는 이렇게, 위험한 때마다 어떻게 대처해야 할 지 각각 다루는 법 등 많은 기교를 단체로 배우는 훈련이다.

목표도, 방향도, 희망도 없는 환자들에게 하루는 길다. 아침에서 저녁까지 시간의 연결은 환자들을 축 늘어지게 만든다. 모두 넋이 나간 사람들처럼 멍한 표정들. 무슨 얘기를 어떻게 그들에게 시작해 볼까? 발이 있으나 발이 없는 듯, 말이 있으나 뜻이 없고, 길이 있지만 길이 없는 환자들.

이곳에선 처마 밑 거미마저 달빛 아래서 미친 듯 위 아래로 오르내리며 거미줄을 치다가 쏜살같이 처마 밑의 모서리로 돌아가 수상쩍게 웅크리고 앉는다. 황망히 구름이 되었다가 갑자기 소낙비로 쏟아져 내리는 이들, 그렇지만 진실로 아무도, 무엇도, 함부로 다룰 수 없다. 미쳤다, 아니 미쳤다를 실금 하나 사이에 두고 우린 이렇게 마주 앉아있다. 각각의 생각과 행동은 혹 다를 수 있지만 생명의 중심에서 들끓고 있는 뜨거움의 느낌은 비슷하지 않을까?

벙어리 환자 에디는 간호사실 앞에서 자신의 가슴을 마구 쳐가며 온 몸과 손으로 무언극(pantomime)을 벌이며 갖가지 몸짓으로 무엇인가를 다급하게 요구한다. 누구도 그 뜻을 알아듣지 못하니 계속 소란스러워 어찌할 바를 모르고 있는데 또 다른 환자가 진통제를 빨리 안 준다고 창문이 부서져라 탕탕 두들겨댄다.

"머리가 깨질 것 같다구. 죽겠어 정말!"

"참, 오늘이 보름이지. 보름달이 뜨면 매번 이렇게 더 난리라니깐."

나타리는 환자들 때문에 못 견디겠다며 투덜투덜 댄다. 이상하게도 보름달이 뜨는 밤이면 환자들은 더욱 보채고 늑대들 울부짖음 같은 소리로 스태프들을 볶아댄다.

어디선가 먼 육지로부터 밀려와 둥둥 떠 있는 이 외딴 섬은 이 밤도 왁자지껄 밀려 일렁이며 어디론가 떠나고 있다. 창 밖에 빗소리는 구슬퍼지고 사연 담은 깃털들이 가슴에 날아와 비수되어 꽂힌다. 상념의 안개 자욱이 눈앞을 가리는데, 바닥을 쓸고 흐르는 슬픈 숨소리 굽이굽이 강물 되어 흐르면 스태프들은 그 물길 틔어주느라 수선스럽다.

밤늦도록 잠 못 든 환자가 복도 끝에서부터 고개를 갸우뚱거리며 장단에 맞춰 좌우로 흔들대며 걸어와 간호사실 앞에 멈추더니, 창에 온 몸을 기대고늘 그렇듯 세 가지를 요구한다.

"흰 종이 3장, 봉투 3개, 짧은 연필 1개."

작은 창을 통해 요구한 것을 받아 쥐면 매번 똑같은 인사 잊지 않는다.

"땡큐! 난 이제 너무 행복해."

세상 모두를 얻은 듯 뒷모습도 당당한 그에겐 그것이 자신의 삶에서 가장 중요한 것, 자기 방에 돌아가 바닥에 엎드려 깨알 같은 글씨로 종이를 가득 메우곤 주소를 적은 후 다시 간호사실로 온다. 세상에 존재하지 않는 상상의 주소와 함께.

"우편함에 넣어 주세요."

스태프가 그것을 우편함에 넣는 것을 확인하고서야 그는 뒤돌아간다.

다른 환자는 화장실에서 방으로 돌아가면서 연신 자기 뺨을 갈기며 지나간다. 오늘 따라 밤은 더 길고, 끝나지 않는 인간의 고뇌가 활동사진처럼 연이어 돌아간다.

일을 끝내고 병동을 막 나서는데 웬일로 찰스가 꺼칠한 모습으로 나타난다.

"굿모닝! 집에 가는 거야?"

"어머, 어떻게 이렇게 이른 시각에? 어젯밤 숙직했어요?"

"응. 피곤해. 제이드는 어떻게 매일 밤 자지 않고 일할 수 있지?"

난 미소를 지으며 움켜쥔 주먹 하나를 번쩍 들어 올려 건강함을 과시해 보인다. 옆 병동 환자들이 아침 공기를 쏘이러 병동에서 몰려나오는데 무리에 섞여있는 밴이 보인다.

"밴, 좋은 아침이에요."

내가 아는 체 하는 데 어쩐 일인지 그는 날 보고도 새침하다. 모른 채 시무룩하게 지나쳐 버린다.

"날 보면 늘 반가워하는데 무슨 일일까요?"

"오늘 기분이 그런가 보지."

찰스가 대수롭지 않게 답하며 묻는다.

"언제 또 놀지? 우리 다시 만나야지. 이제 제이드 안 보면 살 수 없어."

"농담도 잘 하시네요. 제가 연락드릴게요."

"농담이라고? 난 진심인데."

집에 오는 내내 그의 고백이 자꾸 귓가에 맴돈다.

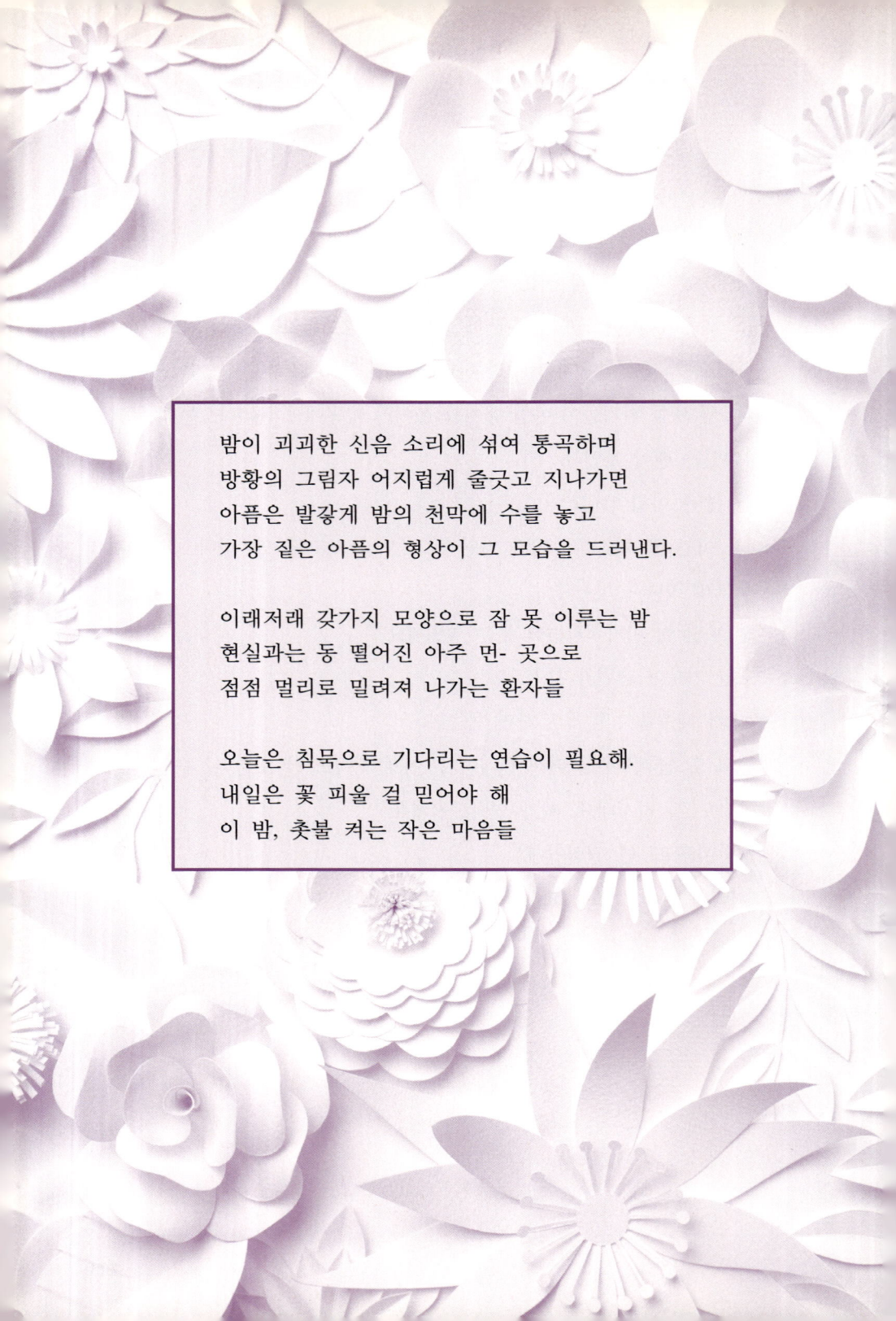

밤이 괴괴한 신음 소리에 섞여 통곡하며
방황의 그림자 어지럽게 줄긋고 지나가면
아픔은 발갛게 밤의 천막에 수를 놓고
가장 짙은 아픔의 형상이 그 모습을 드러낸다.

이래저래 갖가지 모양으로 잠 못 이루는 밤
현실과는 동 떨어진 아주 먼- 곳으로
점점 멀리로 밀려져 나가는 환자들

오늘은 침묵으로 기다리는 연습이 필요해.
내일은 꽃 피울 걸 믿어야 해
이 밤, 촛불 켜는 작은 마음들

15
저녁 초대

> 내 이름은 장 경남

다음 날 찰스와 다시 마주쳤다.

밖이 채 밝지 않았는데 찰스가 불쑥 모습을 드러낸다.

"무슨 일이에요? 이렇게 일찍?"

"제이드 보고 싶어서 잠을 잘 수 있어야지."

장난 섞인 한마디에 간호사실에 스태프들 모두 킥킥 거린다.

"무슨 뜻일까? 둘이 그렇고 그런 사이야?"

새벽부터 한 바탕 웃음꽃이 핀다.

"환자 케이가 오늘 퇴원인데 첨부할 서류가 있어서."

"퇴원해도 갈 곳이 없는데 무턱대고 내보내는 건 괜찮아요? 차비만 달랑 들려서 내보낸다는 얘기를 들었는데, 정말 그래요?"

"스태프들이 조금씩 자기 주머니를 털어 얼마를 전해 주었어요."

"거리를 한동안 헤매다 결국 다시 돌아올 게 확실한데 그래도 꼭 보내야 해요?"

"안 됐지만 죽을 때까지 데리고 있을 수는 없으니까 시도는 해봐야지. 혼자 설수 있도록."

"이 섬에서 떠나면 새 땅에 깊이 뿌리 내리면 좋겠어요."

이 말 끝에 난 찰스에게 다가가 귓속말로 속삭인다.

"어머님이 한번 초대하고 싶으시데요."

몇 번 그와 같이 만난 것을 아시는 어머니가 찰스를 몹시 궁금해 하신다. 입양아라는 얘기를 듣고는 더욱 만나고 싶어 하신다.

"정말 날 초대하셨어?"

그는 기대하지 못했던 일인지 놀라는 표정을 지으며 속삭인다.

"고맙다고 말씀드려줘."

"모래 저녁 괜찮으세요? 어머님 건강이 좋지 않으셔서 많이 차리지는 못하니 큰 기대는 마세요."

"무슨 말이야? 난 김치 하나면 족해."

어쩌면 '어머니'라는 이름만으로도 그의 가슴은 훈훈해지는 지도 모른다.

찰스가 밖으로 나가자 스태프들은 나 들으라는 듯 그에 대한 칭찬을 늘어놓는다.

"닥터 하워드 젊은 의사답지 않게 환자들을 성심껏 돌보는 모습이 우릴 감동시켜."

"일 처리가 정확할 뿐 아니라 빠르잖아."

"그뿐이야? 얼마나 매력적으로 생겼어?"

"그러니 제이드가 홀딱 반한 거 아니겠어. 안 그래?"

일을 마친 후 집으로 가기에 앞서 회의실 문을 열어보니 찰스가 칠판에 무엇을 적고 있다가 놀라는 표정이다. 어수선하던 회의실이 몰라보게 말쑥이 정돈되어 있다. 낡은 프로젝트는 새것으로 바뀌고, 칠판엔 환자들에 대한 플랜이 가득 적혀 있어 새로운 변모가 돋보인다. 그의 면밀하고 알뜰한 마음 한 조각을 엿보는 것 같아 감탄사가 절로 나온다.

"어머나! 회의실이 몰라보게 깨끗해졌어요."

"기분 좋게 일해 보려고 치워 봤지. 많이 정돈 됐지?"

손짓으로 가까이 오라는 신호를 해서 주춤 주춤 다가가니 그는 사랑 가득 찬 눈빛으로 나를 바라보며 내 긴 머리를 귀중한 보석 다루듯 조심조심 어루만진다. 가슴이 콩닥거려 얼굴이 빨개진 채 나는 서둘러 그곳을 나온다.

저녁 초대가 있는 날, 찰스는 약속시간보다 좀 일찍 손엔 어머님께 드릴 예쁜 꽃 한 다발을 들고 찾아왔다. 난 초라해 보이는 아파트가 부끄럽기도 하고 단출한 살림살이도 부끄러웠지만 찰스는 아랑곳하지 않고 마냥 즐거운 모습이다. 어머니의 정성이 담긴 한국식 밥상을 대한 그가 감탄사를 연발한다.

"아, 아, 맛있어요! 정말."

"너무 맵지 않은가?"

감탄사를 연발하며 김치찌개를 맛있게 먹는 찰스를 어머니는 흡족하게 바라보신다.

"애기 적에 미국에 왔다고?"

"네, 입양되었어요."

어머니는 이마에 송송 맺힌 땀을 닦으며 답하는 찰스를 애처로워하신다.

"저런. 친 부모님을 찾아보지 그래."

"네. 언젠가는 찾아야지요."

"찾으면 얼마나 좋겠어."

어머니는 혼잣말처럼 하시면서 눈시울이 붉어지신다.

"한국 이름은 알고 있어요?"

"입양해 올 때 짐에 붙어있던 이름이 경남 성은 장이었데요."

"그래? 그건 부모님 찾는데 큰 도움 되겠는 걸."

저녁 식사가 끝나자 그는 기어코 나를 도와 설거지를 하겠다며 팔을 걷어붙인다. 사양했지만 결국 우린 즐겁게 서로 그릇을 주고받으며 설거지를 끝냈다.

"제가 어머니라고 불러도 될까요?"

커피를 마시며 찰스가 어머니에게 묻는다.

"물론이지. 그렇게 불러주면 내가 고맙지."

"'어머니' 하고 불러 봐요."

내가 한국말로 하자 그가 고개를 끄덕이며 따라한다.

"어. 머. 니."

또박또박 발음하는 그가 대견하다.

"저녁 아주 맛있었어요."

인사를 하고 나오면서 한 마디 덧붙인다.

"집에 고칠 것 있으면 언제든 말해줘요. 어머니."

그렇게 말해놓고 어색하게 웃으며 어머님 어깨를 감싸는 찰스를 끌어안으며 어머니가 배웅을 한다. 아파트 정원 쪽으로 걸어가는 길, 불어온 바람에 정원 화초들의 향긋한 향기가 코끝에 퍼진다.

"이제 보니 어머니 닮아서 이렇게 예쁘군."

어둠속으로 하늘에서 별빛이 쏟아져 내린다.

"내가 서부로 오게 된 것이 어쩌면 제이드를 만나려고 그랬나봐."

우리는 말없이 정원을 한 바퀴 더 도는 동안 누가 먼저랄 것 없이 서로의 손을 마주 잡는다. 그는 어머니와 단 둘이 살고 있는 나를 보았다. 화려하게만 생각 되었던 미국 생활은 실제로는 그것이 아니라는 것을 어머니와 나는 실감하며 살아왔다. 낯선 땅에 모종된 이민자들은 이렇게 저렇게 허덕이며 외롭게 살아간다. 그래서 어쩌다 서로 만나게 되면 쉽게 정이 든다.

어둠 속으로 그가 사라진 뒤 찰스의 얼굴이 눈앞에 어른거리고 알 수 없는 흥분에 사로잡히는 의아한 나를 의식한다. 그 짧은 기간에 어떻게? 내가 왜 이러지?

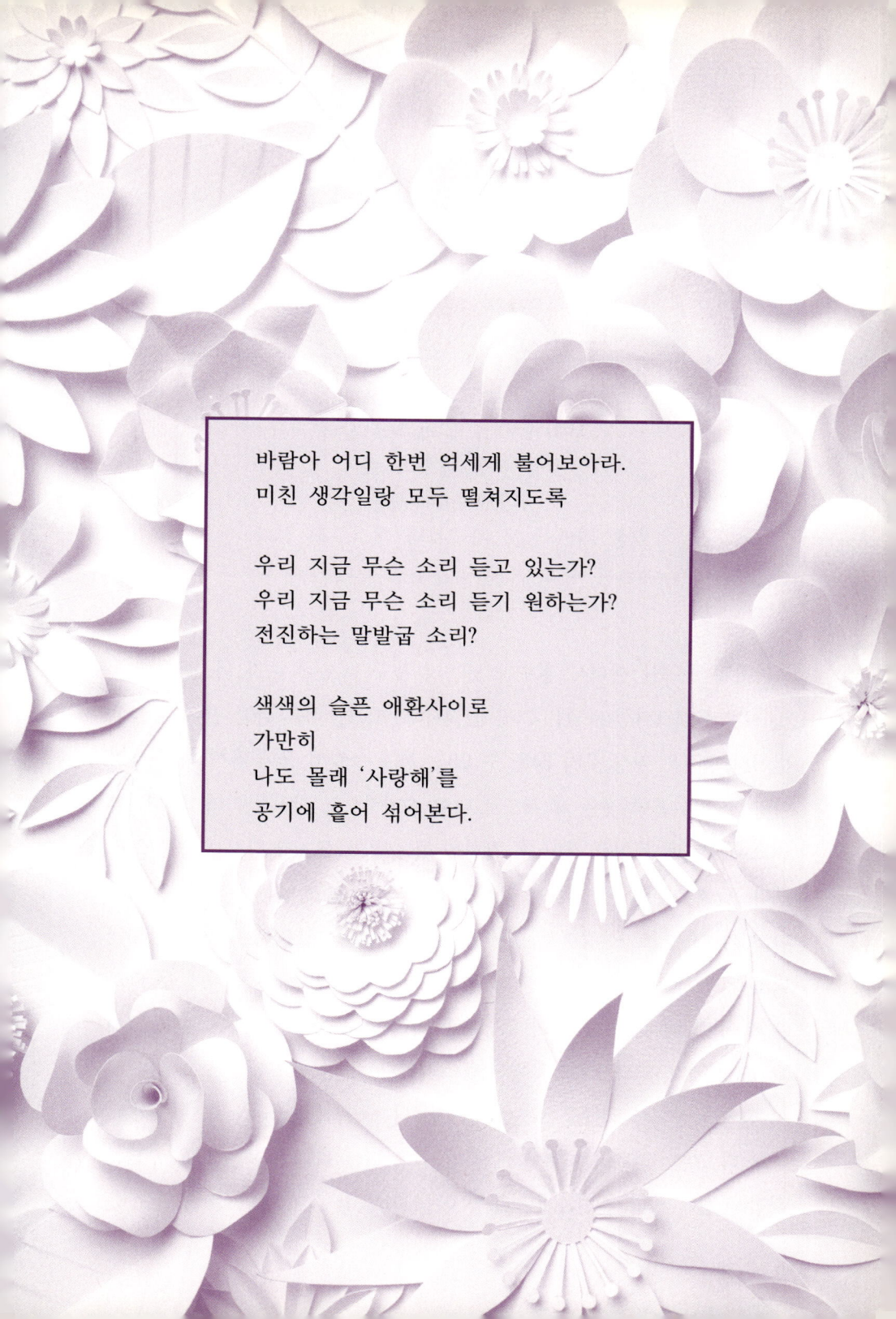

바람아 어디 한번 억세게 불어보아라.
미친 생각일랑 모두 떨쳐지도록

우리 지금 무슨 소리 듣고 있는가?
우리 지금 무슨 소리 듣기 원하는가?
전진하는 말발굽 소리?

색색의 슬픈 애환사이로
가만히
나도 몰래 '사랑해'를
공기에 흩어 섞어본다.

16
빛은 지금 어디에

> 별을 뜨게 해주고 싶다.
> 무지개도 뜨게 해주고 싶다.
> 꿈을 색칠 해주고 싶다.
> 혼동하는 마음들
> 이불 개켜 놓듯 차곡차곡 개켜주고 싶다.

"저것 좀 봐! 어디서 홍수가 났는지 누구 복도에 나가 봐 줄래?"

시니어 테크니션 죠넬은 그렇게 지시해 놓고는 혀를 끌끌 찬다. 눈앞에 벌어진 광경은 진정 웃지 않을 수 없다. 환자 스캇이 물에 흠뻑 빠진 생쥐 마냥 오줌에 흠뻑 젖은 채 복도로 나와 손가락으로 샤워장을 가리킨다. 그리고 샤워장에 들어간 잠시 후 샤워를 했는지 안 했는지 다시 모습을 드러낸다. 팔에 끼어야 할 셔츠는 용케도 두 다리에 끼고 걸음이 잘 안 걸어진다고 짜증을 내고 신경질을 부린다. 그는 혼자서 한참을 옷을 입었다 벗었다 하기를 반복하다가 이번엔 더 우스꽝스럽게 바짓가랑이 하나에 두 다리를 끼어놓고는 걸을 수 없어 뒤뚱뒤뚱 거리는 모습을 봐 줄 수 없다. 그리고 잘 걸어지지 않는다고 무척 짜증스러워 하며 잔뜩 인상을 쓰고 있다.

진정 극장에서 희극을 보는 것이 이보다 더 우스꽝스러울 수 있을까?

어디 그뿐이랴! 며칠 전엔 바지 입은 그 위에다가 똥 묻은 속옷 팬티를 뒤집어 겹쳐 입고 태연하게 복도를 어슬렁어슬렁 걸어 다녀 그 또한 웃음을 자아내게 했다. 그런데 그의 성질 머리는 앙칼지고 고약해 누구도 감히 그를 도와 옷 입혀줄 생각은 할 수 없다. 그와 부딪치기 싫어 그대로 그를 내버려 두었다가 결국은 새벽녘에 병동을 돌던 슈퍼바이저한테 스태프들 모두 호되게 꾸중을 들었다.

"그러다 환자가 넘어져 다치기라도 하면 책임질 건가요?"

사실이다. 환자가 다칠 수도 있지만 혹 다친다면 거기에 따른 뒤처리가 엄청나다. 다친 데가 없나 먼저 몸 여기저기를 세밀히 점검한 후 일일이 기록을 남겨야하고, 그 기록을 컴퓨터에 저장해 놓아야하며, 여러 부처에 보고를 해야 하고, 등등 일이 이만저만 많은 것이 아니다.

환자의 인권 존중이라 하여 근래엔 웬만해서는 환자를 가두거나 묶어 놓을 수 없게 되었다. 환자를 잠깐 가두었다가도 차분해진 듯 하면 금세 다시 풀어줘야 하게 된 후, 스태프들은 환자들의 난폭한 행동을 몸으로 막아야 한다. 때문에 일감은 일감대로 많아지고 스태프들은 한층 더 위험하게 되었다. 그러니 그러면 안 되는 줄 알면서도 스태프들은 종종 환자의 상태를 여전히 힘든 것처럼 꾸며놓기도 한다. 가끔 5-6명 환자를 한꺼번에 1대 1로 지켜봐야 할 때면 간호사들의 늘어난 일로 발걸음과 손놀림이 정신없이 바빠 종일 진땀을 흘린다.

"그 환자 리뉴얼 오더 받았어?"

두 시간마다 묶여있는 환자들 상태를 상세히 조사해서 의사와 슈퍼바이저에게 상태를 알리고 오더를 받아야 하며, 1대 1 일을 맡은 스태프 역시 매 15분마다 환자 상태를 정확히 기입해 나중에 말썽이 없도록 세심하게 살핀다. 누군가의 곁에서 꼼짝달싹 못하고 잠든 얼굴을 꼬박 밤을 새워 지켜야 하는 일이 결코 쉬운 일이 아니다. 어느 때는 환자 4명이 사용하는 방안에 스태프 4명이 비좁게 빽빽이 들어앉아 지킬 때면 부유한 이 나라의 면모를 새삼 느끼고 이것이야말로 낭비 중에 낭비처럼 생각된다.

환자 셋이 1대 1일 경우 남자 스태프 셋이 방안의 환자를 지키기 위해 문 바로 밖 복도에 의자를 놓고 옹기종기 모여 앉는다. 그럴 때는 그들만의 잡담이 시작되고 스마트 폰(smart phone)으로 게임도 한다. 그렇게 하는 것이 고개를 뒤로 젖혀 가며 졸기보다는 낫기 때문이다. 복도 다른 쪽에서도 역시 1대1 직분을 맡은 여자 스태프가 몰려오는 잠을 참아보려 줄곧 해바라기 씨를 까먹으며 껍질을 수북이 쌓아놓는다.

한 폭의 인생살이가 여기에 덩그러니 그 모습을 드러내고 있다.

한 환자의 자살을 막기 위해 또 다른 한 스태프가 꼬박 밤을 새워 지키는 생명의 얄궂은 관계, 한 생명을 살리기 위해 지키는 대가로 스태프들은 한 가족의 생존 문제가 해결되고 있다는 사실이 새삼스럽다.

옆 병동 창구에 밴이 얼굴을 대고 꽤 오래도록 이쪽 병동을 들여다보고 있다. 좀 조용한 틈을 타서 창구로 다가가 미소로 손을 흔들어 보였지만 반기던 전과 달리 무표정이다. 더는 그를 아는 체 하는 것이 좋지 않겠다 싶어 발길을 돌린다. 지난 번 "내 애인 해 줄래요?" 하던 때와 그 다음 찰스와 함께 있는 우릴 목격했을 때 새침해서 못 본 체 지나가던 때를 돌이켜 본다. 어쩌면 자기 딴엔 질투를 하는 건지도 모른다는 생각을 얼핏 해본다. 생각에 잠시 잠겨 있을 때 밴이 있는 옆 병동 간호사가 들어왔다.

"밴 요즘 어때요?"

"말도 말아요. 매일 하루도 빠짐없이 난동을 부려서 가죽 끈에 묶였다 풀려나고 다시 묶이기를 반복하고 있어요. 날마다 병동을 홀딱 뒤집어 놓을 뿐 아니라 그를 말리던 스태프들이 벌써 여러 명 다쳐 온 캄(On Com)에 들어가 쉬고 있어요."

"그래요? 왜 갑자기 돌변한 거지요? 가꾸던 채소밭은 어떡하고요?"

"그 밭은 까마득히 잊어버린 것 같아요."

요즘은 다쳐서 집에서 쉬는 스태프가 많아지고 게다가 1대 1 환자 수가 많아지면서 근무 교대 때가 되면 스태프 부족으로 병원은 거의 비상 상태다. 그래서 최근에는 아예 스태핑 분과를 따로 만들어 24시간 그 일만 처리 하는 새로운 과까지 생겼다. 덕분에 스태프 몇몇은 때를 만난 듯 일 년 내내 하루도 쉬지 않고 오버타임을 계속해 알부자가 된 사람들도 있다.

"오늘 샌프란시스코 크로니컬 봤어?"

"뭐가 났어?"

"우리 병원 의사 한명과, 간호사 한명이 캘리포니아를 통 털어서 최고 연봉을 받는 사람이라고 이름까지 나왔어."

"누구야?"

"의사는 닥터 안드슨, 간호사는 델가도."

둘 다 필리핀 사람으로 안드슨은 혼자 사는 여자 정신과 의사고 델가도는 남자 간호사다. 델가도는 본국에서는 의사였지만 미국에 와서 의사 면허증을 딸 수 없어 간호사로 일하고 있는데, 그는 어서 돈을 벌어 본국에 돌아가 병원을 차리겠다는 일념으로 쉬지 않고 일한다고 소문이 자자하다.

"사람은 돈이 있어야해. 나처럼 가족이 없는데 돈까지 없으면 사람대접 받기 힘들어. 그래야 여행도 마음껏 즐기잖아"

안드슨이 종종 했다는 말이다.

> 어둠 속을 헤매는 이들
> 무엇이, 누가, 어째서, 빛을 쫓아 버렸나?
> 비틀리는 생명들 주위로 어둠이 차 오는데
> 빛은 지금 진정 어디에?

17
코미디 쇼

> 밤낮 없이 열리는 지휘자 없는 코미디 쇼

병동의 환자 머릿수와는 상관없이 시간은 어김없이 꾸준히 흐른다. 내일도 마냥 오늘 같기만 할, 그 무수한 오늘 같은 내일에도 눈동자에 힘 빠져 흔들릴 환자들. 동녘 하늘에 꿈의 무늬는 아직 불타고 있거늘 그대로 모두를 잊어버리려는가?

멈춰! 삐걱대는 소리를.
제발 멈춰! 불협화음의 생각들.
희로애락이 엉뚱한 선에서 마구 터져 나오고 있잖아.
마음 촉촉이 적셔 보랏빛으로 모두 눈 맞춰 봐요.

난 요즘 세상엔 얼마나 많은 가지각색의 사람들이 있나 새삼 느낀다.
따뜻한 사람, 의심 많은 사람, 이해력 있는 사람, 총명한 사람, 상상력 많은 사람, 날카롭고 예민한 사람, 고집 센 사람, 죄 의식 많은 사람, 유쾌한 사람, 주제를 모르는 사람, 성질이 팽팽한 사람⋯⋯.
일할 사람들이 자꾸 빠지니 스태프 모두 불평이 많다. 간호보조사 매리가 오늘도 예외 없이 늦을 거라는 연락을 해온다.
"시간 안 지키는 데는 선수라니까."

"매리 요즘 연애에 빠져 정신없잖아. 알지?"

그녀의 잦은 지각이 불만스러운 간호사들이 그녀 이야기를 시작한다.

"바람둥이 테크니션 캔에게 홀딱 반해 남편하고는 이미 이혼까지 했잖아."

제법 예쁘장한 필리핀 여자 매리가 키가 훤칠한 흑인 캔한테 푹 빠지면서 자신의 삶을 엉망으로 만들고 있다.

"너희들 봤어? 쥐꼬리만 한 월급 받으면서 캔한테 그 비싼 명품 운동화 사준 거?"

"알아. 낮에는 잠도 자지 않고 캔 먹이려고 정성껏 점심 장만해서 매일 찾아오니 야간근무에 시간 맞춰 나오기가 쉽겠어?"

"시커먼 몸뚱이에 매력을 느끼는 괴상한 취미를 가졌나 봐?"

그 말에 우린 한바탕 폭소한다.

"캔이 얼마나 여자가 많은지 다 알잖아?"

필리핀 스태프가 월등히 많은 여기서 필리핀 남편을 가엾게 차 버리고 일을 자꾸 늦는 매리를 필리핀 간호사들이 못마땅하게 여기는 것은 당연하다.

"얼마나 늦을 거래?"

"그야 모르지."

나티가 못 마땅한 얼굴로 투덜거린다.

"단체 생활에서 책임 안지고 여러 사람에게 폐를 끼치는 이런 얌체족들, 결국엔 이들이 사회를 엉망으로 만들어 놓는 거 아냐? 안 그래?"

병동의 복도 양편으로 연이어 있는 환자들 방 침대 한쪽에는 조그마한 목재 옷장이 하나씩 덩그러니 놓여있다. 머리맡엔 서랍이 2개 달린 조그만 베드 사이드 테이블(bed side table)도 하나씩 놓여있고, 바깥 코트 야드로 향한 곳엔 열수 없는 쇠창살로 만든 창이 있다. 가로 세로 20cm 가량의 네모난 좁은 창들을 촘촘히 붙여 만든 세상을 내다보는 창, 이곳에선 그리움이 모두 그 창으로 모인다.

긴 복도 양편 벽에 걸려있는 몇 폭의 그림들, 정다운 오리가족, 모래사장을 평화롭게 달리는 백마, 환자들은 이들의 의미를 알고 있을까? 어쩌면 보지도 못했을까?

밤이 깊어 가는데 공포증(phobia)에 시달리는 환자가 잠을 잘 수 없다며 간호사실 앞에 와서 소리를 질러댄다.

"침대 밑에서 뱀이 기어와. 내 몸을 칭칭 감으려고 해."

"무슨 얼토당토않은 소리야? 넌 지금 꿈을 꾼 거야. 가서 다시 자도록 해."

그래도 계속 보채는 환자를 달래기 위해 환자 방으로 가 침대 주위를 손전등으로 비춰가며 샅샅이 살피는 시늉을 한다.

"봐. 아무것도 없지?"

확인을 시켜주지만 여전히 무섭다고 온 몸을 와들와들 떤다.

"침대 위에 벌레가 이렇게 징그럽게 우글대는데 왜 없다고 해?"

도저히 달랠 수 없어 방에서 나왔더니 환자는 담요로 몸을 둘둘 감고 다시 복도로 나와 한층 더 보챈다. 할 수 없이 방을 옮겨주기까지 했지만 오히려 심해지기만 한다. 며칠 전에 다른 환자도 그랬었다.

"화장실 창문에서 괴물 소리가 들려."

파랗게 질린 얼굴로 달려와 빨리 어떻게 좀 해 보라고 졸라댄다.

"저 소리 뭐지? 옆 병동 환자 신음 소리잖아. 이리 와서 다시 들어봐."

스태프 얘기는 들은 체 만 체 환자는 다시 난리다.

"아니야 괴물이야. 얼굴에 상처가 잔뜩 난 괴물이 자꾸 날 해치려고 해. 총 갖고 와. 빨리! 쏴 버릴 거야."

그는 진정제를 먹고 나서야 겨우 안정되었다.

다시 돌아온 오버타임, 이번엔 남녀 쇠약자 환자들이 입원한 아래층 병동을 도와야 한다. 데이 홀(day hall)에 가득 모인 환자들 틈에 겨우 자리를 찾아 끼어 앉기가 바쁘게 시작된 음악 시간, 몇몇 환자들 손엔 조그마하고 간단한 악기가 쥐어졌다. 제 멋대로 악기를 흔들며 곧 바로 쿵작쿵작 장단에 맞춰 노래를 부르는 이들.

영혼이 떠나버린 듯한 빈 육체에 태 넓은 모자를 쓴 한 여자 환자는 쥐고 있던 탬버린을 아무렇게나 흔들어대고, 그 옆 휠체어에 앉아 있던 또 다른 여자는 벌떡 일어나 장단에 맞춰 덩실덩실 엉덩이를 뒤흔들며 흥을 돋운다. 휠체어는 뒤로 두고 비틀거리며 슬쩍 문밖으로 몸만 빠져나간다. 또 다른 빨간색 모자를 쓴 여자 역시 일어나 웃옷을 후딱 위로 걷어 올린다. 두개의 축 늘어진 젖통을 드러낸 채로 마구 흔들대며 신나게 춤을 추나 싶더니 역시 문 밖으로 나가버린다. 남은 환자들은 맞지도 않는 음정으로 목청 높여 노래를 부르고 손뼉을 치며 장단을 맞춰 보지만 음악이 오히려 환자들을 혼란으로 부추기는 것처럼 보인다. 이곳 병동도 다른 병동과 다름없이 열리는 코미디 쇼. 난 또 다른 광기를 지켜본다.

"갓 뎀! 날 좀 놓아주란 말이야. 퍽 유!"

음악시간이 끝난 후 1대 1 일을 맡아 여자 환자를 돌본다. 꼼짝 못하게 붙들어 놓은 것이 못 마땅한 환자가 있는 힘을 다해 날 떠밀려고 기를 쓴다. 마음대로 걸어 다니지 못하게 한다고 불평하며 내 손과 팔을 사정없이 꼬집는다. 수시로 분해서 못 견디겠다는 듯 이빨을 무섭게 드러내며 악마 같은 얼굴로 나를 위협한다. 환자에 비해 턱없이 몸집이 작은 난 어쩔 수 없이 곤욕을 치르느라 줄줄 흘러내리는 땀을 소매로 닦아낸다. 이 환자야말로 투정쟁이, 폭발쟁이, 발버둥쟁이, 욕쟁이, 참을성이라곤 좁쌀 한 알 만큼도 없는 떼쟁이다. 지금이야말로 여기가 정신병원이라는 것을 난 야무지게 맛보고 있다.

복도 의자 위엔 손에 신 한 쪽을 벗어들고 고개는 의자 아래로 떨어뜨린 한 여자 환자가 만화 같은 얼굴로 잠들어 있고, 그 곁을 한 환자는 히틀러 마냥 두 손을 번쩍 들어 제우스신께 제를 올리는 듯한 모습으로 거닐고 있다. 빼빼 마르고 키 크고 파란 눈을 가진 그 환자는 가느다랗고 긴 다리로 같은 장소를 수없이 빙빙 맴돈다. 무얼 할 지 몰라 복도에 누워 뒹굴며 벽을 쳐다보고 손뼉을 치는 환자도 있다.

허술한 한 벌의 옷, 짝짝이로 걸친 신, 참을성 없는 사람들이 모인 여긴 광란의 섬. 얼마나 많은 그림자가 방황하며 여기를 지나갔고 앞으로도 얼마나 많은 이들이 쉽게 닻을 내리지 못한 배처럼 방황하며 수없는 시간을 헛되이 보낼까.

심술쟁이 환자 다이안을 지키느라 쩔쩔매고 있는데 나이도 제법 많은 환자가 자기 딴에는 한껏 멋을 부리고 복도에 모습을 드러낸다. 쪼글쪼글 주름진 얼굴에 짙은 립스틱을 더덕더덕 빨갛게 바르고, 꼭 끼인 청바지에 굽 높은 신을 신고 폼을 잡고 복도를 오간다. 대체 왜? 어디 갈 데도 갈수도 없으면서 어째서? 누구에게 잘 보이려고? 절로 웃음이 나오다가 가여워져 눈물이 펑 도는데 갑자기 복도 위쪽 환자 방에서 옷이 홀딱 벗겨진 노인 환자의 몸뚱이가 복도로 튕겨 나온다. 누군가 방에서 떠밀어버린 듯 그렇게.

바닥에 미끄러진 환자는 마치 항구에서 어디론가 실려 나가기를 기다리는 던져진 짐 한 뭉치 같다. 그 옆을 예쁘장하게 생긴 여자 환자가 몽유병 환자마냥 두 팔을 크게 벌려 누구나 끌어안아 보려고 안간 힘을 쓴다. 복도 한편에는 잔뜩 고인 오줌에 몸을 담고 누워 흠뻑 젖은 기저귀를 갈지 않겠다고 결사적으로 발버둥 치며 반항하는 뼈만 앙상히 남은 환자의 발길질이 한창이다. 스태프 몇은 가슴에 세찬 발길질을 받아가며 기저귀를 갈아주기에 안간힘을 쓰고 있다. 지나던 정신과 의사가 한 마디 날린다.

"도움 받지 않고 도움 줘 가며 살수 있다는 것만도 우린 행운이라고 여겨야지? 안 그래? 그리니 고마워해야겠지?"

그래. 우린 지금 모두 한 배를 타고 왁자지껄 어디론가 떠나가고 있다.

작은 도움의 손길이 저들에게 닿기를, 작은 도움의 목소리가 그들에게 전해지기를 진심으로 빌어본다.

> 가련한 삶의 모습들이, 불투명한 그 삶의 이음이
> 지금 창밖 한 그루 나무와 어느 한 순간에
> 직선으로 줄 맞춰 졌다.
>
> 병실 천정과 벽이 만나는 모퉁이에 매달려있는
> 타원형 거울
> 위험을 앞뒤 사방에서 볼 수 있도록
> 군데군데 달아놓은 거울에 환자와
> 스태프의 모습이 함께
> 거울 안에 갇혀 있어 놀란다.
>
> 외로운 생명들은 속수무책 거기서 출구를 찾아보려
> 당장 거울을 와장창 깨 부실 것 같은 야릇한 느낌이다.
>
> 우린 모두 조금씩은 가면을 쓰고 서로를 위로하고,
> 조금씩 부추겨 주기도 하며, 행복을 과장해 보기도 하며
> 서로의 눈치를 살피기도 그리고 남을 위해 웃는 웃음을
> 또 따로 준비해 놓기도 한다.
>
> 진정 이런 세상이 있었습니까?
> 우리가 꿈꾸던, 알았던 세상 어느 한편에 말입니다.
> 지구가 둥글다고요?
> 아니지요. 무수히 많은 모가 져 있답니다.

보/랏빛/눈/물

3부

출구 없는 미로

18. 조약돌 사랑
19. 스태프와 환자의 로맨스
20. 산 너머에 해님은
21. 바람 속을 거닐며
22. 험한 파도를 타듯
23. 사랑을 낚아보는
24. 유령 이야기
25. 출구 없는 미로

18
조약돌 사랑

> 귓등을 간질이는 바다 바람 한 자락
> 무지개다리 건너
> 푸른 꿈속을 지나

우린 찰스가 보고 싶다던 바다로 드라이브를 가기로 한다.

바다로 가는 길, 보데가 만 고속도로의 한적한 시골 길에 들어서니, 길 양 편에 아담하고 평화스러워 보이는 목장들이 연이어 있다. 나무그늘 아래 모여앉아 쉬는 소떼들과 푸른 들판 넓은 초원에서 풀을 뜯고 있는 무수한 양떼들이 자유로워 보인다.

"아, 좋다."

찰스가 감격한 듯 숨을 크게 내쉰다.

"저기 좀 봐요. 새끼양인가 봐요."

"양들이 참 많네. 가까운 곳에 이토록 평화스런 곳이 있을 줄은 몰랐어."

우리 둘은 눈앞에 펼쳐진 대자연을 넋 놓고 바라본다. 갓 태어난 새끼양들이 휘청대는 연약한 다리로 어미 양 주위를 비틀비틀 맴돌며 뛰노는 모습이 앙증맞다.

마치 세상이 모든 창을 활짝 열어 놓은 것 같은 푸른 하늘 아래로 넓게 펼쳐진 들판은 그동안 환자들과 부대끼며 쪼들렸던 마음을 느슨히 풀어준다.

바다가 가까운 것을 알리는 듯 바다 쪽에서부터 뽀얀 안개가 속속히 해안 쪽 사방으로 퍼져와 바다 냄새를 가득 실어 나른다. 모퉁이를 하나 더 돌아가니 서서히 모습을 드러내는 넓게 툭 트인 바다의 푸른 물결이 한 눈에 들어오면서, 햇빛 아래 물결은 은가루를 뿌려놓은 듯 현란한 빛으로 눈부시게 반짝인다. 물결의 살점마다 뜨겁게 불붙은 듯 물 위에서 뛰놀며 휘황찬란한 춤을 우리에게 선사한다.

"뷰티풀!"

찰스는 마치 어린 아이처럼 환호하며 세상에서 가장 행복한 모습을 지어 보인다.

보데가 타운에 닿으니 저 멀리 많은 고기잡이배들이 정박해 놓은 것이 보이고 모텔, 레스토랑, 그리고 해변 언덕을 따라 펼쳐진 푸르른 골프장도 보인다. 타운 아래쪽엔 나가고 들어오는 고기잡이배들의 움직임이 바쁘다. 타이즈 워프(tides wharf)에 잠시 멈춰 잡아온 물고기들을 우린 한참을 흥미롭게 지켜본다. 은빛 비늘 반짝이는 연어를 큰 소쿠리에 담아 저울에 달고 있는 생소한 광경이나, 경사 뒤편 타이즈 풀에서 수염달린 물개 두 마리가 물위로 머리를 쏘옥 내밀었다가 다시 물속으로 모습을 감추며 끽끽 소리 지르는 모습을 보고 있자니 우리 마음은 동심으로 돌아간다.

보데가 만 중심 동네 가운데로 좁은 길을 따라 좀 더 가니, 언덕으로 길이 나 있고 그 위로 용 머리처럼 생긴 바위 보데가 헤드(Bodega head)가 거센 바다 바람을 맞으며 나타난다. 관광객들이 곧 날아갈듯 한 바람 앞에 옷깃을 단단히 여미며 눈앞에 펼쳐진 절경 구경에 한창이다.

보데가 헤드에서 저 멀리 끝도 없이 펼쳐진 망망대해의 출렁이는 물결, 그 바다 가장 자리에 격정의 몸짓으로 내리치는 물살의 매를 고스란히 받으며 우뚝 솟은 해암들, 절벽 바로 아래로 파도칠 때마다 물속에서 춤추고 있는 해초들의 유연한 몸짓들, 모두가 참으로 장관이다.

"마치 저 빛이 제이드 같아."

찰스가 철썩이는 파도를 바라보며 나를 다정하게 바라본다. 파도가 철썩일 때마다 높이 치솟는 파도 사이로 마치 여인의 속치마처럼 깨끗하고 고운 옥색 파도가 일면서 빛살과 어울려 고운 무지개를 떠 올리고 있다.

그 아름다움을 정신을 잃고 바라보고 있을 때 돌핀 한 떼가 매끄러운 몸짓으로 춤추듯 지나가고, 바다 저 멀리엔 고기잡이배들이 고요히 진을 친 모습이 대비를 이룬다. 요트들은 물살을 가르며 멋진 질주가 한창이고 머리 위로는 갈매기 떼가 유유히 빙글빙글 맴 돌며 우릴 환영해 주듯 날고 있다. 내 마음도 나를 것만 같다.

우뚝 솟은 해암에 옹기종기 모여 앉은 새까만 깃털에 코모란트(cormorant)가 붉은색 주둥이를 뾰족이 내민 채 깃털을 말리고 있다. 바다 바람이 세차게 불어 몸집 작은 내가 바람에 날려갈까 안절부절 못 할 때 찰스가 날 끌어다 그의 품에 꼭 감싸 안는다. 난 가슴 설레며 어찌할 바를 몰라 몸을 움츠린다.

"가만있어요. 저 거센 바람에 혹 제이드가 멀리 날아가 버리면 큰일이잖아요?"

우린 서로의 얼굴을 마주 보고 웃음으로 쑥스러움을 달랜다.

언덕을 내려오는 도중 타이달 플랫(tidal flat)에 들린다. 여기저기 삽으로 모래를 열심히 파헤치며 조개 줍는 사람들 곁에서 종종 걸음으로 먹이를 찾는 물새들 모습이 한 폭의 그림 같다.

"여기로 가 볼까? 이름이 멋진데."

찰스가 가리키는 레스토랑을 보니 이름이 샌드 파이퍼(sand piper)다.

"모래로 피리를 부는 곳? 좋아요. 낭만적이에요."

고기잡이배들이 드나드는 것이 잘 보이는 레스토랑에서 점심으로 그는 조개를 주문하고 난 구운 생선을 주문한다. 창밖 얕은 물에서 놀고 있는 수

많은 이름 모를 작은 새들이 움직일 때마다 얕은 물이 찰랑찰랑 거린다.

바다 향 가득담은 맛있는 식사를 한 후, 우린 다시 바닷가 해변을 따라 운전해 간다. 끝없이 펼쳐진 푸른 바다가 우리 마음을 툭 트이게 한다.

얼마를 더 달려 넓은 모래 백사장이 멀리 펼쳐있는 쌔몬 크릭(salmon creek)에서 차를 멈추고 내려 해안 따라 끝없이 펼쳐진 모래 백사장을 걷는다. 파도가 찰싹이며 밀렸다가 되돌아올 때마다 물새들이 재빠르게 종종 걸음으로 물살 따라 오가며 먹이를 찾는 곳을 우리도 나란히 따라 걷는다.

"전 맨발로 걷고 싶어요."

"나도."

내가 먼저 신을 벗자 찰스도 신을 벗어들고 가슴을 활짝 펴고 심호흡을 한다. 모래위에 발자국을 남기며 내가 달음질을 치자 철썩이는 파도를 바라보던 찰스도 뒤따라 달린다. 한참을 우린 서로 술래잡기를 하듯 넓은 백사장 위를 어린 아이처럼 즐거워하며 이리저리 뛰어본다.

"웬 걸음이 그렇게 빠르지?"

신나게 이리 저리 달리던 나를 붙잡은 찰스와 두 손을 마주잡고 말없이 걷는다. 찰스는 예쁜 조개껍질을 볼 때마다 나에게 주워주고 난 어깨에 둘러맨 가방 가득 그것을 채우며 걸어 나간다.

이 좋은 순간, 밀려오는 이 행복한 순간에 난 왜 다시 그들이 떠오르는 것일까?

"이토록 자유로운 세상에서 왜 인간은 함께 자유로울 수 없는 걸까요? 구속의 둘레에서 벗어나지 못하는 환자들을 폭력적으로 다루는 스태프들 때문에 가슴이 많이 아파요"

"인간이 다 같을 수 없고 누구나 평등할 수 없다는 거, 난 이미 오래 전에 알아버렸어."

찰스가 가던 발걸음을 멈추고 먼 수평선을 바라보며 우울한 목소리로 답한다.

"그랬어요?"

난 미안한 마음에 그의 손을 더 꼭 잡아준다. 마치 내가 한국을 대표하는 사람인양.

좀 더 드라이브 해 가자니 바다를 병풍같이 둘러싼 해변 가의 나지막한 언덕엔 마치 양탄자를 깔아놓은 듯 색색의 아이스 화초(ice plant)며 이름 모를 가지각색의 야생화가 가득히 덮여있다. 꼭 하늘이 정성껏 가꿔놓은 정원인양 곱다. 거창한 위력의 파도는 끊임없이 철석이며 연신 애꿎게도 격정의 몸짓으로 해암을 마구 채찍질하고 있다. 아무 소리 못하고 그 매를 다 맞으며 바닷물에 발을 담가 적시고 있는 저 우뚝 솟은 바위들, 도대체 무얼 그리 잘못했기에?

"저 파도 보세요. 마치 우리에게 만남과 헤어짐을 그리고 시작과 끝을 가르쳐 주고 있는 것 같지 않아요?"

바다를 바라보는 나의 눈이 반짝인다.

"제이드는 참 철학적이고, 시적이야! 놀랍도록 말이야."

"칭찬이지요?"

난 무안해서 얼굴을 붉힌다.

"이곳을 던컨스 랜딩(Duncan's Landing)이라고 해요. 파도가 유난히 높게 치솟기로 유명한 곳이지요."

찰스는 고개를 끄덕이며 이곳 역사가 적힌 조그마한 간판에 적힌 글을 찬찬히 살펴본다. 그 옆에는 '파도가 대단히 위험하니 절대 가까이 가지 마시요'라는 경고문이 붙어있다. 이곳에서는 파도 밑으로 빨려 들어가는 일이 종종 있어 조심해야 한다.

언덕 아래 넓게 펼쳐진 모래사장에는 가지각색의 올망졸망한 조약돌들이 가득히 깔려있다. 긴 세월동안 파도에 깎여 반질반질하게 닳고 닳아 윤기 나는 색색의 고운 조약돌, 하나같이 구슬처럼 예쁘다. 우리가 그 위로 나란히 엎드려 보니 햇살에 따뜻이 데워진 조약돌이 온몸을 노근하게 해준다. 나는 엎드린 채로 손을 뻗어 어여쁜 조약돌을 하나 둘 주워 모은다.

"이걸 보니 알 수 없던 지난 세월을 보는 것 같아요. 세월의 색깔까지도. 이제 보니 세월의 색깔은 빨강 노랑 초록 검정 흰색 그런 것들이었어요."

"내가 이미 말했지? 제이드는 시인이라고."

파란 하늘 아래 모든 살아있는 만물들이 벅차게 소생하고 있는 대지의 심장 뛰는 소리가 들린다. 넓은 공간을 가득 메우며 시간을 타고 가고 있는 모든 자연의 소용돌이 속에서 살아남으려는 살아있는 것들의 인내가 어렴풋이 느껴진다.

"매일 이렇게 제이드와 함께 웃으며 살 수 있으면 좋겠어."

그는 모래사장에 엎드린 채 나의 옆구리에 간지럼을 피운다. 나도 행복에 겨워 침묵하며 바다 저 멀리 하염없는 눈길을 보낸다.

"친 부모를 찾아보기는 해야겠지?"

찰스의 목소리에 물기가 묻어있다.

"나의 뿌리가 알고 싶기도 해."

"그래요. 찾을 수 있을 거예요."

"사랑하는 가족과 웃으면서 한번 살아보고 싶어."

그리고 그는 날 바라보며 진지한 얼굴로 묻는다.

"날 도와줄래요?"

나는 뛰는 가슴을 진정시키며 나도 몰래 고개를 끄덕인다. 이게 무슨 일인가? 그는 지금 내게 프러포즈를 하는 것인가? 내가 그걸 수락한 것인가?

순간 그의 커다란 두 눈에 이슬이 맺힌다. 우리는 말없이 서로를 한참 바라본다. 나는 찰스를 가슴에 안고 그의 오랜 상처를 보듬어준다.

파도소리가 사랑노래로 변하여 귓가를 간질인다. 난 형용하기 어려운 벅찬 가슴을 안고 그가 이끄는 대로 가만히 눈을 감고 그의 어깨에 몸을 기댄다.

두 손을 꼭 잡고 다시 백사장을 따라 걷다보니 한 모래 언덕에 이른다. 키 큰 갈대숲이 있고 갈대 잎이 바다 바람에 흔들려 서로 부딪혀 서걱거리는 곳에 다다랐을 땐 어느덧 서편 하늘에 뉘엿뉘엿 해가 지고 있다. 먼 하늘에 떠 있는 한조각 구름이 노을에 곱게 물들어 마치 연어 속살처럼 곱다.

"갈대가 우리에게 말을 걸며 속삭이는 것 같아요."

"자연이 이렇게 아름다운 것이었나?"

"이토록 고운 자연을 우리 병원식구들도 볼 수 있으면 참 좋을 텐데."

문득 섬 안에 갇힌 이들이 불쌍해진다. 곱게 담겨오는 노을 빛깔은 아련히 사색의 소용돌이 속으로 날 더 깊이 빠져들게 한다. 갈대숲 안 둘만의 오붓한 자리, 찰스가 가만히 나의 얼굴을 바라본다.

"모르지? 제이드 웃는 모습이 얼마나 예쁜지? 그래서 보고 있는데도 자꾸 또 보고 싶어져."

이성에게서 처음 느껴보는 남자의 온기가 몸을 녹여버릴 것 같은 훈훈함으로 나를 들뜨게 한다.

"만난 지 얼마 되지 않았는데 제이드 생각으로 요즘은 잠을 잘 못 이루고 있어."

그는 갑자기 나를 그의 품으로 와락 끌어들이더니 뜨겁게 포옹하며 입술을 포갠다. 우린 그렇게 서로를 알아가며 하루를 보냈다.

집으로 돌아오니 찰스와 바다에 갔다 온 것을 알고 계시는 어머니가 기다리고 계시다 염려의 뜻을 보인다.

"만난 지 얼마 되지도 않았는데 의사라고 너무 믿지 말고 잘 알아보고 만나도록 해."

"알았어요. 어머니 걱정 안 시켜드리도록 할게요."

"보기엔 사람이 좋긴 하지만."

난 어머니를 안심시켜드리며 방에 들어가 가방을 열고 찰스가 주워준 예쁜 조개껍질들을 책상위에 가지런히 펼쳐놓는다. 가만히 눈을 감고 그의 미소와 멋진 모습을 그려본다. 급속도로 가까워진 우리 둘의 사이에 흥분이 된다. 한동안 생각에 빠져있는데 어머니가 방으로 들어오신다.

"너 그 병원에서 일하는 것이 너무 위험하지 않니? 네가 하도 주장하니 허락은 했다만 실은 난 늘 걱정이다. 솔직히 말해서 난 네가 좀 더 안전한 직장으로 옮겼으면 해."

어머니는 할 말은 해야겠다는 듯 작정하고 강조하신다.

"조심할게요. 한 일 년만 일하면서 생각해 볼게요. 너무 걱정 마세요."

조약돌

호된 매질에 닳고 닳았네
네가 보여준 세월의 모습
동그스름했네.
갸름했네.

네가 보여준 세월의 빛깔
옥색, 갈색
하양, 까망

네가 보여준 그 알 수 없던 세월
귀엽게 만져 볼 수 있었네

19
스태프와 환자의 로맨스

> 달빛 영롱히 빛나는 밤
> 밤은 살아있는 것들의 숨결위로
> 강물처럼 흐르고
> 우린 도대체 무얼 믿고
> 자꾸 괜찮다고 하는가?

"며칠 전 옆 병동에서 감쪽같이 사라져 버렸다던 그 환자 어떻게 되었는지 너희들 모르지?"

그랬다. 쥐도 새도 모르게 어느 날 환자 한 명이 감쪽같이 사라졌다. 스태프 나타리가 자기는 알고 있다는 듯이 큰 눈을 휘둥그레 굴리며 호들갑을 떤다.

"메기가 글쎄 어떻게 하려고 그 환자를 몰래 숨겨서 병원을 빠져나갔던 것이 밝혀졌데."

메기는 그 병동 스태프다.

"도대체 어딜 갔는데?"

"어디로 갔는지 아마 너희들은 상상도 못할 걸."

듣고 있던 스태프들은 궁금해서 못 견디겠다는 듯 조급하게 졸라댄다.

"놀라지 마. 글쎄 어처구니없게도 그 환자를 카지노 놀음판으로 데려 갔다네."

"뭐라구?"

우린 어처구니없는 그녀의 말에 절로 한 목소리를 냈다.

"그리고 말이야, 정말 미친 짓은 그 다음이야. 글쎄 어쩌려고 자기가 살고 있는 아파트로 환자를 데리고 가서 같이 아예 며칠을 지냈다는 거야. 결국은 들켜 버렸지만 말이야."

우리들은 믿기지 않는 사건에 기막혀 하며 한 마디씩 한다.

"메기가 정말 제 정신이 아니었나 봐."

"왜 그런 짓을 했을까?"

"죽고 싶어 환장하지 않고서야, 안 그래?"

"그러게 말이야. 환자가 무슨 짓을 저지르면 어쩌려고, 정말 겁도 없네."

"환자보다 메기가 더 이상이 있는 거 아니야?"

"힘들게 받은 면허증도 박탈당하게 됐다고 해."

모두 고개를 설레설레 흔들며 혀를 끌끌 찬다.

"면허증? 지금 그게 문제야? 그것보다 임신이라도 되는 날이면……."

"아이고 끔찍해 난 생각조차 하기 싫어."

나타리가 몸서리를 친다.

병원에서 환자와 스태프의 로맨스는 종종 일어나는 일이긴 하다. 특히 철조망 높게 둘러진 곳에 있는 환자들은 범죄 행위로 감옥에 있다가 이리로 옮겨온 환자들인지라 대개는 웬만큼 정신이 멀쩡하다. 그렇다보니 로맨스 사건은 당연하다고 볼 수도 있다.

"너희들 떠들썩했던 지난 번 애정 행각 잊지 않았지?"

병원 신참인 나는 그들 말에 귀를 기울인다.

"아이도 있고 남편도 있는 간호사가 환자 방에서 환자와 섹스하다 들켜 병원이 왈칵 뒤집힌 사건 말이야."

"그걸 어떻게 잊어?"

"간호사는 그때 쫓겨났을 뿐 아니라 면허증도 뺏겼지."

"난 봤어. 환자 중에는 눈에 띄게 단정하고 말쑥하게 잘 생긴 환자도 있어. 도저히 정신 이상자로 볼 수 없는 그런 환자 말이야."

"정말이야. 이곳도 역시 사람 사는 곳이니 유혹이나 로맨스를 어찌 막겠어?"

"그중엔 집안도 좋은 매력적인 환자도 있으니 끌릴 수도 있지 뭐."

"간호사도 인간인데 안 그래?"

누군가의 말에 스태프 모두 머쓱해진다. 아무도 그의 말에 토를 달지 않는다.

> 내 안에 수양버들 가지가
> 파래지나 보네.
>
> 내 눈은 수북이 쌓인
> 흰 눈을 녹여
>
> 잔디를 파아랗게
> 심었구려.
>
> 출렁이며
> 한가한 춤을 추며
> 떠나는 세상을
>
> 당신은 보옵니까?
> 그 위에 덮이는 환희를

20
산 너머에 해님은

> 작은 손길마다 그들에게 닿았으면
> 작은 목소리마다 그들에게 전해줄 수 있었으면
> 어둠 벗고 빛살 옷 새로 받아 입고
> 참 웃음 웃게 해줄 수 있었으면

밤은 연이어 빨리도 돌아온다.

밤마다 잠들지 못 해 병동 복도를 어슬렁거리던 환자들이 요즘은 큰 수난을 겪고 있다. 지난주 새로 입원한 환자는 마치 자기가 이곳 대장인 줄 아는지, 아님 수위 아저씨라도 된 줄 아는 지 밤마다 자기 말고는 복도에 다른 환자는 어슬렁거리게 놔두지 않는다. 아무도 얼씬거리지 못하도록 밤새 잠 한숨 자지 않고 지키다가 혹 환자가 방에서 나오기만 하면 쏜살같이 뒤쫓아 가 난폭하게 다그쳐 쫓아버리기를 반복한다. 스태프들을 전보다 더욱 힘들고 골치가 아프게 만드는 그의 이름은 제임스, 그러나 그는 자기를 엔젤(Angel) 천사라고 부른다. 거기다 더해 덩치 큰 다른 흑인 환자 한명까지 조수로 두고 밤마다 함께 복도를 지킨다. 그러다가 환자가 보이면 곧바로 달려들어 그 환자를 족쳐 놓는다.

복도 맨 끝 방 환자 한명은 이미 여러 번 반복해 당했어도 상관치 않고 바보스런 걸음으로 다시, 또 다시 복도로 비실비실 걸어 나온다. 두 팔로 허공을 휘저으며 손가락 열개를 모두 활짝 펴고 두 손을 맞대어 비비꼬며 나온다.

그러다 또 다시 수위 행세를 하는 환자에게 무자비하게 멱살이 잡힌 채 자기 방으로 끌려가기를 여러 번, 그렇게 하룻밤에도 여러 번 실랑이를 벌이니 밤마다 병동은 쉴 사이 없이 소란하다.

"괜찮아 제임스. 여긴 우리가 지킬 테니 제발 가서 잠을 좀 자도록 해."

아무리 일러도 계속되는 이런 소동에 스태프들은 한층 더 피곤하지만 말려 볼 도리가 없다. 그렇다고 모두 묶어 놓을 수도 없는 일, 그렇지 않아도 힘든 야간 근무가 한층 더 힘들다.

이곳엔 흐르지 못하는 세월이 갇혀 있다.

낮이면 낮대로 커튼이 오르고 소란스레 열리는 무대 위엔 환자들의 광대놀이, 마치 전쟁터에 폭탄처럼 쏟아져 내리는 욕설들처럼.

환자들은 그림자 길게 늘어뜨리고 거기서 뛰쳐나올 아무런 기력 없이 종일토록 걸어 보아도 오직 복도 한쪽 끝에서 다른 쪽 끝일뿐, 돌아 갈 길도, 질러 갈 길도 모르는 채 그저 생명의 주인이랍시고 숨을 쉴 뿐.

참으로 무엇을 위해 이들에게 내일이 존재하지?

허공을 걷고, 허공에도 걸려 넘어지며 수시로 자신의 그림자에도 소스라쳐 놀라 자빠져 버리는 환자들, 머릿속 거미줄 어지럽게 쳐진 배터리 잘못 끼어진 장난감 같은 환자들, 허파에 늘 바람 세게 불어 이유 없이 배 움켜잡고 죽어라고 폭소하는 환자들.

코미디 쇼 같은 아니 아이들조차 구경하러 오지 않는 인간 동물원인양.

소란은 또 다른 소란을 낳고, 그러다가 무게에 이기지 못해 연쇄 작용으로 와르르 제 풀에 무너지는 담벼락 같은 삶에서 쉽게 벗어날 수 없는 이곳 환자들. 정에 배고파 등 시리고 시린 가슴에 찬바람 고인 환자들, 색색의 슬픈 애환 사이사이로 난 가만히 '사랑해'를 풀어 흩어놓는다.

"오늘 밤은 시작부터 수상해. 회진하는데 환자 앤드류가 눈빛이 달랐어.

이미 입었던 셔츠를 벗어서 발기발기 찢고 있는걸 보니 말이야. 아마도 발작을 일으킬 모양이야. 슬슬 격리실에 가죽 끈을 준비해 놓아야 할 것 같아."

책임자 죠넬이 병동을 둘러보고 와서는 곧 무슨 일이 벌어질 것 같은 예감이 드는지 두려운 모양이다. 아니나 다를까 10분도 채 안 되어서 앤드류가 이미 복도에 달려 나와 바닥에 오줌을 질질 싸 놓고, 입고 있던 윗도리를 벗어 갈기갈기 찢어서 내 동댕이치기 시작한다. 또 그의 길고 헝클어진 머리칼을 자기 손으로 마구 잡아당기며 손가락을 송곳 모양으로 만들어 자기 눈으로 가져가 눈알까지 후벼 파낼 자세다. 서둘러 경종을 누르니 삽시간에 시급함을 알리는 경종이 밤공기를 요란하게 뒤흔든다.

"빨리 의사한테 전화해서 감금령 지시받도록 해."

우린 의사의 명령이 떨어지기 바쁘게 환자의 불같은 행동을 이미 알고 있던 스태프들 모두 서둘러 움직인다. 앤드류는 가까이서 환자를 지키고 있던 스태프가 들고 있던 차트를 재빨리 낚아채더니 갈기갈기 찢어 복도 아래쪽으로 힘껏 던져 버린다. 도우려 달려온 스태프들에 의해 발버둥치는 환자를 신속히 겨우 진압시킬 수 있어 참으로 다행이다. 가죽 끈에 꽁꽁 묶어 놓고서야 우린 안도의 숨을 내리쉰다.

만사 귀찮아하는 앤드류는 언제 마지막으로 샤워를 했는지 긴 금발 머리칼이 여기저기 진득하게 들러붙어 있어 보기만 해도 지저분해 꼭 거지같다. 늘 가려움증으로 긁어대기 일쑤인데, 특히 긴 머리카락이 닿는 목과 가슴 언저리는 늘 긴 손톱으로 박박 긁어 벌겋게 긁힌 자국들이 흉악스럽게 줄줄이 들어나 있다. 그런데 이상하게도 그런 그가 정신이 좀 멀쩡할 땐 아주 가끔은 마룻바닥에 엎드린 채 별들의 자리를 촘촘히 표시해 놓고 별끼리 줄로 연결해 백지를 줄로 가득히 메워 놓기를 좋아한다. 왜 하필이면 별들을 그토록 좋아하는지 알고 싶다.

몇 번 그의 노부모가 면회 와서 아들을 위해 싸 온 음식을 먹이며 애정 가득한 눈으로 바라보던 모습을 기억한다. 면회 시간이 지나 찰칵 잠귀는 문 뒤로 정신이 온전치 못한 청년이 된 사랑하는 아들을 남겨둔 채, 자꾸 뒤돌아보며 멀어져 가는 노모의 모습을 가슴 찡하게 바라 본적이 있다.

성격이 불같은 환자 잭이 투약실 문을 마구 두드린다.

"무릎이 아파서 도저히 견딜 수 없어."

오만상을 찡그려가며 빨리 약을 달라고 심하게 재촉하지만 스태프들은 아직 줄 시간이 되지 않았다며 버티고 있다.

"아직은 일러. 너무 자주 복용할 수 없다는 거 잘 알잖아?"

"못 참겠는데 그럼 어쩌란 말이야?"

잭은 무릎을 두 손으로 감싸며 곧 죽는 시늉을 한다.

"진통제 많이 복용하면 몸에 해롭다는 것도 알잖아?"

한참 실랑이를 벌이다 스태프가 지쳤는지 달래기로 방향을 튼다.

"주스 더 줄 테니 천천히 마시면서 조금 더 참아 봐요. 오케이?"

"오-케-이"

스태프가 사정하자 잭은 마지못해 화해라도 하듯 그러겠다고 고개를 주억거린다. 이곳은 어디까지가 진짜고 엄살인지 가려내기가 어려운 곳, 매일 매일 행사처럼 저러는 것을 보면 어쩌면 자꾸 주스만 달라면 안 줄 것 같으니 핑계를 대는 지도 모른다.

중년의 멕시칸 환자 잭은 그림에 소질이 있고 잔재주가 많다. 키가 작고 얼굴이 동그스름해서 순해 보이지만 그의 고집과 심술은 타의 추종을 불허한다. 때론 비상한 잔꾀를 부릴 줄도 아는 재치 있는 환자로 대부분의 경우 병동에서 환자들 대장 노릇을 곧잘 한다.

"헤이! 제이드, 나 퇴원하면 꼭 연락해. 나 이래봬도 부자야."

스태프나 환자들에게 전화번호가 적힌 종이쪽지를 자주 건넨다.

"전화하는 거 잊으면 안돼요. 꼭!"

재차 신신당부도 잊지 않는다.

투약을 맡은 스태프는 밤새도록 발작을 일으키는 환자들에게 약 주기만 도 바쁘다. 자주 Ativan, Thorazine, Klonopin 등 매주 엄청난 분량의 응급 시 사용하는 약을 약국에서 받아다 준비해 놓아도 환자들 등살이나 응급상황이라 모자랄 때가 부지기수다.

자정이 넘어 한 환자 방에서 요란한 신음소리가 들려 급히 달려가 본다.

"웬 소란이야?"

함께 갔던 남자 스태프가 소리 지른다.

"어서 방에 불 좀 켜 봐."

서둘러 방에 불을 켰더니 아랫도리를 노출한 환자가 어디서 구했는지 손에 종이 집는 클립으로 자기 생식기를 마구 찔러대며 상처를 내고 있다.

"오, 이런? 이게 무슨 짓이야? 너 정말 미쳤구나? 미쳤어?"

남자 스태프가 소리를 지르며 달려가 그에게서 클립을 뺏는다. 흐르는 피를 닦아내며 진정을 시킨 덕분에 오늘 밤에는 그가 더 그 이상한 짓을 못하도록 또 한명의 스태프가 꼬박 그의 곁에 붙어있어야 한다.

최근엔 더욱 빈번하게 다른 병동 근무가 잦아졌다. 이번에도 몇 시간만 도와달라는 긴급 요청이 와서 우리 병동에서 몇 병동 떨어진 병동으로 지원을 나갔다. 열쇠를 열고 문을 들어서니 고함소리에 여러 복합된 잡음으로 요란한데 복도 한 귀퉁이에서 자기머리를 연거푸 여기저기 쿵쿵 박아대는 환자가 나를 먼저 맞는다. 한 중국 환자가 청승맞은 목소리로 자기네 전통음악 같은 노래를 목청 높여 한껏 길게 뽑아댄다.

"저 소리는 뭐예요?"

노랫가락이 흥미롭고 신비한 느낌을 자아내기에 간호사실에 있던 한 스태프에게 물어본다.

"몽골 유목민들의 흐미라는 옛 노래라는데 물 흐르는 소리와 메아리를 흉내 내서 부르는 거래."

그의 말에 곁에 있던 스태프가 덧붙인다.

"눈만 뜨면 늘 저래. 덕분에 나도 눈만 감으면 저 노랫가락이 귓가에서 떠나지 않는다니까."

"저 환자 더 신기한 건 뭔 줄 알아? 옷 위에 옷을 겹겹이 겹쳐 입는 버릇이 있어. 하하. 정말 볼만해. 어떤 때는 열 겹도 겹쳐 입어. 그래야 직성이 풀리나 봐."

문화나 관습이 다른 여러 나라 사람들이 용케도 어울려 한 기관이 그런대로 움직이고 있다. 그때 자그마한 체격의 환자 한명이 두 손을 바지 속으로 깊숙이 집어넣은 채 종종 걸음으로 급히 걷더니, 갑자기 멈춰 선 뒤 두 팔을 번쩍 들어 올리며 총 쏘는 시늉을 한다. 그 곁을 키가 남보다 훌쩍 더 큰 환자 한명이 고개를 오른쪽 왼쪽 팔이 움직이는 쪽으로 매번 심하게 흔들며 복도를 우스꽝스럽게 걸어간다. 그리고는 멈춰 서서 천장 모서리에 경종기가 설치된 박스를 향해 정중히 합장을 하고 절을 한 뒤 다시 털레털레 걸어간다.

> 정신병원의 밤
> 시계추는 새벽을 향해 한 시, 두 시
> 어김없이 돌아가는 동안
> 밤 간호사들은 때론 진짜 일보다
> 그 진짜를 덮어야 하는
> 서류 정리를 한다.
>
> 낮 동안 환자 치료 절차에 실수 없나
> 꼼꼼히 심사해 똑바로 맞춰 놓거나
> 아니면 수정해 놓으라고
> 스태프들 이름 남겨놓는다.

21
바람 속을 거닐며

> 진실은 슬픈 것
> 아픈 것
> 배고픈 것
> 눈물인 것을

다시 내 근무처로 돌아와 시작하는 야간 근무, 어제 다른 병동에서 이곳으로 옮겨온 환자는 28살 청년으로 평상시에도 헬멧을 쓰고 휠체어를 타고 있다. 이 병동은 대개 건장한 환자들인데 그 가운데서 이 환자가 다치지 않고 견뎌낼 수 있을까 걱정스럽다. 염려스럽게 그를 바라보고 있는데 휠체어에 앉아 있던 그가 별안간 복도 마룻바닥으로 푹 꼬꾸라진다. 난 걱정하고 있던 터라 내 마음을 들킨 것 같아 얼른 달려가 힘겹게 그를 일으켜 제자리에 앉혀 준다. 얼마 후 다시 쓰러져 다가가 보니 죽은 사람 마냥 엎어진 채 꼼짝도 않고 뭐라고 중얼댄다. 일으켜 세우는데 옆에 있던 간호사가 알려준다.

"놀라지 마. 저 환자 원래 저러길 반복해. 그래서 머리 다칠까봐 헬멧을 씌워놓은 거야."

그나마 안심하고 있는데 그가 계속 중얼댄다.

"6밀리언 유태인이 죽었단 말이야."

연이어 중얼거린다.

"난 그때 여섯 살이었어."

그 말끝에 자신의 한쪽 팔을 내게 불쑥 내민다.

"이거 보여? 이게 바로 그때 생긴 상처야."

아무리 봐도 아무 것도 없는데 그는 아무렇지도 않게 상처 자국 없는 팔을 내게 보인다. 순간 정신을 차린다. 여기가 어딘가? 잠시 놀랐고 믿었던 내가 어처구니없어 헛웃음이 난다. 알고 보니 그는 아는 게 너무 많다. 어쩌면 샌프란시스코 지리를 그렇게도 상세하게 알고 있는지 참으로 신기하다. 그는 묻지도 않았는데 샌프란시스코의 거리란 거리 이름은 죄다 대며 그 거리엔 무엇이 있고 역사가 어떻다는 둥 일일이 상세하게 들려준다.

밤사이 머릿속에 갇혔던 미친 벌레들이 우당탕 잠깨는 또 다른 하루의 시작, 창밖엔 마지막 어둠이 조심스레 물러나고 광란의 기운이 다시 꿈틀댄다. 히히 호호 뿌리 없는 미친 소리와 섞여 아침 죽 끓이듯 또 다시 병동이 푸드득 끓기 시작한다. 요망한 마귀들의 장난이 다시 막을 열리라. 난 그들에게 맥없이 쓰러지는 이들과 가느다란 줄다리라도 놓아 보기위해 자세를 고쳐 앉는다.

"오늘 저녁 플롯(float)은 또 제이드 너 차례네. 어쩌지?"

"또? 이틀 전에도 했는데…. 농담이지?"

"아니야. 오늘은 병동 A, 여자 환자 병동이야."

안쓰러운 얼굴을 하면서도 책임자는 어쩔 수 없다는 듯 말끝을 흐린다.

"여자 환자들은 남자 환자들보다 다루기 훨씬 더 힘든 다는 거 익히 들어왔지?"

"응."

나는 힘없이 답하며 여자들은 독하고 질투심이 많아 돌보기 쉽지 않다던 말을 기억해 낸다.

병동 A에 도착하니 복도에서 한 젊은 여자가 몸부림치며 악을 악을 쓰고 여자 스태프 몇이 그녀를 잡으려고 땀을 뻘뻘 흘리고 있다. 보아하니 환자를 격리실에 가두려는 애를 쓰는 모양인데 환자는 독살스런 눈빛으로 스태프들에게 죽기 살기로 덤벼든다. 꼬집고 할퀴고 있는 힘을 다해 발버둥 치고 요란하기가 그야말로 장관이다. 나까지 합세해 간신히 그녀를 격리시키고 간호사실로 돌아온다. 팔에 긁힌 자국을 바라보니 환영 인사치고는 과했다 싶다. 밤도 깊고 조금 조용해져 간호사실에서 장부정리를 하고 있는데 누군가 보고 있는 것 같아 오싹하다. 간호사실 바로 앞창으로 눈길을 돌리니 새침하게 생긴 한 젊은 아가씨가 창 바로 밖에서 부동자세(Catatonic)로 안을 들여다보고 있다. 나가서 달래보아도 꼼짝을 하지 않아 결국 그 환자는 밤새 그 자세로 밤을 지샜다. 기막힌 것은 그 환자 바로 옆에서 몸집이 뚱뚱한 여자 환자가 복도 바닥에 엎드려 아랫도리를 홀딱 까놓고 엉덩이를 잔뜩 치켜 올린 채 누가 보던 말든 태연히 욕정에 몸부림친다. 그 놀랍고 당황스러운 모습이라니.

　자정이 훨씬 지나서 난 팔 허리 발목 다 가죽 끈에 꽁꽁 묶여있는 베트남 처녀 환자를 지키는 일을 맡는다. 다행히 가만히 눈을 감고 있는 모습이 잠든 것 같아 안심하며 혹 환자가 깰 가봐 조심조심 하는 순간, 환자가 왕방울같은 커다란 두 눈을 반짝 뜬다. 나는 소스라치게 놀라 거의 뒤로 나자빠질 번 하다 간신히 정신을 가다듬는다. 그 처녀는 두 눈을 휘둥그레 뜨고 눈망울을 사방으로 굴리며 낯선 나를 빤히 쳐다보더니 엉뚱한 질문을 한다.

　"할머니가 보고 싶어. 너도 가족이 있겠지?"

　난 그렇다고 고개를 끄덕여 보인다.

　"어떻게 애기 만들어? 나도 애기 갖고 싶은데."

　많아야 20살 정도가 될까 말까 한 처녀 입에서 나오는 엉뚱하고 놀라운 질문에 나는 당황한다.

　"여자 자궁에 남자 것을 넣어 정자와 난자가 합쳐 애기가 된다지?"

너무도 황당하게 그런 얘기를 아무렇지도 않게 묻고 있어 또 한 번 경기 나게 날 놀라게 한다. 환자 기록을 보니 어렸을 적에 동생에 대한 질투심 때문에 자기 동생을 죽여 버린 후 줄곧 이 병원에서 지낸다고.

환자 방 아래로 어느 방 하나에 갇혀있던 환자가 벨을 눌러 화장실에 가야한다는 말에, 스태프 여러 명이 몰려들어 그 환자를 화장실로 안내하는 모습이 보인다. 얘기론 그 환자는 마구잡이로 누구에게나 달려들어 구타하기로 유명해서 여러 명이 힘을 합해야 안전할 수 있다고.

정신병원엔 두 가지 항변이 존재한다. 고함과 침묵, 이 두 가지는 병동을 무섭게 얼룩지게 만드는 독버섯이다. 야금야금 시간을 갉아 먹고 자란 독버섯들, 그 진한 색깔로 병동은 이제 화려한 독버섯 밭이다. 새벽녘에 가죽 끈에 묶긴 또 다른 환자가 역시 비명을 지른다.

"나 애기 낳았어."

달려가 보니 침대위에 한 뭉치의 굵은 대변을 떨쳐놓고는 천연스럽게 딴 소리를 한다.

"나 아기 낳았다는데 뭐하고 있어? 빨리 돕지 않고?"

웃어야 할지 통곡을 해야 할지?

이것이 희극이 아니라면 무엇이 희극일까?

진정 여기는 어느 곳에 속하는 세상일까?

수없이 자문자답을 해보지만 정확한 답은 역시 찾을 수 없다.

"이 병원 너무 무리하게 스태프를 부려먹는 것 아니야?"

일을 마치고 축 늘어져 병동에서 막 걸어 나오는데 찰스가 불쑥 길을 막는다.

"어디서 오는 거야?"

"오늘은 정말 피곤해요. 여자 환자라 돌보기가 더 쉬울 줄 알았는데 아니네요."

"그랬어? 오늘 밤에도 근무하지?"

나는 힘없이 고개를 끄덕인다.

"그러다 몸살 나겠어. 그럼 우린 언제 만나나?"

"그러게요."

난 미소를 지으며 힘없이 답한다.

"참, 닥터 유 알지? 며칠 전 그 댁에서 초대해 저녁식사 대접받고 왔어."

"복도에서 잠깐 인사 한 적은 있어요."

"보니까 부인이 독일 분이야. 중고등 학교에 다니는 학생 딸이 둘이 있더라고."

"보기엔 나이가 꽤 된 것 같았는데 아이들이 어리네요."

"첫 부인과 사별하고 재혼을 했다는데 참 행복해 보였어."

"곧 은퇴할 거라는 말이 있던데요. 나이 많으면 이곳 일이 쉽지 않겠죠?"

"안락한 가정을 꾸미고 살고 있는 것이 부러웠어. 직장에서 아무리 힘들어도 집에서 사랑하는 가족들이 따뜻이 맞아주면 피곤이 싹 풀릴 거 같아."

찰스는 닥터 유가 몹시 부러웠던 모양인지 내 말엔 답이 없다.

"우리 언제 또 만나지?"

"메일 박스에 쪽지 남겨 놓을게요."

"그래. 힘들지? 빨리 가서 쉬어."

찰스는 한참을 뒷걸음질 치며 손을 흔들어 보인다.

환자 중에는 오줌싸개가 수두룩하다.

독한 약으로 인한 부작용 때문인데 새벽녘에 회진을 돌다가 침상에 고인 오줌 속에 흠뻑 빠져 잠자고 있는 환자들을 보면 마음이 아리다.

"이 꼴이 뭐야? 빨리 일어나 나오지 못해?"

플라스틱으로 씌워진 매트리스에서 오줌이 빠지지 못 해 물에 빠진 생쥐 같은 환자들을 일어나라고 다그치면 환자들은 마지못해 몸을 일으키며 악을 쓴다.

"날 가만히 좀 둬! 유 빗취!"

잠든 것을 깨우는 것이 못 마땅해 마구 욕을 퍼붓고는 조금이라도 더 누워 있으려고 안간 힘을 쓴다. 끝까지 떼를 쓰는 환자는 스태프 여럿이 힘을 합해서 침대에서 끌어낸다. 오늘 새벽엔 한 비만 환자가 침대에서 끌려 내려오면서 몸무게 지탱이 어려워 복도 난간에 몸을 맡겨버린다. 간신히 벽에 기대 샤워실로 곧 넘어질듯 발을 띠는데 흠뻑 젖은 바짓가랑이에서 오줌이 뚝뚝 흘러 복도가 온통 물바다가 된다. 미끄러지면 어쩌나 넘어지면 어쩌나 위태위태한 그를 샤워장에 들여보낸다. 한참 후 그 환자가 복도에 모습을 드러내는데 다 벗은 몸에 불거진 생식기를 한손으로 잡고 마구 휘두른다.

"오 마이 갓!"

기함을 할 모습에 절로 소리가 먼저 튀어나온다. 좀 전까지만 해도 걸을 힘이 없어 비틀대던 사람이 갑자기 어디서 저런 힘이 솟아났을까?

"멈추지 못해? 빨리 들어가 어서 옷 입고 나와!"

스태프 말은 들은 체도 않고 몸에서 뚝뚝 떨어지는 물기에 그만 제풀에 미끄러져 바닥에 쫘당 넘어지고 만다. 육중한 몸을 일으킨다는 것은 엄두조차 낼 수 없는지 복도 바닥에 엎드린 채 꿈쩍도 않는다.

"어서 일어나! 대체 어쩌자는 거야?"

"못 일어나는 거야?"

스태프들의 말은 들은 체 만 체 그는 오래도록 그렇게 복도 한 복판에 나체로 엎드린 채 영 일어날 생각을 않는다. 무거운 몸을 스태프들이 일으켜 준다는 것은 절대 쉬운 일이 아니지만 그냥 그렇게 내버려 둘 수도 없는 일이다. 환자가 넘어지면 다칠 수 있으니 위험하기도 하지만 한번 넘어졌다 하면 거기에 따르는 서류정리가 이만저만 복잡하지 않다. '폴 어세스맨트(fall assessment)'라 하여 신체 전부를 샅샅이 살펴가며 환자 상태를 세밀히 기입해야 할뿐 아니라 책임 스태프와 의사에게 세밀히 보고해야 한다. 나중에 후유증으로 문제가 생기면 법적 소송에 걸려 큰 골칫거리가 될 수도 있다.

장정 스태프들 여럿이 겨우 그를 일으켜 휠체어에 앉혀놓고 진땀을 흘리며 닦아주고 입혀주는 데 비로소 성공했다. 힘든 일도, 화난 일도, 배꼽 잡고 웃을 일도, 그러다가 다칠 수도 있는 여러 일들을 끌어안고 많은 밤들을 맞는 스태프나 환자 모두 늘 왁자지껄 부산하다. 여기 불쑥 저기 불쑥 예상치 않던 충격적이거나 반전 시나리오로 쓰인 장면들의 연출은 멈출 줄 모르고 밤마다 이어진다.

숨소리 거칠게 흘러나오는 병실, 밤마다 삶을 다시 조립해가며 스태프는 자신의 막중한 책임들을 새롭게 거듭거듭 인식하지 않을 수 없다. 시간은 일할 때도 쉴 때도, 성한 이에게도 병든 자에게도 가슴 밑바닥을 긁으며 지나간다. 하지만 아침이 되면 어김없이 다시 병실 벽을 타고 화사하게 화려한 자태로 움직이는 햇살, 그러나 병실 복도엔 얼마나 많은 낮과 밤이 이름 위에 또 다른 이름을 쌓아 올리며 또 얼마나 많은 그림자가 방황하며 지나갔는가? 동그스름한, 길쭉한, 넓적한, 울고 있는, 찡그리고 있는, 웃고 있는, 화내고 있는 그동안 쌓이고 쌓인 수많은 얼굴들, 복도위로 달처럼 뜨고 지는 낯익고 낯설기도 한 얼굴들이 복도 바닥으로 내려앉아 뱅글뱅글 파문이 되어 떠오른다.

어떻게 보면 오랜 친구 같고 어떻게 보면 오랜 가족 같은 그러나 아무 사이도 아닌 것 같은, 매일 만나도 늘 낯선 얼굴들.

메마른 환자들 가슴에 한 줄기 가는 시냇물이라도 졸졸 흐르게 해주면 좋으련만. 간호사가 떼는 발걸음 그 정성이 그들 삶에 생명수가 된다면 이 고통 기꺼이 참으련만.

밤은 한창 깊고 스태프 모두 맡은 일에 분주한데, 누군가 야단스럽게 간호사실 문 앞에 와서 어서 문을 열라고 급히 두들겨댄다. 고개를 들어보니 스태프 나타리다.

"누구 내 열쇠뭉치 본 사람 있어? 항상 주머니에 넣고 다녔는데 지금 보니 없네. 아휴 어쩌면 좋아? 난 몰라."

나타리가 발을 동동거리며 울상을 짓는 데는 그만한 이유가 있다.

"언제부터 없어졌는데?"

"그걸 모르겠네."

"진정하고 조금 전에 어디 갔었는지 생각해 봐."

"투약실에 가고....."

"혹시 투약실 들어갈 때 열쇠를 거기 꽂아둔 거 아니야?"

"아니야. 확인해 봤어."

"그럼 복도에 환자 있었어? 누구누구 있었는데?"

"조금 전까지 마이클이 어슬렁거리긴 했어."

"마이클 방을 한 번 찾아보는 게 좋을 거 같은데."

"누구 나하고 같이 마이클 방에 가 줘."

내가 나타리와 함께 그의 방에 가보니 조금 전까지 어슬렁거렸다는 나타리 말과 달리 그는 어느새 잠들었는지 침대에 누워 눈을 감고 있다. 침대 주위를 살피고 서랍을 여는 등 방안을 샅샅이 뒤져보지만 우리가 찾는 열쇠는 없다.

우린 날이 밝는 대로 오전 근무자들이 도착한 후 본격적으로 병동 전부를 뒤져보기로 했다. 여기서 열쇠를 잃는 것은 거의 죽음이라고 할 만큼 중대하고도 위태로운 일이다. 그 열쇠를 사용해 환자가 도망갈 수도 있고 투약실에 몰래 숨어들어 마음대로 약을 훔쳐 엉뚱한데 사용할 수도 있다. 남의 방에 들어가 해코지를 할 수도 있으며 간호사실로 들어와 무엇이든 무기를 삼아 스태프에게 위협을 가할 수도 있다.

병원에서는 가끔씩 셰익 다운(shake down)이라고 하여 여러 병동 스태프까지 합세해 많은 시간을 소비해 가며 병동 전체를 뒤지는 일이 가끔 있다. 먼저 환자 한명 한명씩 머리부터 발끝까지 몸수색을 하는데 사타구니까지도 세세히 검사한다. 그 후 환자 전체를 뒷마당으로 내보내놓고 방마다 빠짐없이 구석구석 샅샅이 뒤져 무엇이든 나오면 그것들을 일일이 기입하고 그 기록을 한 곳에 모아놓는다. 이런 수색이 있을 때면 그렇게 엄격하게 스태프들이 신경을 쓰고 주의를 기울였는데도 환자 방에서 별의별 것들이 다 나온다. 먹지 않고 모아둔 약이나 주사기, 깨진 병, 연필, 페이퍼 클립 등 온갖 위험물들이 쏟아져 나온다. 그들은 이런 것들을 모아 두었다가 그것으로 다른 이들을 해칠 수 있는 위험한 도구(contraband)로 개조해 사용하는 수가 종종 있다.

"열쇠 찾았다지? 대체 어디서?"

"우리 추측이 맞았어. 마이클이었어."

"정말? 나타리와 내가 다 찾아 봤는데."

"글쎄 그 큰 열쇠뭉치를 가랑이 사이에 숨기고 다리를 벌리지 않으려고 생난리를 쳤다지 뭐야? 간신히 여러 스태프가 붙잡고 억지로 벌렸더니 열쇠뭉치가 땅 바닥에 떨어지더래."

다행히 몸수색으로 상황이 끝나고 이번엔 방마다 하는 검색은 피하게 되니 참으로 다행이다. 가끔은 스태프들이 잠시 한 눈을 팔거나 너무 바쁠 때 환자들에게 주려고 준비해놓은 인슐린 주사기를 환자가 살짝 훔쳐갈 수도 있어서 스태프들은 조심에 조심을 더하고 늘 신경을 곤두세운다. 만약에 환자가 주사기와 인슐린 병을 훔쳐다 다량의 인슐린을 팔에 주입해 버리면 환자가 죽을 수도 있다.

> 아침 햇살에 아련히 퍼지는 안개 마냥
> 온기의 정을 주소서
>
> 직선을 그리는 햇살마냥
> 굽히지 않는 힘을 주소서
>
> 불평 없는 자연마냥
> 너그러움을 주소서
>
> 천지를 붉게 물들이는
> 저녁 놀 같이
> 사랑하게 하소서
>
> 어둠 지키는 달처럼
> 희생하게 하소서
>
> 천지 안에 빛나게 하소서

22
험한 파도를 타듯

> 밤의 그림자 여울져 남아
> 몽유병에서 깨어나지 못하는 환자들

"요즘 포랜식 병동에 드나들려면 검색이 더 엄격해졌다는 얘기 들었어?"

"여자 스태프 핸드백 안까지 샅샅이 뒤져본다며?"

"왜? 무슨 일이 있었어?"

"한 여자 스태프가 환자에게 커피를 사다 준다면서 커피 통 안에 마약을 숨겨 들여가다 발각됐데."

"뭐라구? 스태프가 어떻게 그럴 수 있지? 누군가 궁금해지는데."

"소문으로만 들었는데 정말 그런 일이 있었다네."

"일해서 벌고 마약 팔아 벌고, 이중으로 돈 벌었다는 거잖아?"

"마약하는 환자가 우리 생각보다 많다니 어쩌겠어?"

"상상도 못할 일이 벌어졌네."

스태프들은 또 한 번 놀랍게 터진 사건이야기로 빠져든다. 끊임없이 이어지는 마약에 관련된 소문들. 어떤 보고에 따르면 정신병 환자의 50%가 마약을 한다는 말까지 있는데 믿기지 않는다.

오늘 밤엔 다른 병동에서 온 필리핀 스태프들까지 합세해 유별나게 시끄럽게 떠든다. 한참을 자기네 말인 타갈로그로 혀를 굴려가며 소란스러운 것이 거슬렸던 한 백인 여자 스태프가 그들이 한꺼번에 휴게실로 몰려간

다음 불평을 한다.

"난 머리가 지근지근 아파."

머리에 손을 올리며 언짢은 표정을 하는 그녀를 보며 나도 그렇게 느꼈기에 나도 고개를 끄덕여 공감을 표한다.

미국 병원에서는 필리핀 의료진들을 빼면 운영이 안 된다는 말이 있을 만큼 많은 필리핀 사람들이 병원 일에 종사한다. 필리핀 사람 중에서도 특히 여자들은 억척같고 생활력이 남자들보다 훨씬 강하다는 소문이 파다하다. 이 병원에서도 역시 밤낮없이 매일 기를 쓰고 억척같이 일하는 필리핀 여자들을 많이 보게 된다. 한 집에서 어머니, 딸, 며느리 모든 여자들이 나와 벌어들이는 돈은 엄청나서 이민을 온 지 얼마가 안 됐어도 금세 집안이 일어서고 부자가 된다. 본국에서도 영어를 쓰다 보니 취업에 유리한 점도 있고 그러다보니 병원에서 자기들끼리 하는 필리핀 말을 자연히 많이 듣게 되니 은연중에 다른 나라 사람들은 불만이 있다. 각국 사람들이 모여 함께 일해야 하는 곳인 만큼 병원에선 이런 점들을 고려해 매년 교육을 시키는데 직장 근무시간에는 영어만 사용해야 한다는 과목도 있다. 하지만 직원 수가 많은 나라 사람들끼리 실제로 그렇게 행하기는 쉽지 않다. 여러 과목 중에는 '문화적 인식'이란 특별 과목도 있어 다른 문화에 대한 이해를 돕고 그 가치를 인정하는 것에 대해 배우지만 다른 문화를 쉽게 받아들이기란 쉽지 않다.

오늘 밤도 병동 책임자 죠넬은 미안한지 내 눈치를 살피며 내가 다른 병동에 가서 일해야 한다고 지시한다. 병동을 옮겨 다니는 일이 정말 싫지만 또 내 차례라니 어쩔 수 없이 떨어지지 않는 발걸음을 천천히 옮긴다. 가는 길에 옆 병동을 지나다 밴과 마주쳤다.

"잘 지냈죠?"

내 인사에 그가 기다렸다는 듯 묻는다.

"닥터 하워드와 사귀나요?"

그의 갑작스런 질문에 아무리 정신이 온전치 못한 환자라지만 내 사생활에 간섭하니 참으로 아연질색 할 수밖에 없다.

"내가 애인해 달라고 부탁 했잖아요?"

이어지는 어처구니없는 엉뚱한 질문에 난 할 말을 찾지 못해 머뭇거린다.

"어, 어, 잠 잘 시간인데 얼른 들어가 자요."

이 말에 밴은 날 잠시 무섭게 째려보더니 곧 바로 휙 돌아서 말없이 자기 방 쪽으로 사라진다. 난 싸늘히 돌아서는 밴을 보며 혹시 그가 무슨 짓을 할까 무서웠지만 그래도 이 정도에서 돌아가 준 것이 고마워 스스로 위로를 한다.

오늘밤 병동 J에서 내가 맡은 환자는 정신병 외에도 한팅톤이라는 병을 앓고 있는 환자다. 자칫 음식이 허파로 들어갈까 우려해 상반신을 잔뜩 높여 놓고 환자의 몸이 침대 아래쪽으로 미끄러지는 것을 방지하기 위해 하체는 한참 높여 놓았다. 그의 영양을 위해 머리 위에 높게 매단 유리병에서 걸쭉한 액체가 플라스틱 관을 통해 방울방울 그의 위 속으로 들어가고 있다. 환자는 잠시도 가만히 있지 않고 온 몸과 사지를 비비 꼬며 머리맡에 줄을 잡아당기려 소리소리 지르며 난리를 친다. 한두 시간도 그렇게 지낼 수 없는데 24시간을 꼼짝달싹 못하게 누워있게 하고 침대 양편으로 두 손을 묶어놓았으니 누군들 그런 상황이 되면 그렇게 하지 않을까? 이보다 혹독한 고문과 형벌은 없을 터, 이것이 바로 지옥이 아닐까?

우린 말들 하지. 고통이 너를 괴롭히는 것은 단지 네가 그것을 겁내기 때문이라고. 그리고 또 말하지. 겁쟁이는 운명을 독약처럼 마시지만 실은 운명을 포도주처럼 마셔야 한다고.

천만에, 모르는 말씀? 아니지 아니야!

또 말하지. 최대의 고통과 최대의 쾌락은 그 표정이 똑 같다고.
그것도 역시 아니지 아니야!
참으로 알지도 못하는 말, 난 괜스레 혼자서 고개를 절래 흔들어 가며 이런 말들을 적극 부인해 본다.

새벽이 되어 스태프 여러 명이 그 환자의 기저귀를 갈아주는 동안, 환자는 온 힘을 다해 발버둥 친다. 밤새 굳었던 몸을 함부로 움직여대니 통증을 느낄 수밖에. 나도 함께 그 일을 돕다가 환자의 세찬 발길에 가슴을 차이고 만다. 심하게 다치지 않은 것을 다행이라 여기며 안도의 숨을 내 쉰다.

> 너, 깨어서
> 밤 지나도록
> 높은 산봉우리 열개를 넘고
>
> 너, 밤을 몰고
> 똑딱 다리 건너
> 자장가 손님 실어
> 은돈을 벌었구나.
>
> 너, 언제 깨어
> 아침을 싣고
> 금돈을 벌려고
>
> 오늘도
> 내일도
> 내일의 내일도
>
> 해를 못 갖느냐?

23
사랑을 낚아보는

> 흰 서리 이불 덮고
> 하얀 꿈이
> 푸른 강 건너고 있네.

일을 마치고 집에 돌아와 잘 준비를 하는데 전화소리가 울린다. 찰스였다.

"근무 스케줄을 보니 오늘 밤 쉰다고 되어 있기에……."

"일주일을 내내 일해서 오늘은 푹 쉬려던 참이에요."

"많이 피곤해? 만나고 싶은데, 안 될까?"

"글쎄요. 맛있는 점심 사 주신다면 생각해 볼게요."

"물론이지. 낚시하러 갔으면 해서."

"낚시라고요? 물고기 잡는?"

난데없이 낚시를 가자는 말이 좀 의외다.

"어떻게 낚시 갈 생각을 했어요?"

"전에 낚시를 즐겼든 때가 있었어. 별안간 옛 생각이 나네."

"낚싯대도 없잖아요."

"빌려주는 곳이 있어."

"정말 가고 싶은가 봐요. 그럼 가요."

오랜만에 쉬는 날이라 모처럼 실컷 잠을 자려던 계획이었는데 찰스와 만날 생각에 들며 선뜻 약속을 해 버렸다.

찰스와 만나 우린 먼저 운동기구 파는 곳에 들려 낚싯대를 빌리고 미끼로 지렁이도 샀다.

"낚시는 어디로 가죠?"

"레이크 베리에사(Lake Berryessa)로 갈 거야. 거기 어딘지 알아?"

"친구와 가 보긴 했어요."

우린 전처럼 실버라도 고속도로에 올라 콘 뎀(Con Dam)이란 싸인 붙은 곳으로 접어들었다. 거기서부터 좁고 꼬불꼬불한 산길을 따라 한참을 달리니 경관이 아름다운 멋진 호수가 나왔다. 커다란 호수에 요트들이 신나게 물살을 가르며 달리는 모습을 보니 일터에 매달려 지지고 볶느라 찌들었던 마음이 시원하게 툭 트인다.

"오늘 많이 잡으면 그걸 다 어쩌지?"

찰스가 웃으며 너스레를 떤다. 잡힐지 아닐지도 모르는데 김칫국부터 마시는 격이라 난 어처구니없어 소리 내 웃는다.

"저희 집에 가서 요리해 먹어요."

"좋지. 오늘 저녁은 생선요리야."

낚시를 시작한지 한 시간이 넘었건만 한 마리도 잡히지 않자 찰스가 실망스러워 하는 모습이 역력하다.

"전 그래도 이렇게 호수를 바라보며 시원한 바람을 쏘이니 정말 좋아요."

"난 말이야 우리가 이렇게 같이 있을 때면 한국을 생각하게 돼. 그곳은 어떤 곳인가 하고."

난 어쩐지 미안해진다.

"제이드와 함께 있으면 기쁘고 편안해. 포근하고."

즐거워하는 그의 모습을 바라보자니 이 사람을 진정 사랑하는 마음으로 가슴에 파문이 인다.

찰스는 나를 한참을 바라보다 오래토록 그의 가슴에 포근하게 안아준다.

"제이드를 알고부터는 살아있다는 것이 행복해."

찰스는 봇물 터진 듯 말을 이어갔다.

"제이드가 정말 사랑스러워. 어쩌면 조국의 품이 이런 것인지도 모른다는 생각이 들어."

찰스는 자신이 태어난 고국이 그리운 모양이다.

"제이드를 만난 후 새로운 희망이 생기는 것 같아. 미래에 대한 꿈이라고 할까?"

"저도 그래요."

나도 기분이 좋아져 언젠가 찰스와 함께 꼭 고국에 가 보고 싶다는 생각을 해본다.

"찰스! 낚싯줄이 좀 흔들렸어요!"

그의 진지한 대화를 멈추게 하고 싶지는 않았지만 나도 모르게 소리를 지르자 찰스가 재빨리 낚싯대를 낚아챈다.

"이것 봐! 정말 잡혔어."

난 찰스가 보여주는 낚싯대에 딸려온 손바닥만 한 작고 넓적한 물고기를 보며 껑충껑충 뛰며 손뼉을 쳤다. 고기가 팔딱일 때마다 햇살에 비늘이 무지갯빛으로 반짝였다.

"이거 무슨 물고기에요?"

"블루길(bluegill)이야. 주로 호수에 사는."

"전 오늘 혹시 찰스가 실망할까봐 걱정 했는데 다행이에요."

"응 맞아. 한 마리도 잡지 못했다면 분명 그랬을 거야."

찰스는 다시 낚싯줄을 물에 던져놓는다.

"한국을 잘 모르기는 하지만 어쩐지 내 생각에 제이드는 전형적인 한국 여자 같아."

"정말 그럴까요? 가끔 사납기도 한데요."

"사납다고?"

찰스가 눈을 동그랗게 뜨고 묻자 나도 그렇게 말해놓고 배시시 웃어 보인다. 실은 나 자신을 한 번도 사납다고 생각한 적은 없었기에.

"알아? 사람이 성품을 이루는 데는 16가지나 성분이 있다는 거?"

"그래요?"

"따뜻함, 의심, 총명함, 상상력, 날카로움, 유쾌한, 대담함, 예민함 등등……."

찰스가 의사다운 말로 분석 한다.

"저는 찰스가 보기에 어떤 사람 같아요?"

찰스가 나를 따스한 눈길로 바라본다.

"따뜻함, 총명함."

나에게 딱 어울리는 말 같아 기분이 좋다.

더 기다려 보아도 물고기들이 다시는 입질을 하지 않자 오늘 낚시는 한 마리로 만족하기로 하고 잡았던 물고기를 다시 호수로 떠나보낸다.

호수가 바라보이는 레스토랑에서 점심을 맛있게 먹고 있는데 붕-붕- 요란하게 모터사이클을 즐기는 혈기 왕성해 보이는 젊은이 한 떼가 들이닥친다. 문득 침대에 묶여 있는 우리 환자들 모습이 오버랩 된다.

우린 드라이브를 더 하기로 하고 꼬부랑 산길 깊숙이 더 들어 가다보니 몬티셀로 댐(Monticello Dam)이 나온다. 그곳에 차를 세워 놓고 뒤로 돌산이 우뚝 솟아있어 더욱 웅장해 보이는 규모의 댐을 내려다보며 그 크기와 장엄함에 놀란다. 감탄사를 연발하지만 겁도 좀 난다.

호수에 물이 차면 물을 빼내는 글로리 홀(Glory Hole) 간판이 보여 가까이 가보니 구멍 안으로 계속 물이 빨려 들어가는 모습이 보인다. 옆에서 구경하던 한 학생 같은 남자가 함께 온 친구와 나누는 대화를 듣는다.

1997년에 주위에서 수영하던 유시 데이비스(UC Davis) 대학생 한명을 저 구멍이 끌어당겨 삼켜버린 적이 있다는 말. 듣고 보니 더욱 무섭다.

위쪽 높은 돌산이 햇빛을 막고 있어서 낮인데도 주위가 침침해 분위기가 엄숙하다. 웅장한 자연 앞에서 사람이란 참으로 보잘 것 없는 작은 생명이란 것이 절로 느껴진다. 댐 주위를 거니는 동안 찰스가 바싹 내 곁으로 다가와 나를 끌어안는다.

"사랑해."

"저도요."

난 그에게 나를 맡기며 한참을 사랑과 자연에 취해 깊은 행복감에 잠긴다.

"언젠가 '살아 있는 말'이란 글을 읽은 적이 있어요. 해님은 빛을 통해 우리에게 말하고 꽃들은 냄새와 고운 색으로 말하며, 자연은 구름과 하얀 눈과 비를 내려 말한다고요. 우리는 이처럼 언어로 우리의 마음과 생각을 표현할 수 있으니 얼마나 좋아요?"

"내가 이렇게 제이드를 마주보며 사랑한다고 말 할 수 있듯이?"

나는 출렁이는 설렘으로 찰스를 바라보며 행복한 웃음을 보낸다. 한편 아까 찰스가 한 말이 마음에 걸려 화제를 돌린다.

"부모님 찾는 일, 해외입양 회사에 문의해 보면 어떨까요? 요즘은 인터넷이 발달해서 부모님을 찾을 수 있을지 몰라요."

"그러고 싶어. 하지만 지금은 별로 그러고 싶지 않아. 어째서 내가 입양아가 됐는지 모르지만 난 가끔 그 일을 생각하면 화가 좀 나."

"당연해요. 나 같아도 그랬을 거예요. 그래도 훌륭하게 성공해줘서 고마워요."

찰스가 상기가 된 듯 말을 잇는다.

"한국말이야. 사회적 여건이 어떻든 자기 나라 아이들을 무더기로 외국에 입양시키는 일은 이제 멈춰야 해."

난 그의 표정이 좀 시무룩해지는 것을 보자 마음이 침울해진다.

"부모님을 찾고 싶은 생각은 아직 잘 모르겠어. 그런 날 이해하겠어?"

"그럼요. 그 이야기는 나중에 하기로 해요."

나는 화제를 돌리고자 잡은 그의 손에 힘을 꼭 준다.

포도밭을 다시 지나오는 데 저녁노을 아래 차분히 나래를 접는 평화로운 풍경이 참으로 아름답다. 계곡을 둘러싼 나지막한 산 봉오리 위로 흙에 깊이 뿌리를 박은 싱그럽고 푸르른 나무들이 하늘 향해 쑥쑥 자란 모습이 대견하다. 이 세상을 가득 채운 수많은 생명들의 그 큰 위력 앞에 난 새삼 삶을 찬양하고 싶어진다. 생명의 향기가 가득히 채워진 천지에 무구한 나날이 이어지면서 사계절이 되고, 이순간도 세월은 멈추지 않고 흐른다. 연보라색 고운 저녁 하늘빛이 점점 어둠속으로 서서히 자취를 감추는 것을 보며 보랏빛 사랑이 꽃 피는 행복과 열매 맺는 기쁨으로 가득 찬다. 큰 소리를 치고 싶은 충동이 인다.

집집마다 창문마다 모두모두 문 열어요. 사랑의 열매 맺는 저녁, 우리 함께 천상의 노래 들어봐요.

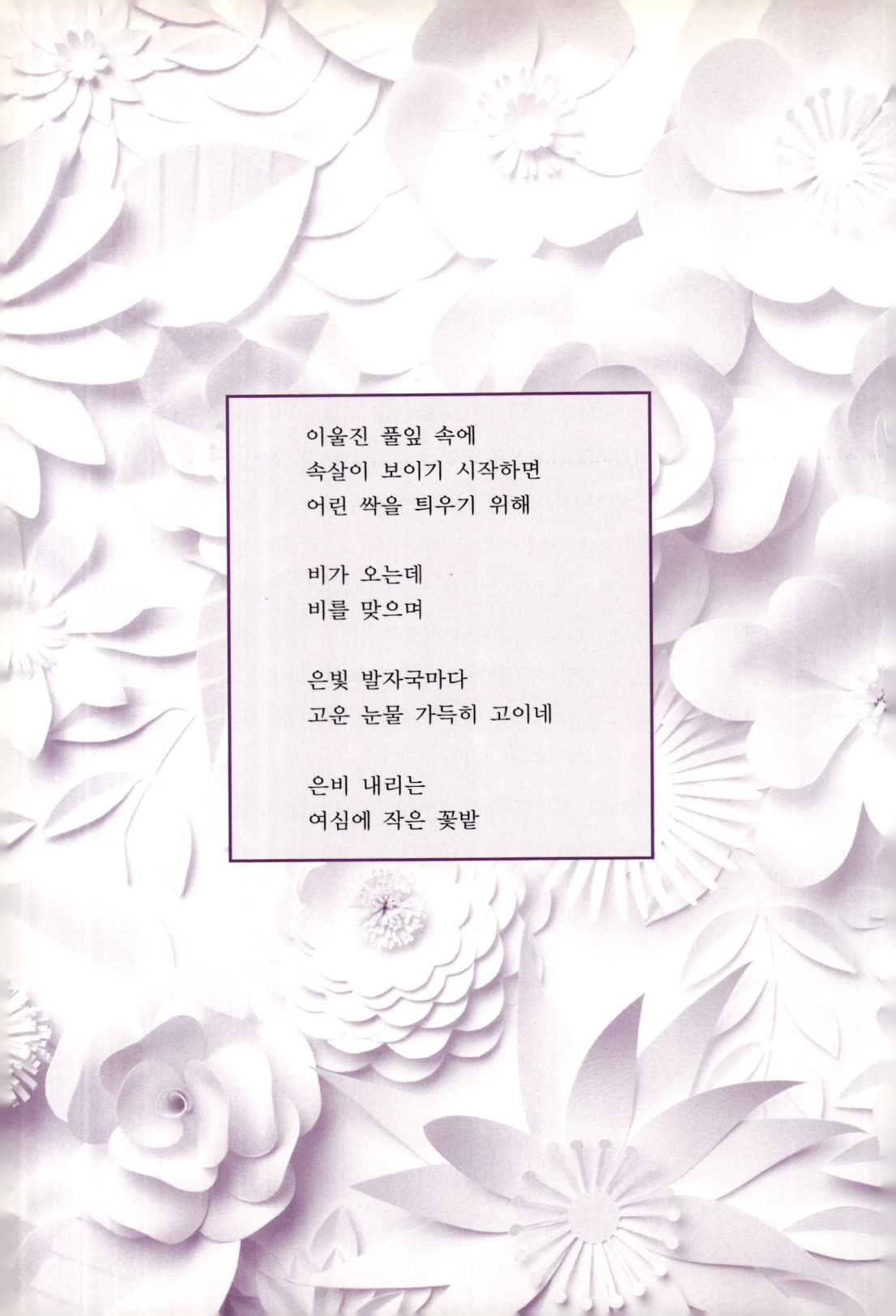

이울진 풀잎 속에
속살이 보이기 시작하면
어린 싹을 틔우기 위해

비가 오는데
비를 맞으며

은빛 발자국마다
고운 눈물 가득히 고이네

은비 내리는
여심에 작은 꽃밭

24
유령 이야기

> 흔들리는 불빛

　병동과 병동을 연결하는 곳에는 정원이 하나씩 있고 병동에는 중앙과 왼편, 오른쪽 세 갈래로 갈라지는 긴 복도가 이어진다. 중앙 복도는 병동을 지날 때마다 열쇠를 사용해서 문을 열고 채우기를 수없이 반복해야 하지만 왼편과 오른편 복도는 철길 마냥 복도가 쭉 연결되어 있어서 열쇠를 사용하지 않아도 곧장 갈수 있다. 따라서 이 복도를 이용하는 스태프가 많다. 하지만 열쇠를 자주 사용하지 않는 어둠 컴컴한 이 복도를 밤중에 혼자서 오갈 때면 머리카락이 삐죽삐죽 선다. 구석진 시멘트 층계를 오르내릴 때 내 발소리에도 소름끼치게 무서워 놀란 적이 한두 번이 아니다. 밤에는 중간 복도로 갈 때도 마찬가지여서 무서움에 떨면서 덜덜거리는 손으로 허겁지겁 문을 열고 잠글 때면 온 몸에 진땀이 배어난다.

　복도 한쪽 옆 창을 통해 보이는 정원의 아름드리 고목나무들의 가지들이 달빛 아래 바람에 흔들릴 때면 더욱 무서워진다. 마치 흰 옷의 유령들이 춤을 추고 있거나 진짜 귀신들이 나뭇가지에 조롱조롱 매달려 시시덕거리며 장난질 하는 것 같아 매번 이곳을 지날 때면 온 몸이 오싹해진다.

　오랜 세월동안 이곳에서 타살 아니면 자살, 아니면 질병으로 죽어간 수많은 환자들의 한 맺힌 혼이 이곳을 떠돌 거라는 생각이 들면 더욱 마음은 진정되지 않는다. 엊그제 이곳에 있던 일을 미주판 한국일보가 기사로 냈다.

　'캘리포니아 정신건강국(DMH) 산하 나파주립병원 직원 도나 그로스(54

세)씨가 23일 저녁시간이 지나도록 담당부서로 돌아오지 않는 것을 이상하게 여긴 동료들이 찾아 나섰다가 다음 날 오전 6시 10분경 병원 구역 내 정원에서 살해된 그로스씨를 발견했다. 나파 카운티 세리프국은 병원 환자인 제스 윌러드 메이시 씨를 강도와 살인 혐의로 구속했다. 트레이시 스튜어트 세리프 반장은 "윌러드 씨가 그로스 씨한테서 돈을 빼앗을 목적으로 살인했다"고 말했다. 윌러드 씨는 93년 법원으로부터 정신이상자 판정을 받은 이후 이 병원에 수용돼 왔던 것으로 전해졌다.'

"나 뒤쪽 복도로 오다가 유령 봤어."

얼굴이 하얗게 돼서 뛰어온 리사가 몸을 와들와들 떨며 숨을 할딱인다.

"흰옷을 입고 있었어. 오, 정말 무서워!"

듣고 있던 다른 스태프가 덧붙여 무서움을 가중시킨다.

"옛날엔 여기가 공동묘지 자리였데."

"정말이야?"

그 말을 듣고 난 후에는 엘리베이터를 혼자 탈 때도 무섭기는 마찬가지다. 혹 잘못 눌러서 컴컴한 지하실 시체 저장소에 내려지면 어쩌나 하는 생각이 들면 엘리베이터 안에서도 온 몸이 오싹해진다. 가끔은 걸음이 잘 안 걸린 적도 몇 번 있다.

"휴게실에서 잠시 엎드려 졸고 있는데 어떤 손이 내 등을 막 쓰다듬는 것 같아 눈을 떠보니 아무도 없었어. 어찌나 무섭든지 미친 듯이 달려 나왔어."

다른 병동에서 우릴 도우러 왔던 한 스태프도 거든다.

"난 말이야, 밤에 회의실에서 복사를 하고 있는데 갑자기 찬바람이 내 앞을 스쳐 소름이 쫙 끼쳤어. 그게 죽은 이의 혼이 아니면 무엇이겠어?"

나타리도 거든다.

"아마 그로스의 혼일지 몰라."

20년 가까이 지내 온 환자가 20년 넘게 함께 일해 온 스태프를 때려 죽인 일이다. 20년 넘게 일해 온 리사는 이번 일이 남의 일이 아니라며 다시 한 번 이 터가 옛날 공동묘지였다는 사실을 강조한다.

정말 귀신이 있는 걸까? 있는 것도 같다 싶으니 더욱 무섭다.

지난밤에는 노인들이 입원한 병동에서 코드 블루(code blue) 경종이 울려 달려갔다. 활짝 열린 크러쉬 카트(crush cart)와 의료기구들이 사방에 어지럽게 널려있는 가운데 응급치료(C.P.R.)를 하느라 거의 혼이 나갔던 스태프들 몇몇이 모여 있었다. 한 인간의 마지막이 될지도 모를 바로 그 찰나에 한 생명을 책임진 의료진들의 어깨는 그 어느 때보다도 무거웠으리라.

스태프들의 갖은 노고가 보람도 없이 오늘밤에 또 아까운 생명 하나가 이 세상을 떠나갔다. 어지러이 흩어진 기구들 틈 차가운 바닥에 발가숭이 뻣뻣해진 몸으로 눈을 감은 채 누워있는 초라한 노인, 차갑게 굳어져 버린 몰골은 이제 더 이상 생명은 아닌 물건 바디(body)다.

이제부터 이 세상에서 당신을 괴롭혔던 일들일랑 모두 잊고 편히 쉬소서. 오늘 밤 또 다른 세상에선 유령들이 새로 입사한 혼을 위한 환영식을 열고 있을까?

> 밤마다 생과 사 사이에서 우린 안녕을 중얼거린다.
> 눈물 속에 비치는 은빛 사랑으로
> 어쩌면 마지막 인사를 하는지도 모른다.
>
> 생명 앞에 인간의 무력함을 절실히 느끼며
> 다시 안녕을 중얼거린다. 아무렇지도 않은 척
> 거부해 볼 힘이 우리에겐 없는 거라고
> 어느 날 강물이 세찬 물줄기로 바뀌는 날엔

25
출구 없는 미로

> 어쩌면 환자와 치료진
> 우리 모두 함께 미치고 있는지도 몰라.
>
> 함께 고함치고, 함께 폭발하고
> 그렇게

전혀 할일이 없는 환자들, 보기에도 지루하다.

어떤 환자들은 복도에 설치해 놓은 냉수기에서 물을 마시기 위해 종일토록 방과 복도 사이를 애꿎게도 수시로 들락거린다. 오늘 내가 맡은 환자가 바로 그런 환자다. 어제 하루 종일 물만 줄곧 마셔댄 통에 물 중독에 걸렸다. 물은 너무 마시지 않아도 걱정이지만 너무 많이 마셔도 몸에 염분이 빠져 구토증이 생기고 정신이 혼란해진다. 그뿐 아니라 심하면 자칫 생명이 위태로울 수도 있다. 그러니 그런 환자들이 물을 많이 마시지 못 하게 막느라 스태프는 정신을 바짝 차리고 있다. 특별히 정신 병원엔 그런 환자가 예상외로 많아 몇몇 병동은 아예 별도로 그런 환자만 모아 24시간 내내 환자가 냉수기에 가는 것을 막거나 지킨다.

물 중독에 걸린 환자들은 물을 마시러 가고 싶으면 화장실을 가야 한다는 핑계를 자주 댄다. 그런 환자는 화장실을 쓰는 동안에도 물을 마시지 못하게 하느라 화장실 문까지 열어 놓고 지킨다. 그런 환자가 많다보니 그들을 한 곳에 모아놓고 화장실까지 따라다니며 지키기도 한다. 어쩌면 할 일이 너무 없으니 답답해서 뭐라도 하는 것이 아닌 가 나름대로 생각해 본다.

오늘 밤도 나는 밤새 물 마시려는 환자를 지키느라 지칠 대로 지친 채 한 밤을 보내고 새아침을 맞는다. 한두 명 환자들은 벌써 복도로 나와 우스꽝스러운 행동을 하고 있다. 일 년 내내 정신을 완전히 놓고 산다는 한 젊은 환자는 눈은 뜨고 있지만 표정은 저 먼 미지의 나라에서 헤매는 듯 멍하다. 정신은 어딘가로 보내놓고 빈 몸만 걸어 다니는 듯 복도 맨 아래쪽부터 온 몸을 한 번씩 뱅글뱅글 돌린다. 신기하게도 그의 얼굴이 양 쪽 벽을 향할 때면 잠간씩 멈추는데 그때는 반드시 혀를 동그랗게 말아 물총 쏘듯 벽에다 침을 톡톡 쏘아댄다. 쉬지 않고 반복되는 행동, 위생상 좋지 않아 따라다니며 말려보지만 멈추게 할 도리가 없다. 그가 돌고 있는 사이를 비집고 들어간 다른 환자가 안타깝다는 듯 그에게 묻는다.

"너 괜찮니? 괜찮아? 정말 괜찮아?"

계속 물어보며 그의 뒤를 따른다.

이곳은 각종 인종 집합소. 인종 간에도 별의 별 일이 다 일어난다.

"너 검둥이!(you nigger)"

오늘은 같은 흑인끼리 서로에게 욕하며 손가락질을 한다.

이런 말을 들으면 왜 그리도 화가 나는지 흑인들끼리 대판 싸움이 붙는다. 흑인에게 '너 검둥이'라고 부르는 것은 그렇다 쳐도 백인에게도 "너 검둥이!"라고 소리치는 것은 뭐라고 해야 할 지.

요지경 속은 요지경 속이다.

복도에서 간호사실 창안을 어쩌다 생각 없이 들여다보면 가끔 느끼는 것이 있다. 바쁘게 손 놀리는 간호사들의 얼굴들, 힘들어도 곱게 미소 지으려 애쓰는 사랑스런 모습들이다.

서로에게 따스한 마음으로 가슴 따스하게 데워, 우리 함께 보랏빛 눈빛 맞춰 가자고 다짐해 본다. 24시간 시간의 켜마다 층층의 아픔을 딛고 긴 동굴을 무사히 지나, 촉촉한 눈물로 적신 얼굴 위에 무지개 떠 올릴 날이 올 거라고 굳게 믿어본다.

"안 돼. 그만 멈춰!"

스태프의 고함이 밤 병동을 쩌렁쩌렁 울린다. 한 스태프가 환자가 들어간 화장실 문을 열어놓고 안을 들여다보며 그렇게 소리를 지르는 데는 그만한 이유가 있다. 안드리아가 변기 위에 앉은 채 끙끙대며 변을 보고 있는 것 같지만, 실은 그는 볼일을 보려고 앉아 있는 것이 아니기에 그런 그의 행동은 금지되어 있다.

"그만 끙끙대고 변기에서 어서 일어나! 어서!"

스태프가 다시 호통을 쳐보지만 피부가 유독 하얀 안드리아는 들은 체도 않고 힘을 잔뜩 주어 얼굴이 홍당무처럼 빨개진다. 그래도 멈추지 않고 말 그대로 항문이 빠져라 더욱 힘쓰고 있다. 드디어 그는 몸을 앞으로 꾸부려서 팔을 가랑이 사이로 넣고는 손가락으로 항문을 깊숙이 쑤시기 시작하더니 결국엔 원숭이 항문처럼 빨간 항문이 밖으로 튀어나오게 해 놓고야 만다. 아무리 말려도 계속 화장실을 들락거리며 이런 행동을 계속해대니 스태프가 그를 늘 감시해야 한다. 그 내막을 알고 보면 어렸을 적 그의 어머니가 자궁암으로 돌아가셨는데, 그때 어머니의 하혈 모습을 지워버리지 못한 탓이라고 한다.

정말 그래서일까? 믿기지 않는다. 마치 월경하는 여자처럼 바닥 여기저기 피를 뚝뚝 떨어트리고 침구도 속옷도 피로 얼룩지게 해놓는다. 게다가 그는 자주 스태프를 구타해 병원 내에서 구타쟁이로 소문이 자자하다. 그를 돌보던 여자 스태프가 아무리 소리를 질러도 그는 여전히 꼼짝 않는다.

"뭘 하는 거야? 빨리 거기서 일어나지 못해?"

보다 못해 덩치 큰 남자 스태프가 와서 큰 소리를 치니 그동안은 들은 척도 않던 그가 벌떡 일어선다.

"얼른 손부터 씻어! 빨리!"

환자가 손을 씻기가 바쁘게 스태프는 마치 자석이 달린 듯 그의 손목을 끌어당겨 화장실 밖으로 끌어내는데 성공한다. 왜 그가 그런 이상한 행동을 계속하는지 아무리 생각해도 이해가 되지 않아 혹 다른 병이 있는가 하여 차트를 뒤져본다. 세밀 검사도 이미 여러 번 받았지만 결과는 별 이상 없는 그저 행동적 버릇 때문이라는 답이 있을 뿐이다.

안드리아는 전기치료(ECT TX-electroconvulsive therapy shock)도 받고 있는데 그때마다 후유증으로 심한 두통을 호소해 그를 지켜보는 사람들은 누구나 안타깝게 여긴다. 가끔은 별나게 고분고분해질 때도 있는데 그런 그를 보고 있노라면 그 이상한 고질병을 고칠 방도는 진정 없는지 가슴이 답답해진다.

하루 쉬고 그 다음 날 병원에 도착해 보니 병원에 난리가 났다.

"제이드, 환자 안톤이 도망쳤어."

"정말? 어떻게? 언제?"

내 목소리 톤이 절로 높아진다.

"어제 도망쳤는데 오늘까지도 아무도 알아차리지 못 했대."

그 긴 시간 동안 스태프들이 모르고 있었다는 것은 있을 수도 없고 믿기지도 않는 일이다.

"어떻게 그럴 수 있어? 밤낮 없이 환자 검사하고 30분마다 회진을 돌면서."

"도망치려고 오래 동안 세밀히 궁리했던 것 같아."

"물론 그랬겠지. 그 환자라면 그럴 수 있겠네."

안톤은 신체도 건강하고 정신도 제법 또렷한 환자다.

"도망가기 전날 저녁 코트 야드 시간 때 뒷마당에 갔다가 병동에 돌아오지 않고 숨어 있었겠지. 그러다 어두워진 후 철망을 넘었을 테고."

"그 높은 철망을 어떻게 넘어?"

"계획을 미리 단단히 짜 놓았겠지."

나중에 알고 보니 담요를 어딘가에 숨겨 두었다가 철망 너머로 던져 놓은 뒤, 의자를 포개놓고 담요로 줄을 만들어 타고 넘어갔다고 한다.

루마니아 사람인 안톤은 꽤 많은 친척들이 면회를 온다. 그것에 미루어 보아 도망친 후 갈 곳이 있었을 것도 분명하다.

병원 뺑소니 사건은 심심찮게 일어난다. 얼마 전에도 병동 E 환자 한 명이 도망쳤지만 결국 다시 붙잡혀 돌아왔다. 환자들은 틈만 있으면 도망치려고 시도하지만 대부분은 곧바로 붙잡혀 돌아오기가 일수다. 스태프들의 인도 하에 매점엘 가다가도 줄달음치고 하고, 주말 걷기 시간에 스태프 눈을 피해 도망치다 붙들려오기도 한다. 출구 옆에 기다리다가 스태프가 문을 열고 나갈 때 부리나케 빠져나가 죽기 살기로 뛰기도 한다. 하지만 늘 꼼짝 없이 목덜미가 잡혀 다시 돌아오게 된다.

이 답답한 아수라장으로부터 누구인들 도망치고 싶지 않겠는가? 그 심정 백번 이해한다.

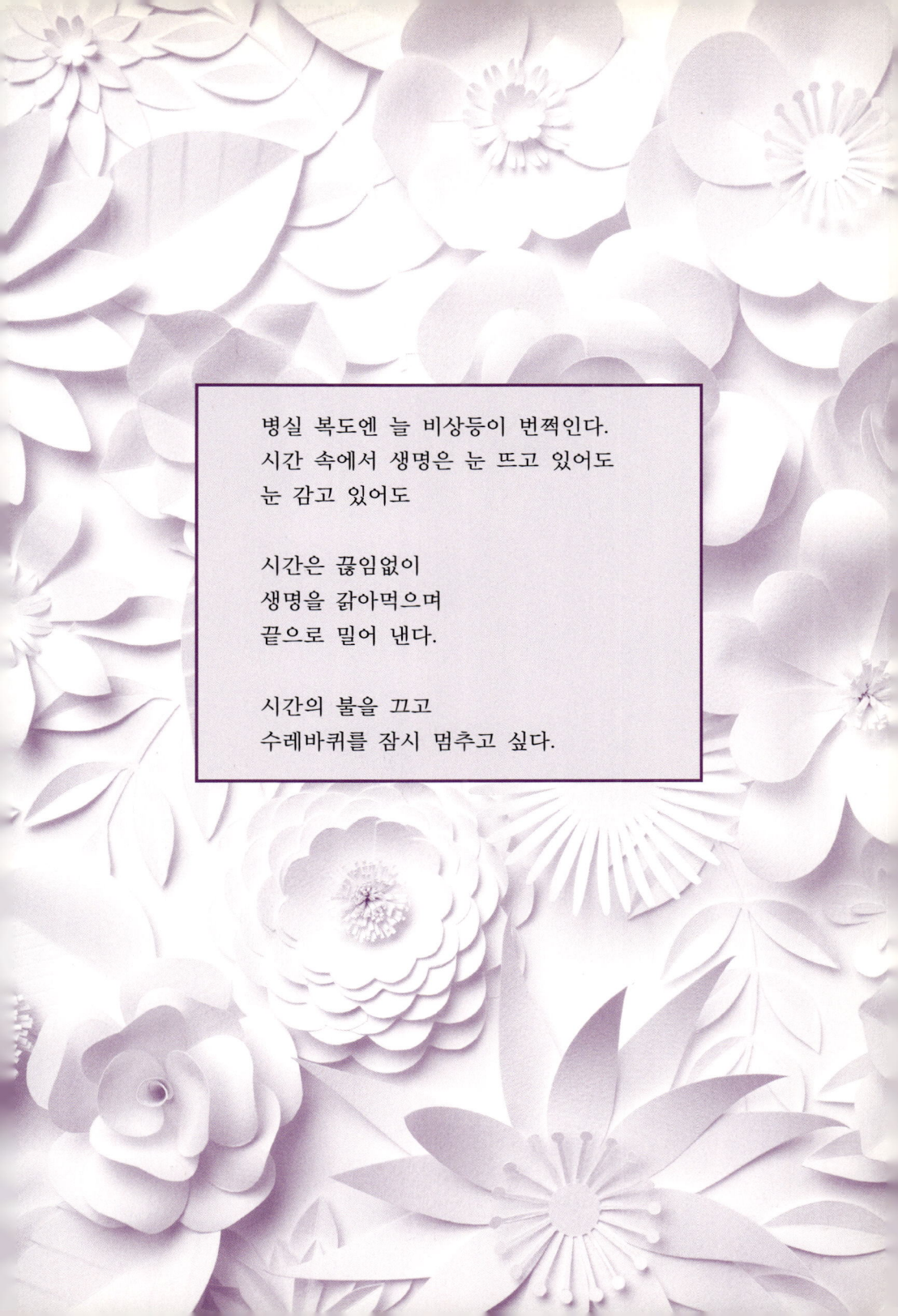

병실 복도엔 늘 비상등이 번쩍인다.
시간 속에서 생명은 눈 뜨고 있어도
눈 감고 있어도

시간은 끊임없이
생명을 갉아먹으며
끝으로 밀어 낸다.

시간의 불을 끄고
수레바퀴를 잠시 멈추고 싶다.

4부

흔들리는 불빛들

26. 임자 없는 빈자리

27. 새장에 갇힌 새

28. 깊고 슬픈 밤

29. 환자의 선택

30. 흔들리는 불빛들

31. 크리스마스

32. 기도하는 손

33. 신이여 이곳을

26
임자 없는 빈자리

> 팔랑이며 떨고 있는 생명
> 같은 자리 뱅뱅 돌고 있는 하루하루
> 그 안에서도 분명 살아 숨쉬는
> 생명은 참으로 대단한 것

　가끔 환자들 방을 지나다 보면 빠끔히 열린 문틈으로 힘깨나 쓰는 남자 스태프들이 환자를 쥐어박고 있다. 오죽이나 답답하고 분통이 터지면 그럴까 이해해 보려 하지만 가슴이 찌릿찌릿한 건 어쩔 수 없다.
　근래에 이 병원으로 풋풋한 간호학교 학생들이 자주 실습을 나온다. 정직하고 순진한 어린 청춘들이 낯선 환경에서 갇혀있는 측은한 환자들을 대하다보니 자질구레한 일이라도 만사를 곧이곧대로 본다. 따라서 스태프가 환자를 대하는 것이 옳지 못하다고 여기면 참지 못하고 바로 윗선에다 보고해 버린다. 그렇다보니 그들이 실습을 나오는 날이면 스태프들은 한층 행동을 조심하지만 때때로 스태프들의 지나친 학대 행동은 막을 수가 없다.
　얼마 전에도 격리실에서 꽁꽁 묶여 있는 환자 눈언저리를 쥐어박았다가 다음날 환자 눈언저리가 시퍼렇게 멍든 것이 보여 꼼짝없이 책임을 추궁당한 스태프가 있다. 그는 근무 정지령과 함께 면허증도 박탈당했다. 이런 스태프의 환자 학대가 이어지는 이유는 거의 하루건너 찾아오는 잦은 과외 근무와 무관하다고 할 수 없다.

"스태프를 한 사람 더 채용하는 것보다 오버타임으로 나가는 돈이 더 많을 텐데 왜 스태프를 더 채용하지 않지? 정말 낭비 같은데……."

내가 반복되는 과로에 지쳐 사람을 더 증원하지 않는 것이 궁금해서 물어보자 함께 일하던 스태프가 설명을 한다. 미국 시스템을 잘 모르던 나는 그 말에 더욱 놀란다.

"만약 스태프를 더 채용하면 은퇴 후 건강보험까지 합쳐 정부가 지불해야 하는 비용이 너무 크기 때문이지. 그렇게 되면 우리들에게 오버타임 비를 지불하는 것보다 오히려 주 정부 손해가 더 크다는 거야."

아, 그런 계산이 있었네. 나는 역시 이방인, 아직 알아야 할 것들이 많다.

이른 아침, 오늘도 복도는 환자들로 혼잡하다. 위 쪽 복도 한 복판에서 싸움이 벌어지자 남자 스태프 앤디가 내게 묻는다.

"누구지? 서로 붙들고 닭싸움 벌리는 환자들이?"

소리 나는 쪽을 보니 환자 두 명이 복도가 비좁다는 듯 엎치락뒤치락 야단스레 주먹질이다. 앤디가 달려가 말려보려는지 1대 1로 돌보던 환자를 나에게 부탁하고 그쪽으로 달려간다. 잠시 후 잠잠해지면서 앤디도 돌아왔다.

"그 중 한명이 누군 줄 알아? 스태프 마틴이야. 믿어져?"

우리가 의아해 하자 앤디가 어이없다는 듯 덧붙인다.

"내가 왜 싸우느냐고 물었더니 글쎄 대답이 뭔지 알아? 이곳에서 보스가 누구인지 가르쳐주려고 그랬다나?"

모두들 어이없어 하는 중에 환자와 한 판 했던 마틴이 숨을 씩씩거리며 환자를 데리고 휴게실로 들어선다. 화해의 제스처인 양 작은 밀크 한통을 냉장고에서 꺼내 환자 손에 들려준다.

이건 또 뭐지? 눈 감아 달라고? 이 역시 스태프들의 또 다른 학대다.

"마틴이 한때 권투 선수였던 거 알아?"

옆에서 다른 스태프가 어처구니없는 표정을 지으며 귀띔해 준다. 나 역시 그와의 에피소드가 있다. 언젠가 다른 병동에서 회진을 돌던 때다.

"이 침대에서 자고 있는 환자 혹시 누군지 알아?"

이상히 여겨 그 방에서 1대 1로 환자를 돌보던 2명의 여자 스태프들에게 물었다. 분명히 비어있어야 할 침대에 누군가 이불을 뒤집어쓰고 코까지 드르릉 골면서 자고 있었기 때문이다.

그들은 킥킥거리기만 할뿐 대답을 해주지 않아서 담요를 살짝 들쳐보았다. 거기에는 믿기지 않게 마틴이 누워있다. 근무 시간에 땡땡이치는 것은 그렇다 쳐도 여자 방 환자 침대에서 남자 스태프가 들어가 코까지 골며 자고 있다는 것은 해도 너무 했다.

"지금 뭐하는 거예요? 어서 일어나요!"

내가 심각하게 다그쳤지만 그는 씩 웃으며 뒷머리를 긁적이며, 잠이 와서 못 견디겠다는 듯 연거푸 하품을 하며 쑥스런 표정을 짓는다. 그래도 그것이 잘못인 것은 아는지 미안한 표정으로 비시시 웃어 보인다. 시간이 꽤 지났는데도 그의 모습이 보이지 않아 다시 가 보니 여전히 길게 누운 채 코를 골고 있다. 정도에 어긋나도 한참 어긋난 행동이라 그날 저녁 함께 일하던 스태프들과 의논한 후 결국 그의 태만을 상부에 보고했다. 그 후 그는 잠시 동안 근무 정지령을 받았다.

오전 근무자인 흑인 스태프 캔이 웬일로 날도 아직 밝기 전인데 일찍 출근해서 내가 1대 1 직분으로 안드리아를 맡아 지키고 있는데 불쑥 다가온다.

"제이드, 좀 비켜줄래?"

나를 밀치며 한 마디 말도 없이 나를 가로지른 그가 머리까지 이불을 뒤집어쓰고 자고 있는 그에게 다가가 무조건 마구 쥐어박는다.

"대체 무슨 일이야?"

내가 소리를 지르자 그는 내 말은 들은 척도 않고 이불을 걷더니 사정없이 그에게 주먹질을 한다.

"왜 이러는지 말을 좀 해봐!"

내 말은 귓등으로도 안 듣고 그는 머리를 감싸고 오므리고 앉은 환자의 어깨를 사정없이 두들겨 패더니 그의 멱살을 잡아당겨 앉혀놓고는 그의 목 조르기를 시작한다. 나는 다가가 말릴 용기는커녕 너무도 놀라서 경종을 울리기도 무서워하며 어찌할 바를 모르고 그냥 서있었다. 도대체 이해되지 않는 스태프의 행동에 기막혀 하면서.

캔은 이번에는 환자를 침대 밖으로 끌어내 침대 밑으로 끌어내려놓더니 또 다시 사정없이 쥐어박는다.

"다시 안 그런다고 어서 말해!"

드디어 캔이 분이 조금 풀린 듯 입을 연다. 나는 두 손으로 내리치는 캔의 난타가 무서워 두 손으로 얼굴과 귀를 감싸고 기어들어가는 가늘고 떨리는 목소리로 묻는다.

"어쩌자고 이러는 거야?"

오전 스태프들이 한 명 두 명 출근하며 방을 들여다보면서도 못 본 척 걸음을 빨리 해서 지나가 버린다. 나를 아는 몇몇 여자 스태프들 또한 이런 광경을 보고도 그냥 지나가 버린다.

실컷 환자를 두들겨 팬 캔은 환자에게 변명할 기회 한 번 주지 않고 이유 한 번 설명하지 않고 방 밖으로 휑하니 나가버린다.

나는 그가 나간 후 간신히 정신을 가다듬고 안드리아에게 다가간다.

"많이 아프지? 어딜 다쳤는지 좀 보여줄 수 있어?"

하지만 환자는 아무런 대꾸도 않고 무서움에 떨면서 간신히 침대로 기어오르더니 단단히 이불로 감싸고 그 밑으로 깊숙이 파고든다.

난 환자가 많이 다쳤으면 어쩌나 몹시 걱정이 되어 신경을 쓰며 숨소리에 귀를 기울인다. 걱정이 되어 마음을 놓을 수가 없다.

거꾸로 되어도 도가 넘치게 거꾸로 된 세상, 우린 이 환자를 위해서 돈을 받고 있는 것이지 골탕을 먹이려고 일하고 있는 것이 아니지 않은가?

스태프 중 한 사람인 캔이 저지른 행동이었다 해도 가끔씩 일어나는 이런 횟수는 너무 많은 것이 아닌가 걱정이 된다.

교대가 끝난 후 나는 좀 전의 캔의 행패를 보고도 지나친 간호사 미샤에게 다가간다.

"너도 분명히 보았지? 오늘 아침 캔의 행동 말이야."

"자세히는 보지 못 했지만 보았지."

"보고 해야겠지? 잠들어있는 환자에게 캔이 너무 했잖아."

"그러게 말이야. 왜 그랬지?"

"웬만하면 그냥 넘어가겠지만 이건 아닌 것 같아. 해도 해도 너무 했어."

"그러게. 환자 학대에 얼마나 우린 주의를 받았어? 의무적으로 비디오는 또 얼마나 봤냐고?"

내가 그녀 말에 덧붙였다.

"학대행위를 보고도 보고하지 않으면 벌금을 내야 할 뿐 아니라 감옥도 가게 된다고 강조했지."

미샤가 잠시 말이 없다.

"이번 일은 눈 감아 줄 일이 아니야. 슈퍼바이저에게 알려야겠어. 나와 함께 가 줄 수 있어?"

"오케이. 함께 갈게."

우리는 슈퍼바이저가 출근하기를 기다렸다가 아침에 본 믿을 수 없는 광경을 눈물을 흘리며 하나도 빼놓지 않고 낱낱이 보고했다. 하지만 그 후 여러 날이 지나도록 캔에 대한 처벌이 있다는 소식을 들을 수 없어 궁금해 했는데 엉뚱하게도 벌을 주기는커녕 캔은 아침 당번 책임자로 직위가 한 단계 높아져 있었다. 요즘 사회는 학대 문제를 심각하게 다루고 날로 그에 대한 처벌을 강화하는 중인데 어떻게 이런 일이 있을 수 있는지 우린 어처구니없는 일에 한숨만 내리 쉬었다.

힘없는 노인들에 대한 병원에서의 학대는 더욱 심각하다. 그럼에도 불구하고 실제로는 직장 동료들끼리고 보니 서로 숨겨주고 덮어준다. 그렇다 보니 심한 욕설을 퍼붓는 정도는 자질구레한 학대처럼 여겨지기도 한다.

어떤 스태프들은 운이 나빠서라고 할까 그런 정도에서 징계를 받기도 하고 면허를 박탈당하기도 한다. 견습생들 눈에 잘못 띠면 에누리 없이 걸려드니 난폭한 스태프들일수록 애송이 견습생 앞에서 더욱 조심하는 추세다.

그 일 후 처음으로 간호사실 앞에서 캔과 마주쳤다.

"굳이 슈퍼바이저에게 고자질을 해야 했어? 나한테 먼저 와서 그날 내가 왜 그랬는지 물어보았으면 좋았을 걸 말이야. 그 환자 너무 많은 스태프들을 구타한 건 너도 알잖아? 한 번 그렇게 혼내 주고 싶었다고."

"아무리 그래도 잠든 환자를 그토록 심하게 두들겨 팬 것은 말이 안 된다고 생각해. 그날 네 행동은 정말 옳지 않았어. 그러니 난 보고할 수밖에."

우린 그렇게 간호사실에서 한참을 서로의 의견을 주장하며 말다툼을 했다. 캔이 간호사실을 횡하니 나가버린 후 그곳에 있던 한 정신과 여의사가 왜 그러는지 이유를 묻는다. 나는 열심히 그 날의 내가 본 사실을 자세히 들려주었건만 그녀도 난처한 듯 별 말없이 간호실 밖으로 나가버린다. 나는 공연히 혼란스럽다. 그럼 그런 행동을 보고도 눈감아 주어야 한다는 말인가?

서로서로 묵인해 주면 편하겠지만 내가 돌보는 환자인데 어떻게 그럴 수가 있는가? 만일 그 환자가 그때 심하게 다쳤다면 다 나의 책임이기 때문이기도 하지만 무엇보다 윤리 도덕적으로도 결코 눈 감아 줄 수 없는 일이다. 그것이 나의 책임이고 임무라고 나는 자신을 칭찬해본다.

캔의 우락부락한 성격을 아는 나는 혹시 그 후에 보복이라도 해오면 어떨까 걱정도 되고 세상만사가 불공평하게 돌아가는 것에 애석한 마음으로 속앓이를 한다. 그 후에 스태프들은 나를 보면 한 마디씩 충고한다.

"정식으로 학대보고서를 제출해. 안 그러면 크게 혼날 수 있어. 벌금도 낼 수 있고 잘못하면 감옥도 가야 해. 알고 있지?"

이런 저런 이야기가 나를 점점 더 걱정스럽게 만든다.

간호사가 밤에 해야 하는 중요한 임무 중 하나는 검사(audit)하는 일이다. 낮 동안 스태프들이 했던 모든 기록을 꼼꼼히 검사해서 바로 맞춰놓고 만일 제대로 하지 않은 것이 있으면 찾아내서 바로 하라고 일일이 이름을 남겨놓는다. 하지만 이 일이 그리 쉬운 일은 아니다. 환자들 등살이 힘든 것은 물론이라 살살 달래기도 하고 격리실에 감금도 시키는데, 매번 이런 일은 의사 명령을 꼼꼼히 기입하고 환자 증상도 세밀하게 적어두어야 한다. 그러다 보면 밤 시간이 훌쩍 지나는데 이것이 다가 아니다.

새벽 5시쯤엔 야간 스태프들 모두 환자 방을 일일이 돌면서 바닥과 침대에 흥건히 고인 오줌을 닦아내고, 침대 커버를 갈아주고 더럽기가 말로 할 수 없는 화장실 청소를 한다. 더러운 옷가지며 침구를 세탁소로 보내고 세탁은 했지만 잔뜩 구겨진 뭉친 옷과 홑이불 세탁물을 개키고 정리해서 선반에 올려놓는다. 밤새 그 일만 해도 바쁠 때가 있으니 간호사들끼리 하는 말이 있다.

"이런 일까지 우리가 해야 하니 병원은 참 비싼 일꾼을 쓰고 있는 거지?"

간호사들 모두 고개를 끄덕여 동의하며 웃어넘기지만 병원 경영이 잘못된 것은 아닌가 의심은 든다.

> 밤의 불빛들이 영롱히
> 그저 알아차린 눈빛으로 빛나고 있다.
>
> 밟혀도 죽지 않는 기지
> 캄캄한 어둠 속에서
> 줄기 뻗혀오는 강인함
> 생명의 박동
>
> 우린 무엇을 믿고
> 자꾸 괜찮다고 하는가?
> 또 다른 밤이 강물처럼 도도히
> 조심스레 숨결 타고 흐르고 있다.

27
새장에 갇힌 새

> 새장에 갇혀
> 고함치는 새
>
> 난
> 호- 호- 해주고파

며칠 후면 주정부 감사가 있을 예정이라 병원 감독을 비롯한 모든 스태프들의 발걸음이 무척 분주하다. 청소부들은 환자들이 잠든 밤을 이용해 더러워진 바닥을 광내느라 청소기를 돌려대니 잡음이 요란하다. 물로 젖은 복도를 지나다 환자들이 넘어지기라도 하면 큰일이라 그들이 방에서 나오지 못 하게 막는 일도 큰일이다. 화장실도 마음대로 가게 할 수 없으니 스태프들은 환자 방으로 변기를 나르느라 여느 때보다 한층 더 바쁘다. 간호사들 역시 빈틈없이 차트를 정리하려면 눈코 뜰 새 없는 힘든 밤이다. 실은 진짜 해야 할 일보다 잘못된 것들을 덮느라 온통 신경을 곤두세우는 중이다.

밤 근무는 제 시간에 끝났지만 오늘 아침은 가끔 있는 훈련이 있는 날로 밤 근무 스태프들은 부스스한 모습으로 다시 아래층 교실로 모여든다. 같은 병원이지만 병동마다 문이 꼭꼭 잠겨있어 스태프가 서로 만나기 쉽지 않기에 오랜만에 만난 얼굴들을 반가워하며 서로 소식을 주고받느라 분주하다.

오늘 있을 훈련은 여러 사건 보고들을 컴퓨터에 넣어 기록 남기는 일을 어떻게 하는지 배우는 일이다. 최근엔 모든 기록을 컴퓨터에 저장해야하니 직장에 계속 남아 있으려면 컴퓨터에 웬만큼은 능숙해야 하는 것이 기본이다. 하지만 그 과정이 간단한 일이 아니라서 스태프 중 나이 든 스태프들은 컴퓨터 다루기가 쉽지 않으니 따라가려면 여간 힘 드는 일이 아니다.

훈련이 끝나고 주차장으로 걸어가는데 찰스가 뜻밖에 날 보더니 반가워하며 저 만큼서 다가온다.

"왜 이제야 집에 가?"

"트레이닝이 있었어요."

"아이고, 밤일하고 트레이닝까지, 참 피곤하겠네. 빨리 가서 쉬어요."

성큼 다가온 그가 다정하게 내 어깨를 토닥인다. 그는 요즘 자주 아침에 일찍 출근한다. 내가 근무를 마치고 집으로 갈 때쯤 되는 시간이 되면 슬그머니 주차장까지 함께 걸어와서 손을 흔들어주곤 한다.

화창한 토요일 오전, 그날이 그날 같은 이곳이지만 오늘따라 환자들이 게으르게 침대에서 미적대고 있다. 모처럼 차분한 병동의 방을 돌다보니 맥 놓은 환자들 얼굴에서 천진하고 선한 모습들이 드러난다. 텔레비전을 켜놓았지만 자기들과 상관없는 세상 이야기다보니 아무도 관심이 없고, 더러는 스태프가 넣은 시디(CD) 노래 가락에 맞춰 신나게 엉덩이춤을 춘다. 무엇이 자기들의 세상에 나라를 세우고 지시를 내리며 간섭하는 지 아는 지 모르는 지 마냥 천진하다. 어떻게 하면 이들을 일으켜 줄 작은 밧줄이 될 수 있을까 마음이 아프다. 그들의 거울이 되게, 노래가 되게, 기쁨이 되게, 희망이 되게 해달라고 하나님께 간절한 마음으로 빌어본다.

세상 편해 보이는 환자가 중얼중얼 대며 내 어깨를 살짝 건드리며 지나간다.

"투 노 함.(To no harm.)"

해치지 않을 거라고.

"내 숨겨둔 여자 되어 줄래?(Are you gonna be my secret woman)"

이건 또 뭔 소리? 그리곤 자기가 무슨 말을 언제 했냐는 듯 어슬렁어슬렁 앞만 보고 걸어간다. 할일 못 찾은 심심한 환자 몇이 복도 바닥에 누운 채 뒹굴 거리며 벽을 쳐다보기도 하고 손뼉을 치기도 한다. 하지만 아무도 게시판에 적힌 '폭력 없는 계절'이라는 제목 아래 적힌 글귀는 보지 않는다.

말을 적게 하며 듣기를 더 하라.
긍정적인 빛 아래서 남을 보는 연습을 하라.
무폭력과 어머니 땅을 잘 이용하며 존경하는 연습을 하라.
오늘 친절한 행동을 하는 그 누구를 찾아내면 감사하고 고맙다고 하라.

난 혼자서 고개를 끄덕여가며 그 글귀에 동감한다.

여긴 그들이 몸담고 있는 미국 최대의 정신병원. 아무리 좋은 가르침이라도 이들에겐 무용지물이다. 난 이들을 이끌고 인생의 다음 종착역까지 동행할 책임 간호사. 이 광란의 섬은 육지에서 얼마나 멀리 떨어져 있는가?

아픔을 아픔인줄 모르며 거울 이미지(mirror image) 속을 숨 가쁘게 헤매며 방황하는 이들의 혼란, 롤러스케이트 타고 겁 없이 미끄러져 달려가는 어지러운 이들의 행로, 서로에게 들러붙어 자신의 독특한 모형을 천천히 잃어가는 한국의 떡과 같은 모습은 아닌지?

파란 하늘, 나무들의 정기, 새들의 속삭임, 그 사이로 살랑대는 바람, 이모든 존재는 완전 잊은 듯 병실 안 하루하루 순간순간에만 연연하는 사람들.

"오늘 낮에 샘이 면회 온 자기 어머니를 구타했대."

"오, 노. 말도 안 돼!"

한 간호사의 말에 간호사실 스태프 모두 혀를 끌끌 찬다. 그렇다. 말이 안 되지만 말이 안 되는 것이 말이 되어 돌아오는 곳이 바로 이곳이 아니던가?

"리사가 지켜보고 있는데 갑자기 샘이 벌떡 일어나더니 자기 어머니에게 달려들었다네."

간호사실과 접해있는 옆방 면회실에 그들 둘을 들여보내 놓고 리사가 간호사실로 돌아와 창문을 통해 그들을 보고 있는데 일어난 일이란다.

그것을 목격한 스태프가 바로 경종을 눌러놓고 급히 달려가 말리는 바람에 큰 사고를 면할 수 있었단다.

"다행히 어머니가 많이 다치지는 않았기에 망정이지."

"어떻게 자기 어머니에게 그럴 수가 있지?"

"여기서 무슨 일인들 안 일어나겠어?"

우린 한참을 그와 비슷한 사건에 대한 이야기로 꽃을 피운다. 그 후 병원은 그에게 어머니가 면회와도 감옥에서처럼 창구를 통해서만 면회가 가능하도록 의사가 명령을 내렸다. 그 일로 그는 더 이상 어머니의 따스한 손길마저 느낄 수 없게 되어버린 것이다.

시커먼 수염이 넓적한 얼굴을 온통 덮고 있는 샘은 비만증 환자다. 가만히 있어도 항상 씩씩거리는 샘은 자주 아무에게나 이유 없이 덤벼들어 때려눕히기를 잘 한다. 날이 샐 무렵이면 밤 근무 스태프들은 모두들 축 늘어져 버리는데 그 중에서도 얼마 전 새로 온 간호사는 유독 더 피곤해 한다. 그도 그럴 것이 그녀는 하루도 빠짐없이 오버타임 근무를 한다.

오늘밤도 예외 없이 자신에게 주어진 일을 웬만큼 끝낸 후, 간호사실 한복판에 의자 둘을 맞대어 놓고 잠을 잔다. 의자 하나에 두 다리를 쭉 뻗어놓고 코까지 고니 한 장난기 많은 남자 스태프가 사진을 찍어 돌렸다. '이

달의 우수 종업원'(employee of the month)이라는 타이틀로.

가끔씩 그런 일들이 웃을 일 없는 우리를 웃게 만든다.

숨소리 거칠게 흘러나오는 밤의 병실, 모두들 이렇게 저렇게 어디론가 떠나가는 밤. 스태프는 환자들 머릿속에 자욱이 낀 안개를 걷어주며 환자와 함께 멀리 떠날 여행차비를 차린다.

잠자는 그들의 얼굴을 들여다보고 상태를 기록하며 또는 1대 1로 잠자는 모습을 지켜보며. 잠잘 시간을 그들에게 내주며 부지런히 걸음을 옮기는 간호사의 발걸음이 그들 삶에 작은 활력소가 되어주길 간절히 빌며.

미국 독립 기념일 연휴에는 가족이나 친지들과 바비큐를 하며 노는 것이 미국의 풍습이라 많은 스태프들이 아프다는 핑계로 출근하지 않는다. 덕분에 일이 많아지고 내게도 스케줄에 없던 1대 1 환자 배당이 돌아왔다.

"낮에 단이 가만히 있는 한 환자를 이유 없이 때려 눕혀 코피까지 흘리게 하고 얼굴엔 멍이 잔뜩 들게 했어."

단을 특별히 애틋하게 생각하는 한 간호사가 속이 상한 지 안타까워한다.

"단은 웬만해서는 누굴 때릴 사람이 아니잖아?"

"일전에 자신의 어머니를 때린 샘을 자기가 혼내 주겠다며 그랬대."

다시 가죽 끈에 묶이는 신세가 되어 버린 단, 스태프들은 이어지는 단의 기행이 별꼴이라며 한심스럽게 이야기 한다. 하지만 단에 대한 나의 생각은 좀 달라서 단이라면 그럴 수 있을 거라 싶다.

나는 단이 여러 번 솔선수범하여 힘없고 약한 환자들을 도와주는 것을 본 적이 있다. 보기엔 건강해 보이지만 실은 두 다리가 늘 퉁퉁 부어있어서 계단을 절룩거리며 힘들게 오르내리면서도 누구든 약한 자를 해치는 것을 보면 참지 못한다. 한 가지 이상한 것은 꽤 오래 정상인처럼 행동해서 곧 퇴원할 수 있겠다 희망이 생기면 꼭 그때쯤에 다시 또 사고를 쳐서 그의 퇴원은 늘 미루어진다.

얼마 전에는 나를 보더니 잠깐 기다리라며 자기 방으로 들어갔다 손에 사진 몇 장을 들고 나온 적이 있다.

"나 한국 부인이 있어. 딸도."

내가 놀라는 표정을 짓자 사진 한 장을 보여준다. 지금은 처녀가 되어버렸을 사진 속 어린 딸의 얼굴을 조심스레 쓰다듬으며 시무룩해진다.

"어머니야."

또 한 장의 사진을 보여주며 금세 얼굴에 슬픔이 가득 찬다.

"어머니가 날 무척 기다리고 계셔. 보고 싶어 미치겠어."

그의 눈시울이 붉어진다. 어머니에 대한 그의 애틋한 마음이 읽혀진다.

"앞으로 아무리 화가 나더라도 꾹 참고 절대 다른 사람 구타는 하지 말아요. 그래야 속히 퇴원할 수 있잖아요? 그래야 어머니도 빨리 만날 수 있고."

내 말에 눈물을 뚝뚝 떨어트리며 고개를 크게 끄덕인다.

"그림도 열심히 그려봐요. 단이 그린 간호사실에 붙은 그림, 얼마나 훌륭해요. 단은 마음도 착하고 예술적 재능도 있으니 힘내요. 알았죠?"

내 격려에 힘을 얻은 듯 제법 힘찬 걸음으로 돌아서는 그의 뒷모습을 지켜본 것이 얼마 되지 않았는데, 그날 내 마음이 얼마나 쓰렸던지.

단에게 가보니 마치 제단에 오른 제물인양 가죽 끈에 묶인 채 한 겨울 차가운 철 침대위에 누어있다. 누가 저 끔찍한 가죽 끈을 생각해 냈을까? 갖가지 몸짓, 색색의 마음, 각각 다른 눈빛, 그리고 다른 말에 우린 보편적인 생각으로 미쳤다 아니 미쳤다를 가늠하고 판단한다. 때론 그 척도가 얼마나 불투명하고 애매한가? 하지만 어쩌겠는가?

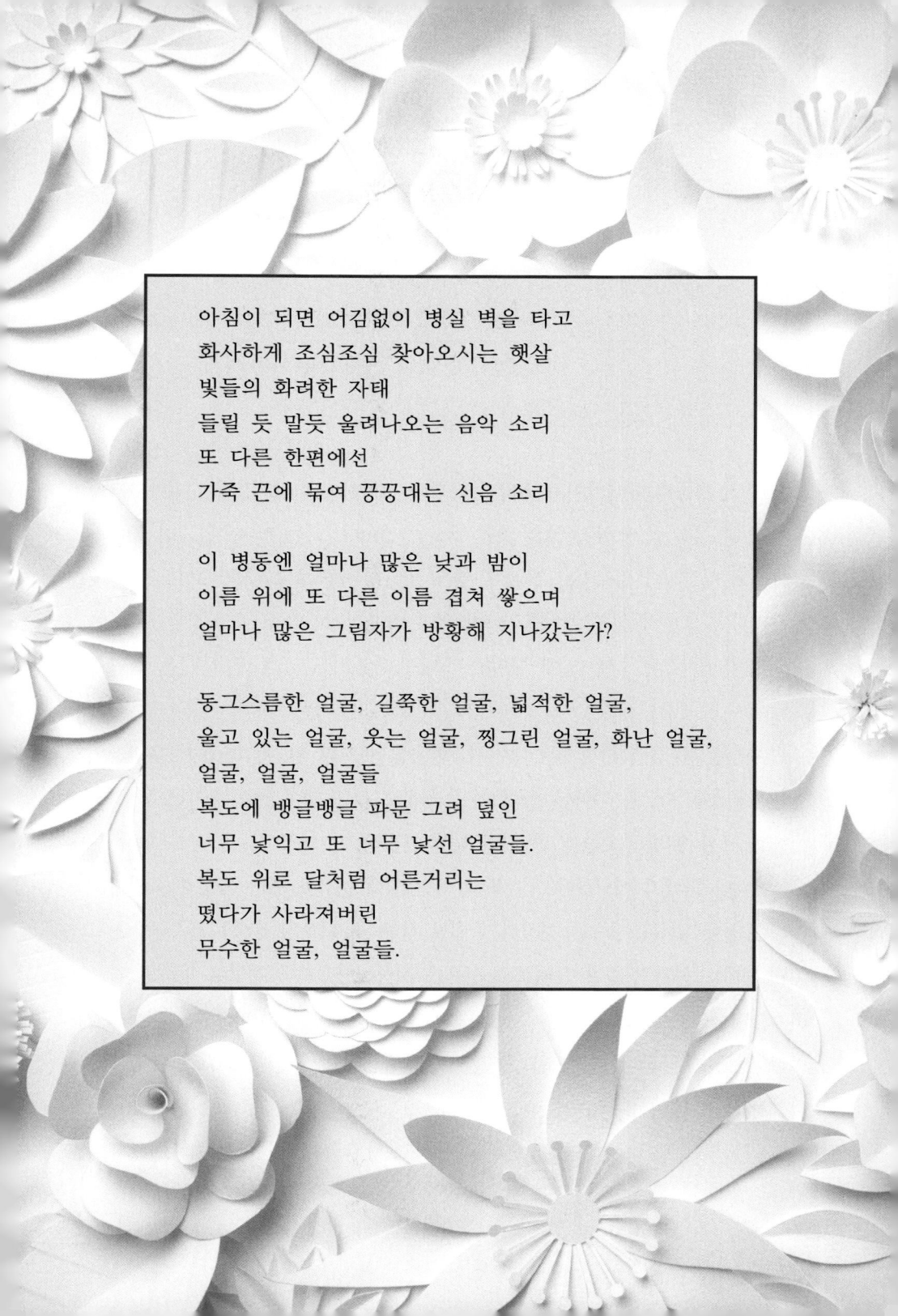

아침이 되면 어김없이 병실 벽을 타고
화사하게 조심조심 찾아오시는 햇살
빛들의 화려한 자태
들릴 듯 말듯 울려나오는 음악 소리
또 다른 한편에선
가죽 끈에 묶여 끙끙대는 신음 소리

이 병동엔 얼마나 많은 낮과 밤이
이름 위에 또 다른 이름 겹쳐 쌓으며
얼마나 많은 그림자가 방황해 지나갔는가?

동그스름한 얼굴, 길쭉한 얼굴, 넓적한 얼굴,
울고 있는 얼굴, 웃는 얼굴, 찡그린 얼굴, 화난 얼굴,
얼굴, 얼굴, 얼굴들
복도에 뱅글뱅글 파문 그려 덮인
너무 낯익고 또 너무 낯선 얼굴들.
복도 위로 달처럼 어른거리는
떴다가 사라져버린
무수한 얼굴, 얼굴들.

28
깊고 슬픈 밤

> 어쩌려고 줄 서지 않나?

우리 병동의 슈퍼바이저 쉴라가 다가와 고맙다고 한다. 전체 슈퍼바이저에게 더 이상 문제 삼지 않은 것을 말하는 것이다. 나는 그 문제를 더 공론화하고 싶었지만 멈추기로 했었다. 캔의 구타행동을 보고했지만 모른 척 하기는커녕 오히려 캔의 직위를 높여놓았던 슈퍼바이저다.

얼마 전 캔과 한창 열애 중이던 스태프 매리가 간곡히 부탁해 온 일이 있다.

"제발 캔 장래를 망치지 말아줘. 면허증 뺏기면 일 못 하잖아. 우리가 환자들에게 시달릴 때마다 우리 대신 혼내준 것도 캔이잖아. 우리 모두 험한 곳에서 일하고 있는데 한 번만 눈감아 주면 안 돼?"

"캔만 문제가 아니잖아? 나 역시 이런 일에 눈감아 주다 자칫하면 면허증은 물론 벌금을 최고 5천불까지 내야 하는 거 너도 알잖아?"

룰대로 하자면 환자 학대보고 서류를 제출해야겠지만 경험에 의하면 덮어가며 사는 세상이 마음은 불편해도 살아가기 편하기는 하다. 실은 걱정스러운 것 중에 하나는 컴컴한 차고 구석 같은 데 숨어 있다가 보복을 당할까 걱정이 되어서다.

그럭저럭 또 하루의 야간 근무를 마치고 병원 밖을 막 나서는데 찰스와 마주쳤다.

"지금 집에 가는 거야? 나하고 조금만 걷지 않을래?"

"일찍 나오셨네요."

내 인사에 찰스는 사랑스런 눈빛으로 바라보면서 내 손을 가만히 끌어당긴다. 우린 병원 입구 매그놀리아가 즐비한 드라이브 길을 따라 천천히 걸음을 옮긴다. 바삭한 아침 공기가 상쾌하게 뺨을 간질인다. 우린 짧았지만 조용한 아침 산책을 즐기며 서로의 마음을 확인한다.

착착 빨리도 다가오는 밤 근무, 오늘밤도 스태프가 모자라지만 별 수 없다.

"숨이 차서 견딜 수 없어. 어서 빨리 어떻게 좀 해줘!"

성미가 급하기로 소문난 환자가 잠시도 더 기다리지 못 하겠다는 듯 산처럼 불룩한 배를 두드리며 다급하게 재촉한다. 난 하던 일을 미루고 환자를 치료실로 데려다 앉혀 놓는다.

"잠간만 기다려요."

정해진 시간에 따라서만 반복해 줄 수 있는 약이기에 정확한 시간을 재보려는데 환자가 별안간 자신이 앉아있던 의자를 높이 들더니 내게 힘껏 의자를 던지려는 포즈를 취한다. 난 너무 놀라 급히 치료실을 빠져나왔지만 나오는 도중에 그가 던진 의자에 한쪽 어깨를 얻어맞고 말았다. 그리고도 그의 난동은 이어져 치료실 기물을 마구잡이로 내동댕이친다. 아픈 가운데도 재빨리 허리에 차고 있던 경종을 눌러 달려온 스태프들 도움으로 그의 난동은 제지를 당했다. 하지만 치료실의 혈압기, 산소기. 체중기 등이 부서지고 흩어진 집기들로 치료실 안은 엉망이 되었다. 또 한 번의 아슬아슬한 고비는 넘겼지만 왼쪽 어깨 부위 긁힌 상처에서 피가 흐른다. 치료를 받으며 이만하기가 얼마나 다행인지 안도의 숨을 내쉰다. 만약 그 의자에 머리를 정통으로 맞았다면 하고 생각하니 온몸이 움츠러들며 아찔해진다.

다음날 밤 간호사실에 함께 있던 아리스가 장난스런 얼굴로 물어온다
"어제 집에 가다 닥터 하워드와 다정히 손잡고 걸어가는 거 봤는데 둘이 정말 사귀는 거야?"
내가 얼굴이 붉어지며 미소만 띄자 덕담을 한다.
"둘이 잘 어울려. 닥터 하워드 좋은 사람이니 잘 해봐!"

오늘 밤은 파드로를 지켜보는 일이 내게 맡겨졌다. 전에 학교에서 유리창을 산산조각으로 깨버렸던 환자로 잠들지 않는 동안은 언제나 한쪽 손을 귀에 대고 전화하는 시늉을 한다. 낮에 환자 어머니가 면회 오셨다 가셨는데 지금은 다른 남자와 재혼해서 산다는 아직 젊고 고운 그의 어머니다. 커다란 돌덩이를 가슴 한 가운데 매달고 살아가는 이들의 어머니들.
"이제 그만 가서 자야지."
새벽 4시가 되었는데도 자지 않고 복도를 연신 오락가락 배회하기에 그만 자라고 권해보지만 내 말은 들은 체 만 체다. 어머니가 다녀가신 날이면 꼭 무슨 말썽을 일으켜 왔기에 오늘 밤에는 또 무슨 일을 벌일까 겁이 나서 조심조심 달래본다. 가끔 한번 씩 복도 한쪽 벽에 걸린 거울에 새삼 자기 자신을 재발견이라도 하듯 뚫어져라 빤히 들여다보고, 심심하면 한번 씩 애꿎게 복도 한 켠 모퉁이의 수도꼭지로 가서 물마시기를 되풀이 한다.
아무리 말려도 소용이 없는 물 중독환자라서 가까이서 지켜야하지만 환자의 고집이 워낙 세서 내 말은 조금도 듣지 않는다. 파드로는 지루함을 견딜 수 없는지 한 번씩 꽥 소리 질러보기도 하고, 한쪽 다리로 서서 뱅글뱅글 제 자리 돌기를 하다 넘어질듯 휘청거리기도 한다.
"잘 시간이 훨씬 지났어. 잠이 안 오는 거야? 수면제 줄까?"
물론 아무 대답도 없다. 내 말은 귓등으로도 안 듣는 그를 어찌 할 수

없어 난 그저 그가 하는 일거수일투족을 그냥 기록할 뿐이다. 그런데 별안간 그가 벽에 붙은 거울에다 주먹질을 해 거울에 쫙 금을 내 놓은 뒤 자기 방을 향해 쏜살같이 뛰어가 방안으로 사라져버린다. 나도 급히 뒤따라 달려가면서 묻는다.

"뭘 하려는 거야? 자려는 거야?"

그는 방에 들어가기가 바쁘게 또 지난번 환자 학교에서처럼 의자를 높이 들어 올리더니 아무데나 집어던지기 시작한다. 난 지체 없이 경종을 눌렀고 그 방에서 잠자던 다른 환자들을 향해 소리쳤다.

"빨리 도망쳐! 빨리 밖으로 나가!"

방에서 잠자던 환자 중 둘은 다행히 뛰쳐나왔지만 다른 한 명은 아무리 소리쳐도 깊이 잠들었는지 꼼짝도 않는다.

"빨리 방문 닫아!"

달려 온 스태프 중 누군가 소리친다.

파드로가 복도로 뛰쳐나와 스태프들을 해칠까 염려되기 때문이다. 방문을 닫고 스태프들이 힘을 합쳐 그가 뛰쳐나오지 못하도록 모두 문을 떠밀고 있는데 다행히 페퍼 스프레이(pepper spray)와 바통(baton)을 든 병원 경찰 3명이 도착했다.

"우리가 이 환자 인수해도 되지요?"

경찰관 물음에 병동 스태프들이 그렇게 하라고 허락한다.

"방패막(shield)이 병동에 있으면 빨리 가져와요!"

환자의 안전을 위해 방패막이로 문을 둘러싸 막은 다음 환자를 무사히 방 밖으로 나오게 하는데 성공했다. 환자는 바로 격리실로 옮겨져 가죽 끈에 꽁꽁 묶이고 말았다. 다행히 다친 사람 없이 그날의 소동은 마무리되었다.

한밤중이다. 휴게실 의자에 기대 잠시 피곤한 몸을 쉬어보려는데 새벽

공기를 어지럽히며 사람 잡는 소리가 쩌렁쩌렁 병동을 울린다. 창을 통해서 한국 할머니를 보았던 아래층 병실 풍경이 고스란히 드러난다. 일회용 앞치마를 두른 스태프 여러 명이 악을 쓰며 몸부림치는 환자와 힘겹게 사투를 벌이는 광경이 선명하게 보인다.

남편에게 버림받고 자식들로부터도 잊혀져버린 가엾은 한국 할머니 모습이 떠오른다. 말도 통하지 않는 만리타국까지 와서 무슨 운명인가?

하루 24시간, 매 시간마다 칸칸이 금실 은실로 촘촘히 수 놓아가며 웃음, 울음 번갈아 짓다보면 어두운 동굴도 모두 무사히 빠져나갈 수 있으려나?

> 활활 불 태워 버린 행동
> 엉망진창 헝클어져 버린 생각
>
> 우락부락한 환자들 앞에서
> 자꾸 무기력해 지는 나
> 무엇을 어찌해야 하나?
>
> 엄숙한 밤, 희생을 배우는 밤
> 조금씩 자꾸 길을 잃는데
> 그들의 완쾌 기약은 멀기만 해
> 인간의 무기력을 더 깊이 느끼는 밤
>
> 가냘픈 생명이 이어가는
> 처량한 소곡들
> 젖줄처럼 뽀얗게
> 희미한 미래 속으로
> 화사하게 비치는
> 한 줄기 빛 찾아

29
환자의 선택

> 희망 없는
> 그들을 위해
> 작은 희망의 피리 꺼내 불다.

소문이라면 졸다가도 눈을 반짝 뜨는 나타리.
"이름은 비밀인데 옆 병동 밤 근무 간호사가 쉬는 시간이면 주차장으로 나가 한 스태프와 만나고 있어."
병동이 잠잠해 진 틈을 타서 우린 병원 내 가십을 시작한다. 환자와 스태프를 합치면 3천명이 넘고 정상이 아닌 사람들의 기상천외한 이야기니 끝이 없다. 더구나 이곳의 온갖 풍문까지 합한다면.
"정말이야?"
"그런데 그 스태프 부인이 어떻게 알았는지 그 간호사를 찾아와 따귀를 때리고 심하게 혼냈다고 해."
"나도 들었어. 하지만 한 번 든 정이 쉽게 떨쳐지겠어?"
날은 훤히 밝아 가는데 간호사실에서 은은히 흘러나오는 음악 소리와 가죽 끈에 묶여 아우성치는 환자의 비명은 인생의 희비를 역력히 보여준다.
숨 가쁘게 흘러나오는 병실의 악몽, 삶을 다시 맞춰보기 위해 애쓰는 간호사실의 바램, 매일 밤마다 우리 모두 시간의 강물을 타고 어디론가 계속 흘러가고 있다.

> 성한 사람도 아픈 사람도 한 밤에 실려 멀리 멀리
> 꾸밈없이 웃기에 아름다운 환자들
> 철없는 아이같이, 불꽃같이 뜨겁게
> 헝클어진 마음과 생각 속에 묻혀 살면서
> 화해가 무엇인지 알지 못하는 듯
> 악수라도 하듯 수시로 치고받는 환자들
> 더러는 10년 넘게 갇혀 살아온 이들
> 젊고 팔팔한 수많은 청년들
> 그들이 진정 살아있다고?

처음 '바이 초이스'(By Choice) 프로그램을 시작한다는 말을 들었을 때만 해도 스태프들은 말도 안 되는 일이라고 믿지 못 했다. 자기 몸 하나도 간수 못하는 그들이 어떻게 카드를 잃어버리지 않고 보관할 수 있단 말인가?

"나 세수했어. 봐. 나 깨끗하지?"

"빨간 펜 있어? 꼭 마크해야 돼."

"나 아침 먹었어, 빨리 마크 해줘, 빨리!"

포인트를 많이 받기 위한 환자들 노력이 신기할 만큼 기특하고 가상하다.

"에그, 이 카드 좀 봐. 만지기도 끔직해."

처음 걱정 했던 것에 비해 어떤 환자들에겐 그런 대로 일이 진행되어 갔지만 많은 환자들은 오후가 되기도 전에 카드를 분실한다. 구겨지고 바닥에 떨어뜨려 짓밟히고, 때론 어디서나 갈겨버리는 소변에 흠뻑 젖어버린 카드를 집을 때면 장갑을 끼고도 인상이 절로 찌푸려진다.

'바이 초이스'란 환자들이 무엇이든 자기 힘으로 해 보겠다는 의욕을 키

위주기 위해 시작한 병원 기획 중 하나로, 매일매일 해야 할 일 20가지가 적힌 가로 8인치 세로 4인치짜리 카드를 환자들에게 아침에 나눠주었다가 잠 자러가기 전 거둬들이는 프로그램이다. 거기에 적힌 종목을 하나씩 실행할 때마다 스태프는 잘 이행했다는 표시로 빨간 펜으로 마크를 해준다.

그 20가지라는 것이 일반인이 보기에는 정말 하찮은 일이다.

예를 들면 매 끼니를 챙겨 먹었다거나, 과외 활동에 참석했다거나, 샤워를 했다거나 등 정상인에게는 아무 일도 아닌 것들이지만 그들에게는 쉽지 않은 일로 상 받을 거리가 된다. 밤 당번 스태프는 밤마다 그 종이의 적힌 것을 컴퓨터에 넣었다가 일주일에 한번 통계를 내고 그에 대한 보상으로 환자들에게 각종 상을 준다. 상이래야 매점에서 간식을 살 수 있게 한다. 더 점수를 많이 따면 티셔츠까지도 살 수 있다.

"오늘은 여자 친구와 다시 만나 무척 기뻐. 내 여자 친구 이름이 뭔지 알아?."

키다리 환자 그랜은 자정이 지났지만 잠이 오지 않나보다.

"누군데?"

"샐리야. 내가 본 여자 중에 제일 예뻐."

병원 측에서는 화요일 저녁이면 환자들을 위해 여러 오락을 마련해 놓고 될 수 있으면 모두가 참석하도록 적극 권장하며 병동마다 사교시간을 갖는다. 그때마다 남녀 환자들은 모처럼 한곳에 모여 게임 등을 하며 재미있는 시간을 보낸다. 그랜은 거기서 만난 여자가 무척 좋았나 보다.

병원에서는 환자를 위해 바이 초이스 같은 프로그램 외에도 나름대로 환자들의 복지를 위한 여러 프로그램을 제공하고 있다. 금요일이면 함께 영화를 보고 일요일이면 교회도 간다. 여름이면 호숫가에서 바비큐를 하고 추수 감사절에 터키 행사나 크리스마스 때 크리스마스트리에 불 켜는 행사는 환자들의 즐거움 중에 하나다. 물론 그것을 즐길 수 있는 사람에 한해서.

"히틀러가 6밀리언 유태인을 죽였어! 히틀러가 6밀리언 유태인을 죽였어!"

잘 때도 헬멧을 쓰는 항상 휠체어에 앉아 있는 환자가 오늘도 같은 말을 중얼거리다 바닥에 얼굴을 쿡 찍으며 넘어진다.

"내 어머니 아버지가 히틀러에게 죽었어. 나도 죽었어. 자고 있는 게 아니야. 죽은 거라구."

내가 일으키려 다가가자 바닥에 넘어진 채 팔 하나를 불쑥 내민다. 깜짝 놀라 내가 뒤로 움찔하자 입을 뾰족이 내밀어 입 부근에 경련까지 일으키며 팔 한곳을 가리킨다.

"이거 봐. 그때 총 맞은 흉터 자국이야."

아무리 봐도 흉터가 없는데 그는 같은 얘기를 고집스럽게 되뇌인다.

"이게 그때 총 맞은 자국이라구. 난 그때 이미 죽었어. 죽은 자는 아무것도 안 먹어. 난 좀비야. 좀비."

난 서늘해진 마음으로 그의 휠체어를 일으켜 세운다.

병원에는 한 달에 한 번 환자 상태를 총 점검하는 개별 상담 프로그램이 있다. 환자의 의견을 존중하기 위해 시작된 칼 로저스라는 사람이 처음 시작한 이 프로그램은 환자와 정신과 의사, 간호사, 슈퍼바이저, 사회사업가가 한 자리에서 머리를 맞대고, 앞으로 환자치료에서 시정해야 할 부분과 문제점 등을 의논한다. 우리 병동에서도 거의 하루에 한 명 꼴로 개별 상담을 받는데 이날만은 환자도 자신의 의견을 적극적으로 내놓을 수 있다.

환자 중심의 치료 방식으로 환자 의견을 중시하겠다는 이 프로그램의 의도는 좋지만 환자를 상대로 한 이런 치료가 말처럼 그리 쉽지는 않다. 그 이유는 우선 환자들이 회의에 참석하지 않고, 또한 참석을 했다 해도 회의 중에 환상 속에 빠지거나 잠들기 일쑤다. 더러는 난동까지 부려대니 대부분의 경우 시작한지 얼마 되지 않아 파토가 나고 만다. 오늘은 회의 시작부터 킥킥대며 분위기를 망치던 닉이 시작한 지 5분도 채 되지 않았는데, 갑자기 웃음을 멈추더니 의자에서 벌떡 일어나 옆에 앉아있던 여자 소셜 워커의 목을 두 손으로 힘껏 졸라댄다.

"닉! 닉! 무슨 짓이야. 빨리 멈추지 못해!"

그 자리에 있던 스태프 모두 힘을 합쳐 간신히 그를 떼어놓고 경종 소리에 몰려온 다른 스태프들 도움으로 닉의 난폭한 돌발행동을 겨우 막았다. 느닷없이 목이 졸려 새파랗게 질린 소셜 워커 목엔 남자의 굵은 빨간 손가락 자국이 선명하다.

생각난다. 언젠가 꽤나 영리한척 하는 환자가 스태프들이 자기들에게 잘 해주지 않는다고 험상궂은 표정으로 진지하게 불평하던 말이.

"우리 때문에 정부가 이 병원에 들이는 돈이 대체 얼만데 우릴 이렇게 허술하게 대접해? 그리고 너희들은 그 돈으로 좋은 차 몰고 잘 먹고 잘 살고 있잖아? 그래도 되는 거야? 그래도 되는 거냐구?"

"커시! 커시! 킷! 킷!"

오늘도 마뉴엘은 여전히 짜증스럽게 똑같은 말을 중얼거리며 절룩거리는 다리를 끌며 복도를 배회한다. 정신을 모두 내려놓은 듯 보이는 그 옆을 지나던 환자가 중얼댄다.

"넌 늘 날 귀찮게 해. 곧 널 목 졸라 버릴 거야."

그가 한발 두발 복도를 누빌 때면 얌전하게 앉아있던 힘 못 쓰는 환자는 비실비실 뒷걸음질로 슬금슬금 자리를 피한다.

"너 거기서 뭐 하는 거야? 어서 바지 올리고 네 방으로 가지 못해?"

간호사실 옆방 창을 통해 보이는 오락실에선 젊은 환자가 바지를 아래로 내리고 간호사실 여자 스태프들을 바라보며 태연히 수음을 하다 들켜 야단맞는 중이다. 간호사실 스태프의 고함에 그 환자는 한 번 씩 웃고는 아무 일 없었다는 듯 천천히 바지를 끌어올린 후 슬그머니 자리를 뜬다.

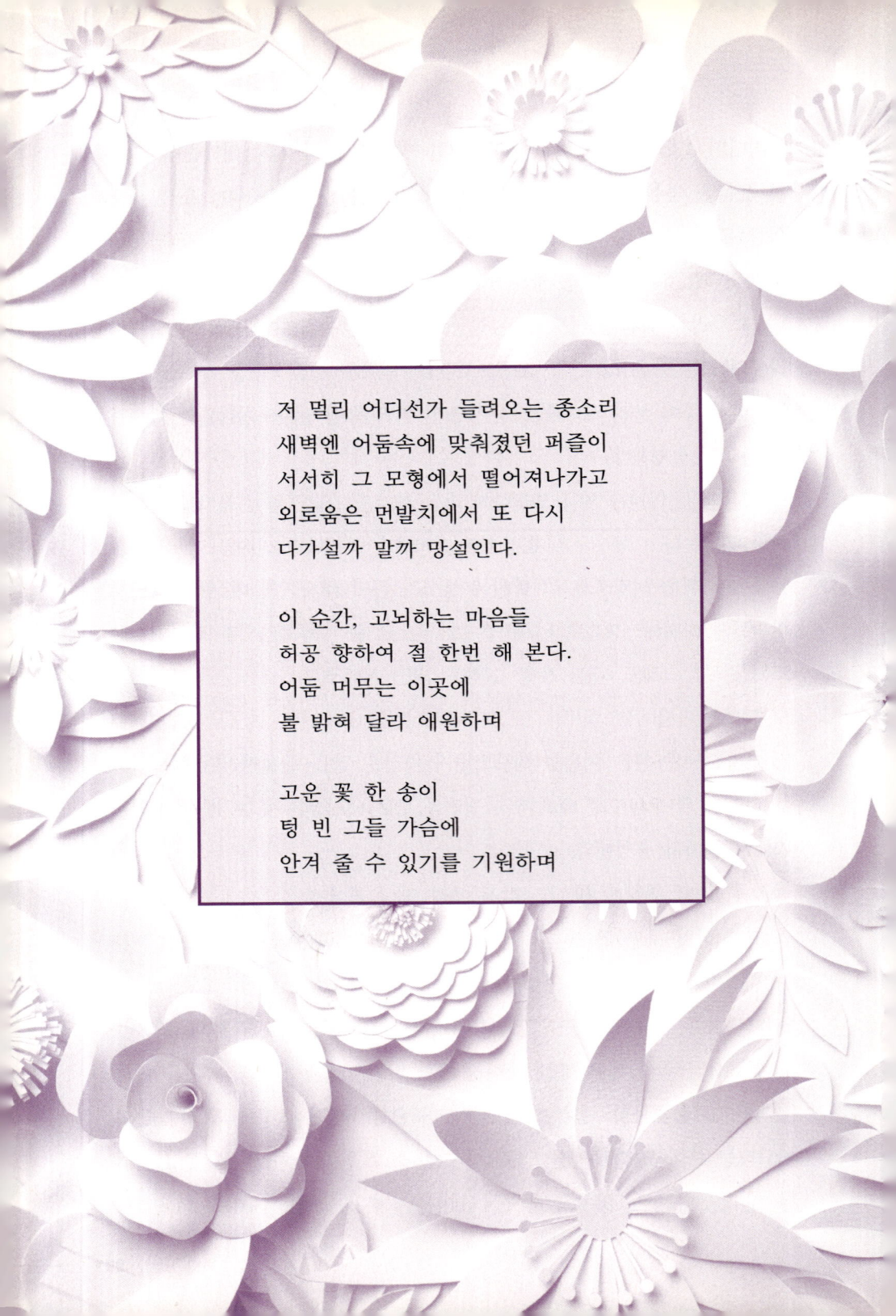

저 멀리 어디선가 들려오는 종소리
새벽엔 어둠속에 맞춰졌던 퍼즐이
서서히 그 모형에서 떨어져나가고
외로움은 먼발치에서 또 다시
다가설까 말까 망설인다.

이 순간, 고뇌하는 마음들
허공 향하여 절 한번 해 본다.
어둠 머무는 이곳에
불 밝혀 달라 애원하며

고운 꽃 한 송이
텅 빈 그들 가슴에
안겨 줄 수 있기를 기원하며

30
흔들리는 불빛들

> 그림자 길게 늘어뜨리고 걸어가면
> 그림자에도 걸려 넘어지는

옆 병동 스태프 한명이 아프다고 집으로 가는 바람에 일손이 모자란다고 해서 또 내 차례가 되었다.

"2시간만 하면 되지?"

분명하게 하기 위해 재차 확인하고 밴이 있는 옆 병동으로 간다. 그 병동은 누구에게나 친절하기로 소문난 필리핀 간호사 엘사가 근무 중이라 조금은 불편한 마음을 내려놓는다. 널 도우러 왔다니까 언제나처럼 엘사가 상냥하게 날 반겨주며 고마워한다.

"제이드, 너도 밴 알지? 지금 그 환자 5포인트라서 묶여 있어. 그 환자 좀 지켜봐 주겠어?"

"또 밴이? 이번엔 무슨 말썽을 부렸는데?"

난 놀라기도 하고 마음이 안 좋아서 절로 목소리가 커졌다.

"말도 마. 요즘은 매일 저렇게 묶여서 발버둥 치며 소리를 질러대. 그 통에 스태프들이 정신을 못 차리고 있어. 오늘은 환자 핫킨스가, 아, 너도 알지 그 환자? 시끄럽다면서 화를 버럭 내더니 밴에게 덤벼들어 심하게 때렸어."

"그래서?"

내가 놀라서 묻자 엘사는 고개를 절레절레 흔든다.

"덕분에 핫킨스는 밴한테 죽도록 맞아서 지금 막 구급차로 병원에 보내졌어."

밴에게 가보니 팔목, 발목, 허리가 가죽 끈에 꽁꽁 묶인 채 여전히 소리를 버럭버럭 질러대다가 날 힐끔 훔쳐보더니 한층 더 험상궂고 심술 맞은 표정을 지어 보인다.

"밴, 왜 또 여기 이러고 있어요?"

"배반자!"

내가 부드럽게 말을 붙이자 밴은 괘씸하다는 듯이 이를 갈며 버럭 한마디를 내지르더니 내게 침까지 탁 뱉는다.

"저리 가! 꼴도 보기 싫어! 당장 꺼져 버리란 말이야!"

밴이 목청을 높여가는 통에 당황스러워진 나는 아무 말도 더 못하고 조용히 자리에 가서 앉는다. 같은 한국인이라는 연민을 접고 밴의 상태를 15분마다 세세하게 살피며 기록하는 일에만 열중하기로 하고.

"너 왜 또 여기 있어? 무서워! 어서 꺼져 버려!"

대체 무슨 환상을 보았기에 나보기를 마치 귀신을 본 것처럼 행동하는 것일까? 나는 그의 고함이 점점 더 커지자 어리둥절해 어찌할 바를 모른다.

"귀신? 오, 오, 무서워! 빨리 사라져 버려! 어서 빨리!"

나에게 계속 귀신이라는 말을 하는 통에 난 그가 정말 무서워져서 조용히 문 앞에 세워진 스크린을 넓게 펴놓는다. 나는 밴을 볼 수 있지만 그는 날 볼 수 없도록 가리는 스크린으로 얌전하게 그를 지키기 시작한다.

처음 만났을 때는 그렇게 멀쩡하게 보였는데 이젠 알 것만 같다. '내 애인 해 줄래요?'라고 묻던 때가 떠오르고, 그가 전에 자신의 애인을 죽였다는 말이 자꾸 섬뜩하게 뇌리에 떠오른다. 왜 나더러 귀신이라고 할까? 혹시 날 자기가 죽인 옛 애인으로 착각하는 것은 아닐까? 왈칵 겁이 난다.

가슴 졸이며 시간을 본다. 겨우 2분, 다시 보면 5분, 또 다시 보면 10분,

시간은 왜 이토록 더디 가는 것일까? 귀신이라는 누명을 쓰고 환자와 신경전을 벌이며 두 시간은 그렇게 더디더디 흘렀다.

얼굴에 주름살이 번데기처럼 쪼글쪼글한 마이클은 똥으로 장난치는 것이 취미다. 불행히도 후두 반사에 이상이 있어서 음식을 삼킬 때 식도가 자주 막히는 저드(Gerd)라는 병이 있어서 먹는 기쁨마저 누릴 수 없다. 음식이 목에 걸리지 않는 특별 음식을 먹도록 세심하게 주의를 기울여야 하고, 특히 빵 같은 음식은 목에 걸리기 쉬우니 아예 주지 않고 고기도 다져서 만든 음식만 주는 등 매 끼니마다 스태프가 가까이서 그를 지킨다.

자주 그렇듯 난 오늘도 잔업에 걸렸다.

아침 식사 시간이 지난 지 얼마 되지 않아 병동이 혼잡한 가운데 경종이 요란하게 울린다. 스태프들과 함께 달려가 보니 데이 홀에 얼굴이 새파랗게 질린 마이클이 곧 숨이 꼴깍 넘어갈듯 애를 쓰며 두 손을 위로 들고 무엇을 잡아보려는 듯 허우적거린다. 먼저 달려간 도날드가 마이클의 뒤로 가서 두 팔을 그의 허리에 두르고 응급치료를 시작하고 누군가가 급히 소리 지른다.

"누가 911 불렀어?"

"빨리 크래시 카트(crash cart) 갖고 와!"

마이클의 얼굴색은 파랗다 못해 죽은 사람처럼 시커멓다.

놀란 스태프들이 환자 주위를 둘러싸고 온갖 고함을 지르며 점점 더 수선스럽게 허둥대는데 무리 중에 누군가 소리친다.

"등을 세게 쳐 봐!"

스태프 한 명이 넓은 손바닥으로 마이클의 등을 철퍼덕 소리가 나도록 세게 한번 치자 마이클의 입에서 큼직한 빵 한 조각이 툭 튀어 나온다. 동시에 모여 있던 사람들이 안도의 함성을 지르고 마이클의 얼굴빛에도 핏기가 돌아온다. 살아난 한 생명에 감사하며 그곳에 있던 모두가 끌어안으며 자연스레 감사와 기쁨을 나눈다. 하룻밤에도 몇 번 씩 천국과 지옥을 오가는 곳, 그토록 감시를 하는데 대체 마이클은 그 빵 조각을 어디서 구했을까? 금방이라도 죽어버릴 것 같이 새파랗게 질렸던 마이클이 정신 차리기가 무섭게 으르렁거린다. 그런 마이클을 보며 우린 모두 한바탕 웃을 수밖에.

언제 나타났는지 마뉴엘이 웅성거리는 무리 가운데를 비집고 지나가면서 자기 앞길을 가로 막는다고 팔을 휘저으며 인상을 잔뜩 쓴다.

"커시! 커시! 킷! 킷"

매일처럼 발로 바닥을 쿵쿵 내리찍으며 미쳤다고 미친 짓을 멈추라는 호령과 함께 비틀비틀 복도 아래쪽으로 걸어간다.

"이번엔 정말 큰일 날 뻔했어."

"무슨 일 났으면 그 책임은 또 어쩔 뻔했어?"

스태프들은 흩어져 제 자리로 돌아가면서 긴장했던 숨을 몰아쉰다.

"나, 오리건 가도 돼?"

환자들의 의미 없는 중얼거림은 우리도 죽지 않고 살아있다는 표시일까?

여러 사건들이 매일 매일 혼돈스럽게 지나간다. 낮에 잠을 잤다 해도 계속되는 오버타임으로 늘 잠이 부족한데 또 다시 야간근무를 준비해야 하는 몸이 천근만근 무겁다.

만물이 차분히 날개를 접는 온 세상이 고요히 잠드는 밤, 다행히도 유니폼을 입고 집을 나서는 순간 잠이 확 깨어 버린다. 아니 신선한 밤공기가 폐 깊숙이 스며들며 원기가 재충전된다. 자동차 핸들을 잡고 일터로 향할 때면 깊은 감상에 젖기도 하지만 오늘은 누군가는 꼭 치유되도록 노력하리라 새로운 각오도 인다.

가로등은 묵묵히 밤거리를 밝히는데 유독 오늘 밤은 유난히도 달빛이 처량하다. 드문드문 창에서 비쳐 나오는 은은한 불빛, 그 안의 가족들의 포근한 사랑이 얼비쳐 보인다. 거리의 크리스마스 장식은 누가 보아주든 말든 밤하늘에 반짝인다.

밤마다 이 길을 달릴 때면 난 밤의 오묘함을 표현할 길을 찾지 못해 늘 목마르다. 밤의 고요, 어둠속에서의 생명은 더욱 영롱히 빛난다. 온 천지는 하나가 되어 시기도 경쟁도 없이 한 마음 한 몸이 된 듯 편안함을 안겨준다. 어머니의 자장가가 은은하게 들려올 것 같은 고즈넉하고 가슴 따뜻해지는 밤.

이 길 다른 한쪽에는 지금 날 기다리는 또 다른 세상이 점점 가까워진다. 오늘따라 병원 정원 한편에 우뚝 세워진 크리스마스트리가 반짝이며 내 눈길을 끈다. 지금 병동 안에서 혼동하고 있는 환자들과는 상관도 없다는 듯, 제 맥박에 맞춰 규칙적으로 반짝이고 있다.

정녕 여기도 크리스마스는 찾아오는구나!

"메리 크리스마스!"

이 밤이라고 무엇이 다르랴만 진흙탕 속에도 스태프들 모두 크리스마스 기분을 낸다. 그래, 메리 크리스마스!

간호사실 테이블 위에는 크리스마스 캔디 박스에 빨간 줄 파란 줄이 그어진 동그란 박하사탕이 가득하고, 조그만 크리스마스트리도 제법 그 빛을 발하고 있다.

"오늘은 웬일로 복도 분위기가 이렇게 조용해?"

"모두 크리스마스트리에 불붙이는 행사에 다녀와서 축 늘어져 있어."

우리는 조용한 것에 익숙하지 않아 불안한 마음과 안도의 마음으로 모처럼 주어진 평화를 기뻐한다. 하지만 성탄절이라도 예외는 없다는 듯 밖에는 긴급한 경찰차의 요란한 사이렌 소리 앰뷸런스 소리가 밤공기를 뒤흔든다.

새벽이 가까울 즈음 슈퍼바이저가 각 병동을 돌면서 슬픈 소식을 전한다. 철조망 안 한 병동에서 일어난 환자의 자살 뉴스다.

홀리데이만 되면 뒤숭숭해진 환자들이 심심찮게 자살을 하는 것이 이곳의 특징이기도 하다

"어제도 신나게 떠들며 놀았다는데 잠자리에 든 지 얼마 지나지 않아 죽었데."

"어떻게 죽었는데?"

"홑이불을 찢어 줄을 만들고 그걸로 목 졸라 죽었는데 회진 중에 발견했다나봐."

"며칠 전부터 자기가 가진 물건들을 다른 환자들에게 나눠준 것도 수상하고."

"그때 이미 죽을 결심했다는 거네."

한 사람이 목숨을 끊은 얘기가 스태프들 사이에 별 감정 없이 가볍게 오간다. 미리 작정한 자살, 일시적 충동에 의한 자살, 겁을 주느라 자살 연극을 흉내 내 보이는 경우 등 이곳에서 자살에 대한 이야기는 끝도 없다.

우울증의 극단적인 표현으로 의도적으로 자신의 생명을 끊으려고 시도하는 행동은 대부분 미수에 그칠 뿐 이처럼 죽는 경우는 흔치 않다.

스스로를 상하게 하려는 의도뿐 아니라 실망이나 분노 등 복잡한 감정을 극단적으로 표현하는 자살, 세계 건강 보고에 의하면 그 중 1/3 은 나이 겨우 14 세에서 25 세이고 65 세 넘은 사람의 자살률이 제일 높다고 한다. 자살은 망상 등 정신질환이나 가족 내력 등도 이유가 되는데 정신병원에서도 천 명 중 14명 정도가 자살을 한다니 작은 수가 아니다. 정신질환자가 병원에서 막 퇴원한 후에 제일 많이 자살한다는 연구 결과도 있다. 얼마 전

에도 어렵게 병원에서 퇴원한 환자가 스스로 목숨을 끊었다.

그는 왜 누구를 위해 자기존재를 포기하고 이 세상과 영원한 결별을 한 것일까? 충동적이었을까 아니면 절실한 요구를 알리는 긴급한 신호였을까? 나는 일하는 내내 어젯밤 세상을 등진 얼굴 모르는 그에게로 생각이 멈춰 있다.

'보고 싶은데 내일 잠깐이라도 꼭 만나. 연락 기다릴게.'
메시지 박스에 찰스가 남겨놓은 쪽지를 보니 슬픈 마음에 위로가 된다.
낮에 환자를 구타하는 바람에 가죽 끈 잠금은 면했지만 격리실로 들어갔던 환자가 소변기에 소변을 본 후 그걸 다 마셔 버렸다.
"너 정말 미쳤어?"
문 밖에서 그를 지키던 스태프가 놀라 소리를 지르지만 이곳에선 가끔 있는 일이다.
"뭐, 어때? 자기 소변인데."
곁에 있던 스태프가 아무렇지도 않게 던진 한 마디에 스태프 모두 한바탕 웃는다. 긴장해야 할 이런 상황에 인간에게 웃음이라도 없었다면 우린 어찌 살 수 있었을까?
크리스마스이브도 여느 때 같이 시계추에 실려 똑딱똑딱 지나간다. 살짝 빛이 스며드는 새벽, 잠시 피곤한 다리를 쉬어 보려는데 찰스가 간호사실로 불쑥 들어온다.
"메리 크리스마스!"
"어떻게 이 시간에?"
"난 알지. 제이드 보고 싶어 왔겠지?"
"너무 보고 싶어 참을 수 없었나봐."
스태프들이 찰스에게 인사하며 한 마디씩 놀리며 킥킥거린다.

찰스는 눈짓으로 휴게실에서 잠시 보자는 신호를 나에게 보내더니 복도로 걸어 나간다. 그렇지 않아도 찰스에게 저녁을 할 수 있는지 물어보려던 참인데 정신이 없어 시간을 놓쳤었다.

"메리 크리스마스!"

휴게실에서 만난 찰스는 콧노래와 함께 무엇인가를 등 뒤에 숨겼다가 내게 불쑥 내민다. 생각지도 않은 곱게 포장된 선물을 받고 나는 어쩔 줄 몰라 머뭇거린다. 깎지 않은 수염이 그의 턱 부위로 송송 솟은 것이 조금 더 믿음직하고 남자다워 보인다.

"팔 아파. 빨리 받아."

"어쩌죠? 전 아무것도 준비 못했는데."

"괜찮아. 앞으로 살면서 선물 많이 주면 되잖아."

나는 쿵쿵거리는 가슴으로 그의 선물을 받는다.

"이번 크리스마스엔 제이드가 있어서 참 기뻐."

얼굴에 정말 행복한 표정이 가득하다.

고마운 마음을 가득안고 예쁜 금색 포장에 곱게 싸인 금빛 보석 상자를 열어보니 한 눈에 봐도 값나가는 색깔 고운 제이드 목걸이가 들어있다.

내 이름이 어떻게 제이드가 되었냐고 찰스가 물어본 적이 있다. 아버지는 내 이름을 옥이라고 지어주셨다. 덕분에 자라면서 사람들로부터 이름이 예쁘다는 소리를 많이 들었다.

중국, 미국 등과 무역을 하던 아버지는 중국에 다녀오시면 어머니에게 한국에서는 비취라는 이름으로 알려진 예쁜 옥을 선물해 어머니는 그걸 모으셨다. 어린 나이에 보아도 하도 예뻐서 나도 옥을 달라고 떼를 쓰면 어머니는 내 성화에 못 이겨 내 손에 끼어주시나 목에 걸어주곤 했다. 훗날 옥이 동양에서 가장 귀한 보석이고 행운을 상징한다는 것을 알았고 인류최초로 치장한 보석이 옥이라는 것도 알았다. 내 이름의 의미를 덧붙이던 시절이다.

옛날에는 옥이 귀해 황실에서만 사용했고 황실의 권위를 상징하기도 했다는 것도 알았다. 그래서 왕이 사용하는 의자는 옥좌(玉座), 왕이 사용하는 도장이 옥쇄(玉碎), 귀한 아들은 옥동자(玉童子)라고 했다는 사실도 나를 우쭐하게 했다. 예기(禮記)에는 "군자는 덕을 닦기를 옥과 같이하라"는 말이 있는데 옥은 쳐다보기만 해도 마음이 맑아진다고 해서 잠에서 깨어난 후와 잠들기 전에 얼마간 응시하면서 묵상하는 선비도 많았다는 것이다.

내가 옥에 대한 이야기들을 들려주며 내 이름에 대한 자부심과 아버지에 대한 감사를 이야기 해주자 찰스는 정말 행복한 표정을 지었다.

옥에서 나오는 기와 인체의 기 파동이 같아서 건강에 도움을 준다는 것과 17세기에 스페인 사람이 중국에서 장기질병치료에 옥을 갈아 먹는 것을 보고 유럽에 들여와 사용하면서 제이드라고 이름 지었다는 사실은 사람의 인체와 질병에 관심이 많던 나를 흥미진진하게 했다.

"정말 난 당신 이름이 마음에 들어."

"저두요. 누가 제 이름을 부르면 아버지 생각이 나요. 무엇보다 옥이 건강증진과 질병치료에도 사용한다는 것을 알고 나니 나를 만난 환자들이 빨리 쾌유해서 이곳을 나갔으면 하는 바램도 담긴 것 같아 좋아요."

내 이름만 생각해도 이곳에서 일하는 일이 운명처럼 생각되기도 한다.

"어머! 어머! 너무 예뻐요."

나는 목걸이를 받고 어릴 적 추억이 떠올라 어린애처럼 깡충깡충 뛰며 그를 왈칵 끌어안았다.

따스한 찰스. 찰스는 내가 기뻐하는 모습에 연신 싱글벙글이다.

"어머니가 찰스 얘기 하셨어요. 크리스마슨데 찰스가 혼자 지내는 거 아니냐고 하시며 저녁 함께 할 수 있는지 물어보라고요."

"물론 함께 시간 보내고 싶지."

"그럼 오늘 저녁 어때요?"

"좋지. 좋아. 몇 시까지 가면 될까?"

"5시쯤?"

"오케이."

"어머니가 만드신 김치가 맛있게 익었어요. 다른 반찬은 불평 안 하기에요."

"맛있는 김치! 난 그거면 족해"

내가 엄살을 부리자 그가 물론이라며 고개를 끄덕인다.

찰스는 나를 힘 있게 꼭 껴 안아주곤 서둘러 일터로 돌아간다.

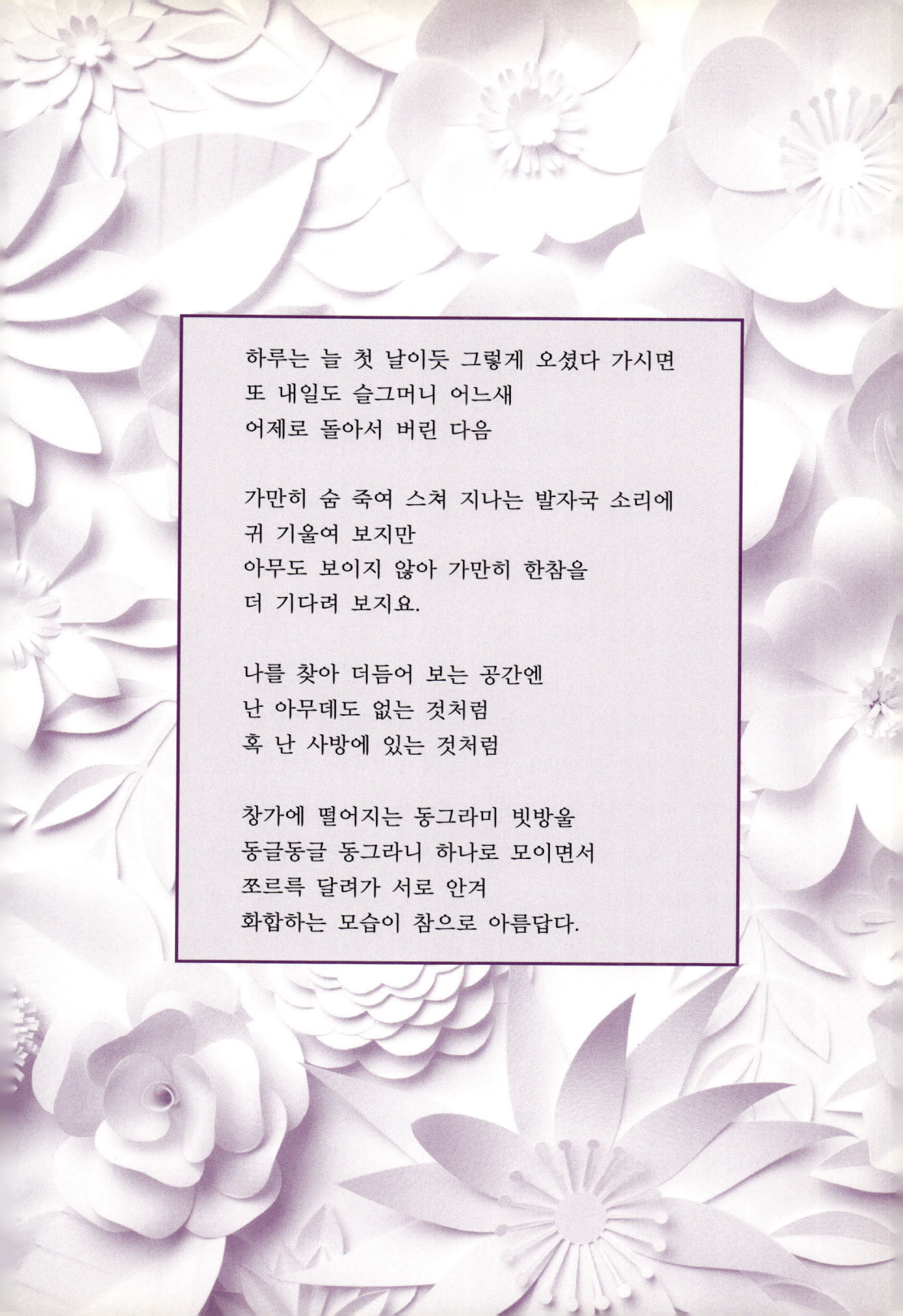

하루는 늘 첫 날이듯 그렇게 오셨다 가시면
또 내일도 슬그머니 어느새
어제로 돌아서 버린 다음

가만히 숨 죽여 스쳐 지나는 발자국 소리에
귀 기울여 보지만
아무도 보이지 않아 가만히 한참을
더 기다려 보지요.

나를 찾아 더듬어 보는 공간엔
난 아무데도 없는 것처럼
혹 난 사방에 있는 것처럼

창가에 떨어지는 동그라미 빗방울
동글동글 동그라니 하나로 모이면서
쪼르륵 달려가 서로 안겨
화합하는 모습이 참으로 아름답다.

31
크리스마스

> 흰 서리 이불 덮고
> 하이얀 꿈이
> 지금 푸른 강을 건너고 있네.

"넌 어떠냐? 찰스 말이다."

"좋은 사람이에요."

"그렇지? 내가 보기에도 그래. 생김새도 그렇고. 그런데 너무 외로운 사람이라 좀 그렇지?"

전번엔 저녁 대접이 보잘것없었어서 이번엔 성심껏 성탄절 저녁 식사 준비로 우린 분주하게 움직였다. 문 입구에 조그마한 크리스마스트리도 예쁘게 세워놓아 반짝 반짝이니 동심으로 돌아간 듯 마음이 설렌다. 그를 기쁘게 해 줘야지 하는 생각에 그에게서 받은 목걸이를 걸고 크리스마스 분위기를 내기 위해 빨간 드레스를 차려입는다. 어머니도 산타가 썰매를 끄는 흰 눈송이가 날리는 빨간 스웨터를 입으셨다. 약속 시간보다 좀 일찍 그가 빨간색 포인세티아 화분 하나를 들고 깔끔하게 초록색 스웨터를 차려입은 멋진 모습으로 우리 앞에 나타났다.

"어서 와요."

포인세티아 화분을 내려놓은 다음 그는 두 팔로 환영하는 어머니 어깨를 감싸며 포옹한다. 크리스마스 칼라로 어우러진 우리가 크리스마스 분위기를 북돋운다.

"꽃 고마워요."

"제이드와 잘 어울리잖아."

찰스는 자기 스웨터를 가리키며 나에게 의미 있는 미소를 보낸다.

"와~ 이 맛있는 냄새!"

찰스는 배고픈 시늉을 하며 배를 쓰다듬자 어머니의 발길이 부산해진다. 상 앞에서 어머니는 찰스가 차린 음식을 골고루 먹어 줘서 고마우신 듯 이것저것 그의 앞에 음식을 갖다놓으며 사랑스런 눈빛으로 그를 바라보신다. 찰스 또한 어머니의 사랑이 느껴지는 듯 어쩔 줄 몰라 쩔쩔매며 황송해 한다. 식사를 하는 동안 찰스가 몇 번이고 감탄사를 연발하자 어머님 기분이 좋아지신다.

"부모님 한 번 찾아보면 어때요?"

식사 중 어머님은 찰스에게 전처럼 친 부모님 찾기를 권하신다.

"언젠가 입양아 협회에 신청해 볼까 생각하고 있어요."

"그래요. 저도 도울게요."

나도 그에게 용기를 보태주자 그가 엄지를 치켜들며 고맙다는 표시를 한다.

"음식이 정말 맛있어요. 고맙습니다."

그는 진정으로 고마운 표정이다. 어머니의 자상한 사랑을 받아 본적이 없었을 테니 당연할 터다.

"어려워 말고 한국음식 생각날 때면 자주 와요."

"정말이요? 그럼 저 매일 오고 싶어요. 그래도 괜찮겠어요?"

"그래요 그럼 우리도 덜 심심하고."

어머니가 맞장구를 치자 찰스는 신이 난다.

"어머니 고맙습니다. 덕분에 난생 처음 즐거운 크리스마스이브를 보냈어요."

아파트 정원 주위로 알록달록 크리스마스 장식이 유별나게 반짝여 황홀한 초록 빛살을 멀리 흩어놓는다. 찰스가 나 들으라는 듯 중얼거린다.

"온 세상이 아름다운 제이드로 수놓은 것 같아."

바깥 날씨가 제법 쌀쌀하지만 오히려 공기는 신선하다. 내 앞에 무엇이 와도 무서울 게 없을 것 같은 자신감이 든다. 찰스는 그의 팔을 내 어깨에 둘러 그의 가슴으로 끌어다가 포근히 감싸준다. 한순간 서로의 가슴 뛰는 박동을 전해 받으며 온 세상이 멈춰버린 듯 꿈같은 아련함으로 빠져드는데 찰스가 속삭인다.

"오늘 고마웠어. 어머니와 함께 살 수 있으니 제이드는 복 많은 사람이야."

그는 헤어지기 전 나의 뺨에 살짝 입맞춤 하고 그를 실은 차는 어둠 속으로 사라져 간다. 난 집으로 들어가기 전 한참을 아파트 주위를 혼자 걸으며 생각에 잠긴다. 그가 바라는 소박한 가정에 대하여.

나도 그를 좋아하고 있는 것이 분명해, 라고 확신하며 쌀랑한 공기를 전신에 받으며 한 걸음 한 걸음 생각에 잠겨 걷는다.

'어쩌면 나에겐 삶의 다음 단계로 들어설 용기가 항시 부족해. 그래 용감하게 내 삶의 다음 단계로 한 발짝 더 나아가 볼까?'

혼자 입속말을 중얼거리자 미처 몰랐던 기쁨이 가슴에 출렁인다. 눈앞에 봉긋봉긋 아리따운 꽃송이가 송이송이 피어난 듯, 하늘에 총총히 빛나는 별님들이 내 앞으로 불쑥 다가온 듯, 앞으로 어머니와 찰스 그리고 환자들을 위해 더욱 열심히 그리고 행복하게 살리라.

누구, 찬란한 슬픔을 아시나요?
내 그릇이 사랑 담기엔
내 그릇이 너무 작을 때

누구, 찬란한 슬픔을 보셨나요?
빛살이 내 젖은 눈가에 빛일 때

누구, 찬란한 슬픔을 느꼈나요?
황혼 빛이 내 눈을 적실 때

찬란한 슬픔은
살을 에이는 혹한에
눈부신 서리꽃처럼

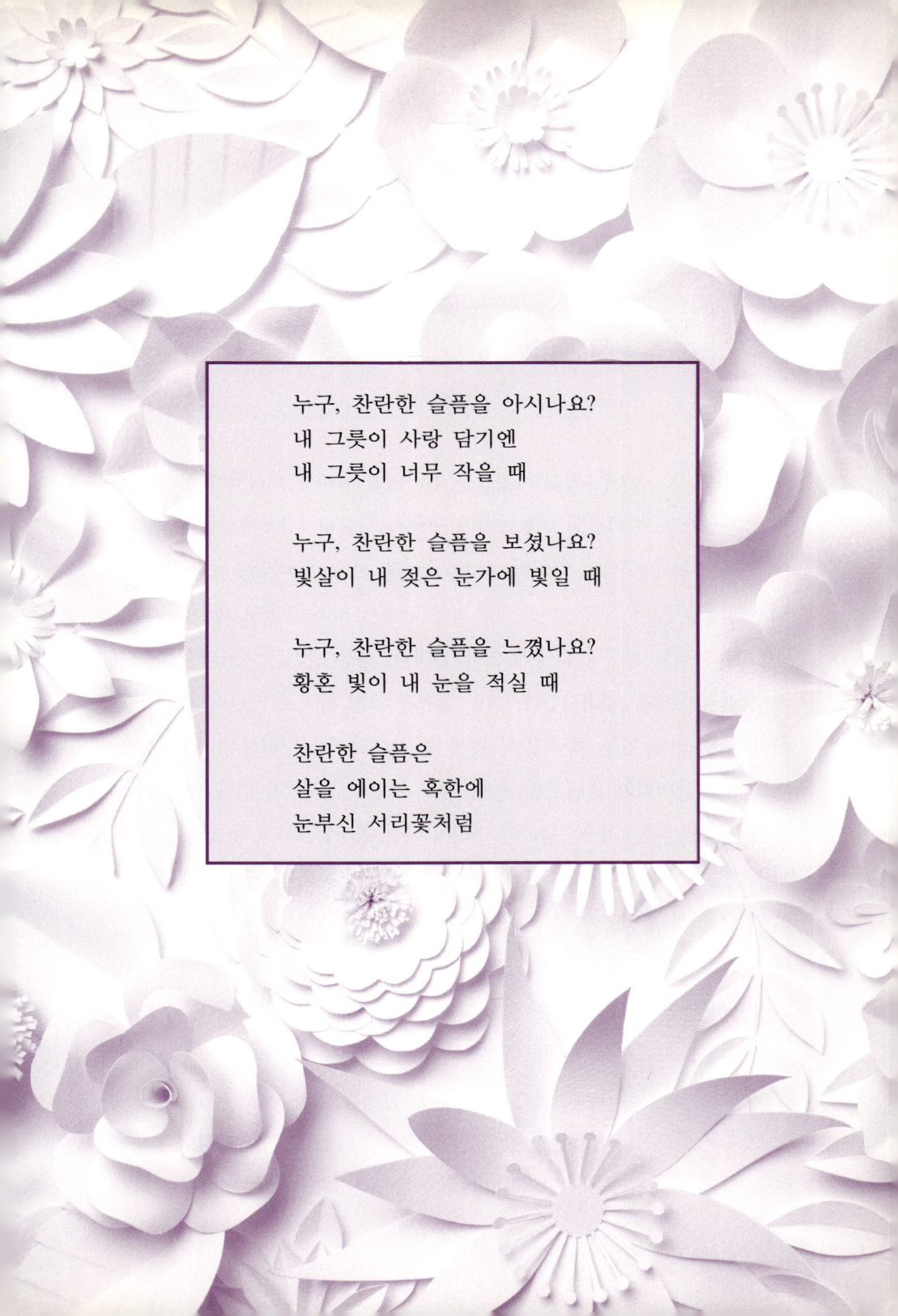

32
기도하는 손

> 시간과 영원 사이에 망설이며 살아가는 영혼들.

환자 래리는 언제나처럼 아침밥을 건너뛰고 열시가 되어서야 하얗게 파리한 모습으로 쓰러질듯 비틀거리며 방에서 나온다. 간호사실에서 내다보이는 복도 한쪽 구석에 맥없이 두 다리를 쭉 펴고 찬 바닥에 주저앉아, 귀에 이어폰을 갖다 대고 늘 그렇듯 음악 감상에 빠져 꼼짝도 않는다.

오늘 아침도 한동안 그렇게 앉아 있더니, 웬걸 별안간 지나가던 환자에게 달려들어 뺨을 후려갈긴다. 이런 행동은 그의 특기로 가만히 있다가 심심하면 한 번씩 아무 예고 없이 옆에 보이는 누구나 구타해 버리는 못 된 버릇이다. 난데없이 얻어맞은 환자, 결코 가만히 있을 리 없다. 복수로 세게 주먹질을 되돌려주니, 결국엔 자신이 다른 환자들로부터 두들겨 맞은 매가 더 많아 된통 혼쭐이 더 난다. 똑같은 일이 반복되는데도 왜 래리는 꼭 그런 일을 꼭 벌이고야 마는 것일까?

연신 아무거나 주워 삼켜 사고를 내던 중국 청년이 이번에도 역시 무언가 큰 이물질을 삼켜버린 탓에 급히 외부 큰 병원으로 옮겨졌다. 수술 후 다른 병동으로 옮겨질 것이라니 그의 쾌유를 간절히 빈다.

저 만큼 떨어진 곳에서는 강제 망상증 환자가 금방 손을 씻고도 또 씻고 씻기를 반복한다. 이미 열 번도 넘게 되풀이 하는 모습을 지켜보며 나는 문득 정신 병원 간호사로서의 내 의무와 감정은 과연 어떤 것이어야 하는

지 되돌아본다. 믿음으로? 사랑으로? 하지만 그것만으로는 모자란다. 너무 가까이 다가 갈수도, 그렇다고 너무 멀리서도 아닌 꼭 어느 지점에서 그들 마음을 읽으며 도와줄 수밖에 없는 것이 병원 측 요구이고 내 한계다.

우울했다가 순식간에 열광적으로 변해 버리는 조울증, 우울증 환자들, 정신분열병의 주요 원인은 신경전달 물질의 균형에 이상이 생기거나 대뇌 구조나 기능에 이상이 생긴 탓이라고 한다. 유전적인 이유도 무시할 수 없고 비이상적으로 신경이 증식하거나 환경이나 사회문화적인 요인도 있다고 한다. 어찌해서 이들은 이런 요인에 걸려 외딴 섬에 갇혀 살아야 하는가?

환자들 사이를 그럴듯하게 뚫고 복도를 누비며 다니던 한 환자가 그럴 듯한 낮은 목소리로 외친다.

"난 예수야. 너희가 못 박은 예수! 알아?"

이곳에는 예수도 많고 미국 역대 대통령은 물론 세계적으로 유명한 인사들도 많다.

다시 돌아온 일요일, 또 과외 근무로 시작하는 아침 병동.

간호사실 창에 붙어있는 종이에 꾸불꾸불한 글 솜씨로 이름 몇 개가 적혀 있다.

"오늘 아침에 누가 누가 교회 갈 거야?"

"로리 여기다 이름 적어."

게으름을 피울 수도 있는데 교회에 간다는 그들이 특별히 기특하다. 병동 밖으로 나가는 문 앞엔 교회로 가기 위해 대 여섯 명의 환자가 줄을 서서 기다린다. 잠깐도 지루한 듯 서로 툭툭 치더니 어느 틈에 소리 높여 다툰다.

"쉿! 조용히 해. 싸우면 하늘나라에 갈수 없어."

스태프의 한 마디에 모두 조용해진다.

교회라야 바로 아래층 복도 옆에 붙은 방 하나를 예배실로 쓰고 있다. 다른 스태프들과 함께 환자를 인솔해 가니 거기엔 이미 다른 병동 스태프들과 모인 환자들이 수군거리고 있다. 목사님의 기도가 막 시작 되었을 때 환자 한 명이 자리에서 벌떡 일어나 손을 높이 들고 큰 소리로 외친다.

"아멘!"

목사님 설교 중에 멋대로 걸어 다니는 환자 수가 점점 늘어나는 통에 스태프들은 자기 병동 환자들을 제자리로 끌어다 앉히느라 진땀을 흘리고 예배시간은 점점 더 소란스러워진다. 나도 앉을 틈 없이 환자 뒤를 따르느라 설교는 고사하고 예배가 끝날 때까지 경황이 없다. 그나마 큰 사건이나 다툼이나 구타 없이 예배를 끝낼 수 있어 축복이란 생각이 든다.

정오 쯤 찰스가 병동에 왔다.

"제이드, 점심은 했어?"

"아니요. 아직."

"시간되면 병원 옆 레스토랑에 갈까?"

우린 잠깐이라도 밖에서 만나기로 하고 가까운 데니스 레스토랑으로 갔다. 점심시간이 길지 않아 서둘러 음식을 주문한 후 그는 내 옆 자리에 와 앉는다. 난 제이드의 어깨에 손을 얹어 사랑스런 아이에게 하듯 가볍게 어깨를 토닥거린다. 난 지난번 일이 마음에 걸려 나도 모르게 음식 나오길 기다리는 동안 정신병원에서 가끔 눈에 띄는 환자 학대에 대한 이야기를 하고 말았다.

"스태프가 이유 없이 환자를 구타하는 것을 제이드가 직접 보았다고?"

"벌써 알고 있었어요?"

"이런 문제는 솔직히 골치가 아프지. 그러니 그래선 안 되지만 스태프들도 보고서 못 본 척 눈감아 버리는 거고."

"캔은 정말 너무 했어요. 잠든 환자를 사정없이 구타했으니까요."

"스태프 중엔 마치 감옥에서 죄인 다루는 간수처럼 우락부락한 스태프들이 많지. 어쨌든 제이드 용감하게 참 잘했어. 그들 행동이 과하다 싶으면 사정없이 보고해야 해."

"슈퍼바이저에게 다른 간호사와 함께 곧 바로 보고했지만 벌주기는커녕 반대로 아침반 책임자로 올려놓더라고요. 그래서 혼돈스러워요."

"슈퍼바이저가 왜 그랬는지 나도 이해가 안 가."

찰스의 말에 내가 한숨을 쉬었다.

"정신병원이나 양로원의 빈번한 학대 사건이 5명중 1명꼴로 보고되고 있지. 얼마 전 동부의 한 기관에서는 스태프들이 환자를 무자비하게 학대하고 누구도 보고를 안 했는데 그걸 눈치 챈 가족 200명 이상이 무더기로 들고 일어났지."

찰스는 내 기분을 이해한다며 위로가 될 말을 한다.

"그래요? 몰랐어요."

"신고 받은 경찰관들이 몰래 카메라를 설치해 결국 스태프 모두 꼼짝 못하고 들켰어. 그 중 4명은 법정형을 받았고 눈감아준 40여명은 직장에서 쫓겨났지. 환자 모두 다른 곳으로 옮겨지는 바람에 그 기관도 결국은 문을 닫았고."

우린 잠시 침묵하며 각자 생각에 잠긴다.

스태프 중에는 일하는 중에 다쳤다고 온 컴(On Com)이라며 일 년 중 반년 밖에 일을 안 하는 스태프들이 꽤 있다. 환자 때문에 옛날에 다친 것이 아파 일하기 힘들다고 봉급은 받으면서 직장을 쉬는데 문제는 그런 스태프들이 너무 많다는 것이다.

"보기엔 대단히 다친 것 같지 않은데도 아프다고 불평하며 일을 쉬어요."

"본인이 그렇다는 데 누가 뭐라 할 수 있겠어?"

"문제는 그렇게 꾀를 부리는 스태프가 늘 같은 스태프라는 거지요."

정신병원에서 환자 때문에 다치는 비율이 매년 높아지고 있다는 것은 주지할 만한 사실이다. 하지만 어떻게 보면 일부러 환자가 가볍게 때려서 오히려 다치게 해 주기를 바라는 것처럼 보이는 적도 있다. 난 이 말을 하려다 입을 닫았다.

"아이고, 어쩌다보니 제가 또 쓸데없이 병원 이야기를 하고 말았네요."

"그러게. 병원 일은 잊고 어서 먹지."

찰스는 내가 안타까운지 포크를 손에 들려준다.

"그건 그렇고 내가 지난번에 한 말 생각해 보았어?"

어머님을 모시고 함께 살고 싶다는 말, 결혼을 가리키는 말이다.

"저도 찰스가 많이 좋아요. 그런데 결혼에는 아직 자신이 없어요."

내가 잠시 머뭇거리다 나도 많이 좋아한다는 말을 하자 찰스가 행복하게 웃으며 답한다.

"됐어. 급한 거 아니니 우리 다음에 또 이야기 해. 그리고 학대보고서 제출에 도움이 필요하면 언제든 도와줄게."

"고마워요. 아직 어떻게 해야 할 지 잘 모르겠어요."

짧으나마 모처럼 함께 행복한 점심을 함께 한 우리는 웃으며 자리에서 일어난다. 음식점을 나올 때 자줏빛 찰스의 티셔츠 때문인지 따뜻해 보이는 그의 눈빛을 보며 난 그의 손안에 잡힌 손을 장난기 섞어 위 아래로 높게 흔든다. 찰스가 내 얼굴을 사랑스럽게 바라보며 행복한 미소를 지어 보인다.

가슴에 숨은 사랑은 잔잔한 물결이 되어 찰랑이다 즐거운 노래가 된다. 사랑하는 사람이 있다는 것이 이토록 기쁨이라는 것을 난 요즘 새롭게 알아가는 중이다. 그를 생각하면 가슴이 훈훈해지기도 알싸해 지기도 하면서 가슴 깊은 곳에서 기도가 절로 나온다.

다시 돌아온 병동.
급할 것이라고는 결코 없는 이곳에서 마치 급한 사무라도 있는 것처럼 팔자걸음으로, 제멋에 겨워 덩실덩실 어깨춤을 추듯 급히 복도를 오르락내리락 하는 환자 호세. 때때로 머리를 긁적이고 히죽히죽 웃으며 온 힘을 다해 열심히 복도를 걸어가는 그는 대체 무슨 생각을 하고 있는 것일까? 혹 자신이 그토록 찾아 헤매는 무엇인가를 발견한 것일까? 아니면 자신이 그토록 그리워하던 누군가를 만나러 가는 길인가?

때론 팔을 높이 올려 손짓까지 하며 오른쪽 왼쪽 힘없이 흔들흔들 거리는 팔, 절룩절룩 대는 두 다리로 무엇이 그를 부르기에 저리도 급히 어디로 가는 걸까? 이히히……. 무엇이 그리도 재미있고 우습기에 저토록 킥킥거리는 걸까? 진정 그는 지금 저만큼 행복할까? 모든 것에서 마음을 비워 버린 자의 행복은 저런 모습일까? 나는 하루에도 수십 번씩 온갖 질문을 나에게 던진다.

복도 저 끝 햇살 비추는 창문까지 부지런히 활개 쳐 걸어가지만 그의 길은 거기까지가 한계다. 오직 거기까지가.

그래 아무려면 어때. 저렇게 행복하면 됐지. 이때 간호사인 나는 "브라보!"라고 소리 높여 찬사를 보내야 하나?

겨울이 오면 노인 환자들은 자주 감기에 걸리고 그러다 폐렴에 걸려 생명을 잃는 수가 많다. 아래층 한국 할머니도 운 나쁘게 그 중에 한 분이 되었다. 타국 정신병동에서 비통한 삶을 마감하고 결국 저 세상으로 떠나셨다.

정신분열증(schizopherenia)은 그리스어로 '분열'을 뜻하는 schizo와 '정신의'를 뜻하는 pherenia의 합성어다. 나는 정신이 온통 분열된 사람들과 매일 함께 하며 수많은 질문에 휩싸인다.

고대와 중세 때 정신분열증 환자는 악마에 사로 잡힌 사람으로 취급해 치료보다는 가두고 악마를 내쫓는 일에 주력해서 심한 경우에는 화형까지 당했다고 한다. 우리에게는 아직도 환자의 마음을 읽어낼 인내심이 없는 것일까?

저들을 가죽 끈 아닌 좀 더 인도적인 치료는 할 수 없는 것일까?

건강했던 저들이 어느 날 전 같지 않은 자신을 알고 느낀 불안과 위기감은 얼마나 컸을까? 누군가 자신을 해치려 한다는 피해망상을 거둘 방법은 없을까?

다른 사람 목소리를 듣는 저들, 근육이 뻣뻣해지고 몸을 떠는 저들, 서성이는 저들, 과식하는 저들, 비관하고 자해 하려는 저들, 자신이 미국의 대통령이라는 저들, 난폭하고 비현실적인 저들, 혀를 내밀고 입을 벌리고, 얼굴을 찡그리고, 턱을 움직이고 침을 흘리고, 자신도 모르게 손발을 멋대로 흔드는 저들, 자신은 얼마나 불편하고 고통스러울까? 저들의 망상과 환각을 한 방에 날려버릴 길은 정말 없는 것일까?

눈도 못 마주치고 대화하지 못 하는 저들, 사람만 보면 피하는 저들에게 편안히 다가갈 방법은 정녕 없는 것일까?

치료시기를 놓쳐 억울하게 된 건 아닐까?

꼭 강제수용을 하고 감금해야만 하는 것일까?

사회에서 떨어진 공포가 더 큰 망상을 부르는 것은 아닐까?

20년 심지어는 30년 이상 입원한 저들이 집으로 갈 날은 올 것인가?

퇴원 후 다시는 돌아오지 않게 하는 해결책은 없는 것일까?

나는 할머니를 보내고 꼬리에 꼬리를 무는 질문에 휩싸여 온 밤을 꼬박 새운다.

그도 나도
같은 배를 타고
왁자지껄 어디론가 떠나고 있다.
위태롭게 바다 물살 함께 타고

그도 나도
웃음은 배웠지만
왁자지껄 어디론가 웃음 보인다.
파동 다른 히죽히죽 웃음 머금고

매일 만나도 처음 만난 듯
매일 매일 낯설게 만난다.
세월이 한참 흐른 후에도
다시 이름 소개하고
다시 악수 청하고

창자를 끊어버린다 해도
머리가 깨져버린다 해도
무서움 모르는 듯
어찌 보면 그토록 행복한

33
신이여 이곳을

> 마음에 촛불 켭니다.
> 빛살의 각도에 맞춰 촛불 켭니다.
> 향내 풍기는 촛불도
> 영혼이 꽃 피울 촛불도
> 센 바람에도 꺼지지 않는
> 마음의 촛불 켭니다.

밤에 일을 하려면 꼭 자야 한다는 중압감이 있지만, 낮에 잠을 청하는 일이 때론 이만저만 힘든 일이 아니다. 엎치락뒤치락 하다보면 일하러 갈 시간이 되기도 하고, 어쩌다 손님이라도 와서 잘 시간을 놓치거나 병원에서 일손이 모자란다고 걸려오는 잦은 전화벨 소리는, 깊이 잠드는 것을 방해해 늘 잠이 부족해 끙끙거린다. 적어도 오후 다섯 시까지는 자야하는데 오늘도 네 시가 안 되어서 전화벨이 울린다.

"또 일손이 모자라나 보다."

곤히 잠든 딸이 깨는 것이 안타까운 어머니가 쯧쯧 거리며 수화기를 넘긴다.

"제이드, 자기한테 먼저 알려야 할 것 같아서……."

눈을 부비며 정신이 희미한 채 전화기를 드니 걱정이 잔뜩 밴 제넷 목소리다. 불안한 예감에 가슴이 철렁한다.

"뭔데 그래? 빨리 말해 봐."

"놀라지 마. 닥터 하워드가 방금 응급실로 실려 갔어."

"뭐라구? 그게 무슨 말이야? 왜?"

"다쳤어. 의식을 잃고 쓰러졌어."

믿기지 않는 소리에 온 몸이 부들부들 떨려 바닥에 주저앉았다. 가슴이 쿵쿵 거리고 입안이 바싹 마른다.

"제이드? 듣고 있어?"

제넷이 나를 불러댄다. 나는 정신을 가다듬고 다그친다.

"어떻게 된 건지 자세히 말해줘."

"밴 짓이래."

"말도 안 돼!"

찰스와 바로 어제 점심을 같이 했는데 참으로 청천벽력이다. 하필이면 같은 한국 사람끼리 이런 일이 생기다니 도저히 있을 수 없는 일이다. 곁에 계시던 어머니가 허둥대는 나를 보고 걱정이 가득한 눈으로 바라보신다.

"무슨 일이냐?"

"찰스가 병원 응급실에 실려 갔대요."

"그게 무슨 말이야?"

"찰스가 의식을 잃었다고…"

"저런, 어떻게 그런 일이……."

찰스를 그렇게 만든 환자가 하필이면 한국 환자라는 말은 못 하고 난 서둘러 허겁지겁 나갈 준비를 하는데 어머님 두 눈에 눈물이 글썽인다.

"불쌍한 사람. 아무 일 없어야 할 텐데."

난 정신없이 차를 몰아 찰스가 실려 갔다는 인근 병원 응급실로 달린다. 의료진들이 주위에 웅성대고 있는 응급실 한 침대로 달려가 보니 거기에 찰스가 누워있다. 치료진 사이를 비집고 침대 끝 쪽으로 다가가 찰스의 맥 빠진 얼굴을 보니 가슴이 꽉 막히고 참았던 눈물이 쏟아져 내린다. 다리에 힘이 풀려 자리에 주저앉고 말았다. 주위의 부축을 받으며 간신히 그에게 다가가 소리를 질러본다.

"찰스! 찰스! 어서 눈떠 봐요! 어서요!"

혹시 나 때문에 엉뚱하게 튄 불티로 애꿎게도 한 생명이 희생되는 것은 아닌가? 우리 사랑은 이제 시작인데. 우리 셋은 다 같은 피를 물려받은 한민족이 아닌가? 별의별 생각이 꼬리를 문다.

우린 처음부터 만나지 말았어야 할 운명인데 내가 욕심을 부렸던 것은 아니었을까 후회가 막심하다.

"보호자인가요?"

내가 눈물을 글썽이자 간호사 한 사람이 묻는다. 나도 모르게 고개를 끄덕이는데 걷잡을 수 없는 눈물이 줄줄 흘러내린다.

"제이드 왔어?"

눈언저리가 빨갛게 부은 아리스가 나를 꼭 껴안아준다.

둘러보니 찰스를 에스코트 해온 간호사 아리스와 병원 측 간부들과 기자도 보인다.

"어떻게 이런 일이……"

"닥터 하워드가 복도를 지나는데 밴이 갑자기 뒤에서 의자로 머리를 내리쳤어."

아리스는 한동안 말을 잇지 못하며 눈물을 글썽인다.

"타박상으로 인한 뇌출혈로 지금 수술 준비 중이야."

"밴 짓이 확실해?"

믿기지 않아 내가 재차 확인하자 아리스가 고개를 끄덕인다.

찰스는 수술실로 들어가고 수술실밖엔 몇몇 병원 측 사람들이 남아 어처구니없는 참변에 대해 망연자실하며 그의 무사를 빌고 있다.

난 왜 이런 희괴한 일이 찰스에게 일어났을까 생각에 잠긴다. 만일 이 일이 밴의 엉뚱한 질투심 때문이었다면, 그가 날 옛 애인으로 찰스는 자기 애인을 빼앗은 사람으로 혼동한 것이라면? 언젠가 찰스가 밴을 조심하라던 말도 생각난다. 힘겹게 여기까지 왔는데 만약 이대로 깨어나지 못한다면 신은 너무 가혹하지 않은가?

우리 모두 오늘 살아있다고 어찌 감히 말할 수 있을까?

갖은 역경을 이겨내며 조심스레 다듬어온 한 생명이 이제 겨우 행복해 보겠다며 한발 내디뎌보는데, 어째서 신은 갸륵한 한 생명에게 이토록 힘든 짐을 지우실까? 웬 심술이며 지독한 장난인가? 이제 찰스에게 조금씩 마음을 열던 중인데.

삶이란 대체 무엇인가?

반나절도 기약할 수 없는 삶을 위해 우리 모두 이토록 애간장 녹이며 발버둥 쳐가며 살아왔단 말인가? 삶이 이토록 허망하다면 진실로 우린 무슨 힘으로, 무얼 믿고 앞으로 나아갈 수 있단 말인가? 삶에 대한 절망에 어지럼증이 인다.

야간근무에 못 가겠다고 병원에 알리고 찰스가 깨나기를 초조히 기다리는 동안 스태프도 교대됐다. 은퇴를 준비하던 한국인 닥터 유가 상심하는 모습으로 담당 의사와 얘기를 나누고 초조하게 기다리던 우리 곁으로 다가온다.

"괜찮겠지요?"

나타리가 울먹이며 묻는데 그때 수술실 문이 열리고 수술복 차림의 의사들이 나와 우리는 일제히 그들 앞으로 몰려간다. 수술을 책임졌던 의사가 비교적 밝은 표정으로 희망을 준다.

"쇼크로 의식을 잃었지만 다행히 그리 심하지 않은 뇌출혈입니다. 마취가 깨어나면 의식이 돌아올 테니 너무 걱정 마세요."

순간 내 눈에서 기쁨의 눈물이 쏟아진다.

신들 모두 돌이 되어 돌아앉아 삶이 광란하며 지나는 섬, 깊고 슬픈 어둠의 골짜기 정신병원. 그곳엔 온 정신에 구멍이 뻥뻥 뚫린 환자들이 손에 수류탄 안전핀을 뽑은 채 위험한 놀이에 여념이 없다. 그곳에서 목숨을 내놓고 일하는 사람들, 먹고 살기 위해 아니면 사명감으로 그곳을 지키다 때로는 목숨까지 잃는 봉변을 당한다.

온갖 상념에 빠지며 얼마나 시간이 흘렀을까?

찰스가 마취에서 깨어나는 지 몸을 꿈틀거린다. 어서 눈을 번쩍 떠서 날 보아주기를 간절히 바라며 잡고 있던 그의 손에 힘을 더한다. 찰스가 내 손을 잡아주었던 건강하던 그 때를 애타게 그리워하며.

먼동이 밝아올 무렵 찰스는 평온한 모습으로 곤한 잠에서 깨어나듯 조용히 눈을 뜬다. 어리둥절한 표정으로 주위를 둘러보더니 내 얼굴을 보자 반가워한다. 오늘 따라 그의 눈이 몹시 슬퍼 보인다.

"잘 잤어요? 여긴 병원이에요."

내가 눈물을 닦으며 그를 꼭 안아주자 그는 잠시 생각에 빠지더니 그제야 생각이 난다는 듯 부드러운 미소를 지어 보인다. 난 한손으로 그의 손을 꼭 잡고 다른 손으로 그의 흐트러진 머리카락을 쓸어 올린다.

"옆 병동을 막 들어서는데 무엇인가로 머리를 세게 맞은 것 같아."

난 그의 기억이 돌아온 사실이 기뻐 나도 몰래 큰소리를 지른다.

"그래요! 그랬어요!"

찰스는 다시 눈을 감고 생각에 젖는 듯 보인다. 찰스는 며칠 더 병원에 있다가 퇴원했지만 밴은 다시 감옥으로 보내졌다. 저들이 미친 짓을 멈추게 할 방법은 진정 없는 것일까? 쇠창살 안의 슬픈 울음은 그치지 않겠지? 내일도 오늘처럼 좁은 창살은 녹슨 사연들을 겹겹이 쇠창살에 남기며 여전히 울어대겠지?

해가 매일 다시 떠오르는 것처럼 그들 또한 온갖 위태로운 고비를 넘기며, 깊고도 높은 희로애락의 길에 발을 듬뿍 적시며 여전히 하루하루를 살아가겠지.
'Crazy! Crazy! Quit! Quit!'
'Crazy! Crazy! Quit! Quit!'
나는 나도 모르게 연거푸 마뉴엘과 같은 소리를 중얼거리는 나를 발견하고 소스라치게 놀란다.

> 이토록 감사한 새날 아침
> 병실 창밖 구름다리 난간 위로
> 금빛 가루 뿌리며 오고 계신 해님
> 난, 이 순간 마음속 깊이
> 다가올 날들을 희망으로 기약해 본다.

보랏빛 눈물

초판인쇄 | 2018년 1월 10일
초판발행 | 2018년 1월 10일

지 은 이 | 박신애
펴 낸 이 | 김영란
펴 낸 곳 | 북산책

주　　소 | 경기도 파주시 교하읍 문발리 513-5
전　　화 | 070-8257-9822　　010-2016-7113
e m a i l | 4mybook@gmail.com

ISBN　　978-89-94728-25-4 03810
값　　　15,000원

* 잘못된 책은 구입처에서 교환해 드립니다.